LA SAGA

d'EL

VENGEANCES DE

FLEURUS

Illustration de couverture : Vincent Dutrait
Photo de l'auteur : DR

Direction : Guillaume Arnaud, Guillaume Pô

Direction éditoriale : Sarah Malherbe
Édition : Raphaële Glaux, Claire Stacino

Direction artistique : Élisabeth Hebert

Direction de fabrication : Thierry Dubus
Fabricante : Sabine Marioni

Site : www.fleuruseditions.com
ISBN : 978-2-2151-3310-0
Code MDS : 652 608

MURIEL ZÜRCHER

LA SAGA d'ELKA

VENGEANCES DE SANG

FLEURUS

1

Le vent s'était levé sur l'océan, annonciateur de pluie. Les pêcheurs avaient regagné la sécurité des ports, les habitants des villages côtiers s'étaient claquemurés derrière portes et volets. Seule demeurait sur les flots l'embarcation ceinte de boucliers colorés, un bateau symbole de menaces tant les guerriers vikings qui l'occupaient étaient réputés pour leur courage et leur expertise dans le maniement des armes. Mais en cet instant, il n'avaient besoin ni de hache ni d'épée, car c'était contre la nature déchaînée que les marins luttaient. Rameurs et écopeurs travaillaient de concert sous les ordres du capitaine Ketil pour maintenir l'embarcation à flot.

À la barre, Elka comprimait le manche de bois sous ses doigts crispés. Malgré ses efforts, elle ne parvenait pas à maintenir sa trajectoire. Le *langskip* tanguait, tel un jouet d'enfant taillé dans un morceau de bois et que les vagues s'amusaient à ballotter en tous sens.

– Elka, ne laisse pas les courants nous rapprocher des côtes ! hurla le capitaine Ketil.

Elka s'arc-bouta sur le gouvernail en serrant les dents, bien décidée à dompter l'embarcation. Elle était fille d'un chef viking, habituée à se faire obéir, mais l'océan n'avait pas la docilité des domestiques et des esclaves. La tempête n'avait que faire de ceux qu'elle soumettait à sa vindicte. La tête de dragon fixée à la proue du *langskip* semblait hurler à chaque plongée au creux d'une vague pour ressortir aussitôt dans un fracas de tonnerre. À son bord, il n'y avait plus ni guerrier, ni princesse, ni esclave. Tous ployaient le dos sous le bruit terrifiant de la colère de Njörd, le dieu de la mer.

Elka sentait la tétanie envahir les muscles de ses bras et de ses mains. La douleur, d'abord insidieuse, avait grandi jusqu'à empêcher son esprit de raisonner. L'averse glacée qui s'abattit soudain sur le *langskip* s'avéra salvatrice. L'espace d'un instant, la pluie détourna l'attention d'Elka, et l'arrivée de Ketil à ses côtés soulagea la jeune Viking. Elka allait enfin pouvoir quitter ce rôle de navigatrice qu'elle ne parvenait pas à maîtriser.

– Qu'est-ce que tu fais ? demanda Ketil en la voyant lâcher le gouvernail. Reprends la barre tout de suite !

Elka s'exécuta. Le capitaine Ketil avait toute légitimité pour lui imposer les tâches qu'il lui confiait. Son physique noueux, ses mains calleuses et sa longue barbe grise témoignaient de sa grande expérience de marin. Il attrapa la barre en posant sa main par-dessus celle d'Elka et cria pour se faire entendre.

– Tu ne dois pas lutter contre le bateau, mais lutter avec lui pour apprivoiser l'océan. Tu sens comme la barre vibre sous l'effet des courants ? Écoute ce que le *langskip* et la mer veulent te dire. Écoute avec tes oreilles, tes mains, tes yeux, écoute avec ton corps tout entier. Quand le bateau te fera signe, alors, et seulement alors, tu le redresseras.

Elka se concentra sur la barre. Elle ne sentait rien d'autre que la main puissante de Ketil qui écrasait la sienne contre le manche de bois, et n'entendait que le grincement du gouvernail qui protestait contre la pression. Soudain, le Viking s'écria :

– Maintenant !

D'un geste déterminé, il imprima une nouvelle direction au *langskip*. Le gouvernail pivota sans résister.

– Tu as senti ?

Elka répondit par une grimace moitié approbatrice moitié dubitative. La fille de Bjorn-le-Fort avait honte : elle n'avait rien perçu de différent dans les secondes qui avaient précédé le moment où Ketil avait redressé la barre. Et pourtant, force était de constater que le bateau s'était laissé manœuvrer sans qu'il soit besoin de forcer.

– Va rejoindre les autres pour écoper, lui ordonna le capitaine. Et agrippe-toi pour ne pas tomber à l'eau !

Elka haussa les épaules, dépitée de ne pas avoir été à la hauteur. Amère, elle songea que son éducation de fille de chef l'avait davantage préparée à tenir son foyer qu'à voguer sur les océans. Ketil avait raison. Puisqu'elle était minable en navigation, autant qu'elle assure sur le *langskip* une mission dans ses compétences.

Glissé entre deux bancs de rame, penché sur le fond du *langskip*, Sven emplissait son seau d'eau de mer pour le tendre aussitôt à Finna qui le vidait par-dessus bord. L'ancien esclave était coutumier des travaux de la ferme, aux champs ou à la forge. Pourtant, il peinait à poursuivre sa tâche, aveuglé par la pluie et les vagues, étouffé par l'épais brouillard d'eau salée qui s'immisçait dans ses poumons à chacune de ses respirations.

Finna enchaînait les mouvements sans réfléchir. La tâche était rude, épuisante. Son rôle de scalde passait au second plan. À quoi aurait pu servir de composer une mélodie de mots pour raconter sa saga si le *langskip* coulait corps et âme ? Accaparée par les gestes nécessaires à la survie du groupe, elle prenait le seau tendu par Sven, le vidait par-dessus bord, le redonnait vide puis recommençait. Aussi, l'ancien esclave et la scalde ne dissimulèrent pas leur soulagement lorsqu'ils virent arriver Elka en renfort.

– Si c'est ça la vie d'homme libre, tu aurais peut-être mieux fait de ne pas m'affranchir, plaisanta Sven. Dire que je pourrais être avec les autres esclaves, bien au chaud près de la fosse à feu, en train d'avaler la bonne soupe d'Hilgi !

– Arrête de râler, lui ordonna Elka, ce n'est pas le moment.

Sven lui tendit le seau.

– J'arrêterai de râler quand tu commenceras à travailler. Tu ne vas pas jouer les princesses !

L'ironie des propos de Sven était évidente, mais Elka retint les paroles mordantes qui lui montaient aux lèvres. Sven n'était plus son esclave, désormais. Il pouvait lui parler comme bon lui semblait. D'autant qu'il avait raison : il n'y avait pas de temps à perdre.

Elle attrapa l'anse et racla le seau sur le fond de l'embarcation. Malgré les quatre équipes déployées pour écoper, l'eau atteignait dans le bateau la hauteur d'une main. À peine les seaux vidés, une nouvelle vague déferlait, apportant des paquets de mer à évacuer. La tâche semblait sans fin.

Après un bref instant de répit, Finna attrapa le seau qu'Elka lui tendait, tandis que ses pensées s'évadaient. La fille de Bjorn était l'héroïne de sa saga, et les pérégrinations de ces derniers mois avaient confirmé la pertinence de son choix. À voir la princesse à genoux en fond de cale, Finna savait que les Vikings se battraient pour écouter la suite de ses aventures lors des veillées d'hiver. Mais les relations que nouaient Sven et Elka depuis le début de l'expédition apportaient une nouvelle source d'intérêt à son histoire : entre eux deux, l'amitié évoluait. Restait à savoir vers quoi, ce qui n'était pas chose facile tant ils prenaient plaisir à s'agacer mutuellement !

– Finna ! Tu rêves ?

La voix de Sven la ramena à la dure réalité du *langskip*. L'ancien esclave avait récupéré un deuxième seau. Finna augmenta la cadence au point qu'elle n'eut plus un instant de libre pour penser à autre chose qu'à vider les écopes à la mer.

Autour des trois compagnons, les marins maniaient les rames sans faiblir. Le capitaine Ketil avait été clair : il n'était pas question de laisser les dieux ballotter le *langskip* à leur guise dans la tempête. La lutte durerait le temps nécessaire, mais les hommes devaient maintenir la trajectoire à tout prix. Au milieu de l'embarcation, Olof occupait un banc à lui seul, mais, taillé comme l'un de ces géants des légendes anciennes, il ramait avec la vigueur de deux hommes robustes. Même si Elka et lui étaient les enfants d'un même père, le chef Bjorn-le-Fort, ils ne se ressemblaient pas. Elle était mince et de taille moyenne, il était aussi grand qu'imposant. Olof possédait en force ce qu'il n'avait pas en intelligence. Son bon sens, sa loyauté, son courage et son sens moral en faisait un compagnon apprécié par tous les Vikings de l'équipage. Il ne faiblit pas un seul instant, ramant à bon rythme, à peine ébranlé par les torrents d'eau qui s'abattaient sur lui.

Après deux heures, la tempête diminua d'intensité. Il était temps. Sur le *langskip*, l'équipage était épuisé. Hommes et femmes puisaient dans leur volonté la force qu'ils ne trouvaient plus dans leurs muscles douloureux.

– Elka, hurla le capitaine Ketil, viens reprendre la barre !

Elka leva la tête. Ses mains rouges et plissées, la peau de ses jambes attaquée par le sel, les traits du visage crispés par la fatigue, elle avait plus l'allure d'une esclave affectée à la lessive mensuelle que celle d'une fille de chef.

Elle se releva et tituba dans l'embarcation jusqu'au gouvernail. Elle soupira. Depuis des jours que le *langskip* avait quitté les côtes du pays viking, le capitaine avait tenté de lui inculquer les règles de la navigation. Mais elle ne parvenait pas à les intégrer et détestait faire ainsi la preuve de son incapacité à apprendre, devant tous les membres d'équipage. Son amour-propre en souffrait. Elle aurait préféré que Ketil renonce plutôt que d'avoir à subir l'humiliation répétée des leçons incomprises.

– Je n'y arriverai jamais, dit-elle une fois installée à la barre.

Ketil éclata d'un rire si puissant qu'il effaça un instant le bruit de la tempête.

– Pour qui te prends-tu, gamine ? Crois-tu pouvoir aller où tu veux, quand tu veux, d'un simple coup de rame et de gouvernail ?

Elka secoua la tête. Elle n'avait pas cette prétention. À force d'entendre les récits des scaldes et de son père, elle savait que la navigation n'était pas chose facile. Son père ne lui avait appris ni à commercer, ni à combattre, ni à participer à une expédition. Elle ne savait rien faire d'autre que ce que les femmes vikings étaient destinées à accomplir dans leur pays : tenir leur maison et élever leurs enfants. Ketil, redevenu sérieux, posa une main sur son épaule.

– N'oublie pas que tu es sur l'océan. Fais avec lui, caresse sa surface pour repérer les courants qui l'agitent, écoute les clapotis qui battent en rythme sur la coque, regarde les nuages. Tu es jeune, et comme tous les jeunes gens, tu es pressée. Mais les Vikings savent que l'océan ne s'apprivoise qu'avec le temps.

Elka attrapa le gouvernail. Les mots de Ketil résonnaient en elle comme des encouragements. Le capitaine lâcha la barre et lui tapota affectueusement l'épaule.

– On mène un *langskip* comme on mène sa propre vie. Avec l'expérience et l'aide des dieux, on apprend à manœuvrer pour arriver sans encombre, à condition de savoir dans quel port on se rend.

2

Les marins reconnurent les premiers signes d'apaisement de la tempête. Elka n'y crut pas, tant elle bataillait avec le gouvernail pour éviter que le *langskip* ne se mette en travers des vagues. Pourtant, les hommes ne se trompaient pas.

Peu à peu, les vents balayèrent les nuages avant de se calmer. La mer tourmentée redevint paisible et tranquille. La moitié des Vikings cessèrent de ramer pour se reposer tandis que ceux qui restaient à l'ouvrage économisaient leurs forces. L'équipage n'était pas à l'abri d'une nouvelle colère du dieu Njörd, mieux valait se tenir prêt.

– Il reste de l'eau à écoper, remarqua un des marins. Sven, tu t'en occupes ?

– Pourquoi moi ?

– Pourquoi pas toi ?

– Je ne suis plus un esclave, Elka m'a affranchi. Je suis un homme libre.

– Sauf que c'est Elka qui tient la barre parce qu'elle est fille de chef. Alors que toi, tu es peut-être libre, mais tu es pauvre. Tu écopes.

Sven attrapa le seau et le vida une dizaine de fois par-dessus bord. Il n'avait ni ancêtres prestigieux ni actes de bravoure à son actif pour le mettre à égalité avec les Vikings. Malgré son statut d'homme libre, il restait soumis à l'autorité des autres.

L'homme qui lui avait demandé d'écoper vint se poster à ses côtés pour l'aider.

– Donne ! À deux, on ira plus vite. C'est que j'ai faim, moi…

Sven sourit. Les Vikings réagissaient dans le respect de la hiérarchie qu'on leur avait inculqué dès leur enfance, mais sans malignité.

Les hommes partagèrent un repas frugal, et la bonne humeur revint à bord. Ils discutèrent jusqu'à ce que leurs échanges se tarissent, faute de renouveau. Depuis des jours qu'ils parcouraient l'océan, ils avaient épuisé les sujets de conversation, d'autant que le capitaine Ketil veillait à ce que les thèmes porteurs de conflits soient tenus en réserve jusqu'au soir, dans le camp qu'ils montaient sur une plage des terres étrangères. L'ennui constituait un ennemi plus insidieux, et plus tenace que la tempête. La routine des jours passés à ramer sur l'embarcation de bois, sans possibilité de marcher, de courir ou bien de s'isoler, pesait sur le moral des hommes.

Le silence revenu, le capitaine Ketil interpella Sven :

– Prêt pour nous faire la leçon ?

Les hommes redressèrent la tête, intéressés.

Sven leur apprenait la langue des terres étrangères. Son père la lui avait enseignée, ainsi que le goût de la liberté, après que tous deux avaient été enlevés par le grand-père d'Elka et étaient devenus esclaves dans le village viking. Depuis le début de l'expédition, Sven partageait bien volontiers son savoir avec ses compagnons de voyage.

– Oui, je suis prêt pour la leçon. Elka, tu nous rejoins ?

Plongée dans ses pensées moroses, Elka releva brutalement la tête. Elle n'avait pas envie de se retrouver avec les autres. Ketil lui reprit la barre.

– Qu'est-ce que tu attends ? lui demanda-t-il. Vas-y !

Elle s'installa un peu plus loin sur un banc de rame, auprès du groupe d'élèves. Après la tempête, le soleil tapait fort. Beaucoup de Vikings avaient ôté leur tunique pour les mettre à sécher. Torse nu lui aussi, Sven raconta en langue étrangère une histoire de cheval volé à un paysan et amené au marché de la ville pour y être vendu. Pour s'assurer que ses élèves avaient compris la leçon et qu'ils étaient capables d'en parler, il posa une première question.

– Où est le cheval ?

Plusieurs bras se levèrent. Les hommes apprenaient vite et bien, aidés par leur maîtrise des différents dialectes parlés sur les terres vikings. À la grande surprise d'Elka, son demi-frère Olof avait lui aussi rapidement progressé, compensant son intelligence limitée par son assiduité et sa motivation. Il parlait désormais mieux que beaucoup des membres de l'équipage.

– Elka, interrogea Sven, tu as la réponse ?

Elka sursauta. Le regard fixé sur le tatouage composé de points disposés en cercle qui ornait le haut du bras de Sven, elle avait laissé son esprit divaguer et n'avait rien écouté.

– Je sais que ma musculature est fascinante, dit-il, alors s'il faut que je remette ma tunique pour t'aider à te concentrer, dis-le-moi !

Les rires fusèrent après cette remarque ironique de Sven. Certes, le garçon était musclé par le travail d'esclave qu'il avait accompli depuis son plus jeune âge, mais sa carrure et sa taille, loin de celles des robustes Vikings, n'en faisaient pas un modèle. Sven s'attendait à une répartie autoritaire d'Elka ou un regard furieux accompagné d'une moue de mépris. Il savait qu'elle n'aimait pas qu'on la taquine ainsi.

– J'ai juste compris que tu parlais d'un cheval, se contenta de répondre Elka.

Le détachement d'Elka inquiéta Sven. Son absence de réaction était très inhabituelle. Il pensa qu'elle devait être préoccupée ou avoir le moral au plus bas. Cette hypothèse se trouva confirmée quand Elka quitta le cours pour rejoindre la proue du *langskip*.

– Continuez sans moi, dit-elle, je vais faire le guet.

Ce fut la leçon la plus courte du voyage. Pressé de rejoindre Elka, Sven expédia son cours et vint s'asseoir aux côtés de la jeune fille.

L'énorme tête de dragon sculptée par Olof, que les Vikings avaient installée au sommet de la proue pour se protéger de la tempête, avait été ôtée. Elle était posée à leurs pieds, à côté des vivres et des réserves d'eau douce sanglés à la coque pour éviter qu'ils soient emportés par une vague.

– Qu'est-ce qui t'arrive, Elka ? Tu as peur d'une nouvelle tempête ?

La jeune fille leva les yeux au ciel en secouant la tête.

– Peur ? Une Viking n'a jamais peur !

Sven dissimula un sourire devant la vantardise d'Elka.

– Alors, qu'est-ce qu'il y a ?

– C'est cette expédition, je ne sais pas si c'est une bonne idée.

– Mais c'est toi qui as voulu aller chercher le corps de ton père pour le ramener au pays ! Tu disais que, même mort, un Viking n'a pas à rester en terres étrangères. Et puis il y a la nouvelle femme de ton père…

– Je sais ce que j'ai dit, Sven ! Mais maintenant qu'on s'approche des côtes, je ne suis plus très sûre…

Sven lança un regard interrogatif vers Elka.

– Il est mort, s'exclama-t-elle. Pourquoi faudrait-il que je me démène pour rendre à son corps les hommages dus à un chef mort au combat, alors que je n'étais rien pour lui ?

– Tu étais sa fille !

– Oui, une fille qu'il avait prévu d'unir avec le fils du chef d'un autre village pour rendre la famille plus forte. Voilà ce que j'étais : le moyen de renforcer le lignage. Mais tu sais que j'ai refusé ce rôle… j'ai même refusé d'être chef. J'ai changé, je ne suis plus la même, je ne suis plus la fille dont il était fier.

– Tu n'en sais rien, répliqua Sven.

– Si je le sais, et je me sens enfermée dans cette relation avec mon père alors qu'elle n'a plus aucun sens ! D'une certaine manière, tu as de la chance de ne plus avoir tes parents depuis longtemps. Au moins, tu ne risques pas de les décevoir.

Sven resta silencieux et se perdit dans la contemplation de la tête de dragon. Son père était mort lors de l'épidémie qui avait également coûté la vie à la mère d'Elka. Sven avait été enlevé par les Vikings alors qu'il n'était qu'un bébé, il n'avait donc aucun souvenir de sa mère. Son père ne l'évoquait que très peu. Durant toutes ces années, quand les autres enfants parlaient de leur mère, il s'était contenté de rêver la sienne.

– Si tu n'y vas pas pour ton père, vas-y pour la femme qu'il voulait ramener chez lui. Je croyais que tu voulais la connaître…

– C'est vrai. Mais j'ai réfléchi : mon père est mort. Elle a peut-être construit une autre vie. Et même si ce n'est pas le cas, ma quête risquerait de la mettre en danger.

– Pourquoi ? s'étonna Sven.

– Parce qu'elle s'apprêtait à devenir la femme d'un ennemi, et pire, à quitter son pays pour celui des cruels Vikings ! Ses amis, ses voisins, sa famille… tout son entourage devait la désapprouver ! À sa place, je me serais faite discrète pour que tout le monde m'oublie. Si on débarque et qu'on la recherche, c'en sera fini de sa tranquillité !

Sven hocha lentement la tête. Le raisonnement d'Elka se tenait. Elle mesurait les conséquences des actes sur la vie des autres personnes… Quel changement depuis qu'elle l'avait obligé à fuir la maison en plein hiver pour affronter les rigueurs du froid au milieu des terres vikings !

La jeune fille n'avait pas un caractère facile, mais Sven avait appris à la connaître et à l'apprécier.

– Si tu ne cherches pas la femme de ton père, demanda Sven, qui te dévoilera l'endroit où Bjorn a été enterré ?

– Je ne sais pas, soupira Elka.

– Il est encore temps de renoncer.

– Renoncer, et puis quoi ? Qu'est-ce qu'il se passera ensuite ?

– Tu rentreras au pays, et tu vivras la vie que tu as décidé de mener.

– Quelle vie ? Je ne veux pas d'un mari que je n'aurai pas choisi, et je ne veux pas non plus devenir une de ces femmes qui se battent et naviguent comme des hommes. Je ne veux rien de ce que je peux espérer d'une vie parmi les miens.

– Alors, ne rentre pas, et va jusqu'au bout de ta recherche, c'est aussi simple que ça.

– Rien n'est simple, Sven. Je vais ramener le corps de mon père et je vais prier les dieux pour que son fantôme ne revienne pas voir ce que je deviens. Il risquerait de mourir à nouveau, mais de honte, cette fois !

Sven hocha la tête et posa sa main sur la tête du dragon.

– Tu sais qu'on raconte que les dragons ont une pierre magique dans la tête ? Il paraît qu'elle rend heureux.

– C'est encore Finna qui t'a mis ses histoires dans le crâne ? demanda Elka.

– C'est peut-être des histoires, mais je les adore, ses histoires, et j'ai hâte d'écouter celle qu'elle nous réserve pour ce soir !

Ce jour-là, le capitaine Ketil attendit la tombée de la nuit pour approcher le *langskip* des côtes. Il choisit une plage qu'il connaissait pour y débarquer. Le montage et le démontage du camp étaient désormais bien rodés. Une fois l'embarcation tirée sur les graviers de la plage, Finna, Elka et Sven partirent chercher du bois. Les marins tendirent des toiles et s'en allèrent chasser alentour.

Une odeur de lièvres rôtis plana peu après sur le camp. Les conversations cessèrent tandis que les hommes vidaient leurs écuelles garnies de viande fraîchement cuite et de galettes d'orge.

Puis, regroupé autour du feu, l'équipage attendit que Finna commence son récit.

La scalde était très douée pour son jeune âge, et les Vikings mesuraient leur chance de l'avoir à bord du *langskip*. Non seulement elle nourrissait leurs esprits de récits incroyables, mais ils savaient que leur propre aventure alimenterait son répertoire, ce qui flattait leur orgueil. Le silence se fit et Finna prononça les premiers mots de son histoire.

– Au temps lointain où le froid régnait sur le pays toute l'année durant, il existait une montagne qui, de mémoire d'homme, avait toujours laissé couler de son flanc une eau rouge et chaude. De cuvette rocheuse en cuvette rocheuse, cette eau descendait jusqu'au village pour réchauffer les habitants. Une nuit, il y eut un bruit si puissant que les dieux eux-mêmes entendirent ce fracas depuis le monde d'Asgar. Au matin, lorsque les villageois osèrent quitter leurs demeures, ils virent que la montagne avait disparu. À sa place, assis les jambes croisées au milieu de la campagne glacée, se tenait un géant. L'un des plus grands qu'il eût été donné de voir à de simples mortels de ces contrées glacées.

Elka jeta un regard vers Olof. Son demi-frère ne paraissait pas attentif à ce qu'il se passait autour de lui. Il s'occupait d'alimenter le feu et, à l'aide d'un grand bâton, repoussait les braises au centre du foyer. Les yeux fixés sur les flammes, il semblait songeur. Elka essuya et rangea son écuelle, puis s'approcha de lui.

– À quoi tu penses, Olof ?

Olof était incapable de dissimuler ses émotions, et Elka lut son désarroi sur son visage.

– C'est Ullo, je m'inquiète pour lui. Tu crois qu'il va bien ?

– Tu sais qu'Hilgi ne permettrait pas qu'il arrive du mal à ton chien !

La mention de la vieille cuisinière qui avait élevé Olof et Elka déclencha un sourire sur le visage du géant. Olof avait dû renoncer à emmener en expédition son chien encore mal remis de ses blessures. Le soir, quand ses pensées voguaient vers son animal, la nostalgie étreignait le géant au cœur tendre.

– En ce moment même, dit Elka, Ullo doit être en train de rentrer à la maison après avoir passé son après-midi à chasser dans la forêt. Hilgi va le houspiller un peu, parce qu'il sera mouillé. Mais elle lui servira les meilleurs restes dans sa gamelle !

– Il me manque, soupira Olof, je suis si seul…

La jeune fille tapota le dos de son demi-frère. Elle l'avait longtemps méprisé, autant en raison de son ascendance – il était bâtard, fils d'une concubine – que pour sa tendance à passer ses journées près du feu à sculpter des troncs de bois noble. Mais le courage et la persévérance dont il avait fait preuve les mois précédents pour la protéger l'avaient convaincue que sa nature était bien plus complexe qu'elle n'en avait l'air.

– Ullo n'aurait pas été bien ici. Tu sais bien comment on fait voyager les animaux dans un *langskip*… Il aurait passé ses journées entravé au fond du bateau, alors que ses plaies n'étaient pas encore cicatrisées. C'est mieux qu'il soit resté là-bas.

– Je sais, mais…

– Tu retrouveras ton chien à notre retour, peut-être juste un peu plus gras qu'avant ! Tu sais… je suis contente que tu sois venu avec moi, ajouta Elka. Tu as toujours ce que je t'ai confié ?

Olof souleva sa tunique et dévoila une bourse pendue à son vêtement. Elle contenait une somme importante en pièces d'or.

– Ne la perds pas, surtout ! Dans quelques jours, Ketil nous fera débarquer à l'endroit où Bjorn a été tué. Avec un peu de chance, on en aura besoin pour payer le droit de ramener son corps.

À son tour, Elka posa une branche sèche sur le feu, qui s'embrasa aussitôt. Lorsqu'elle avait décidé d'aller chercher le corps de Bjorn, elle se doutait que la population ne l'accueillerait pas les bras ouverts. En quelques décennies, les habitants avaient plusieurs fois été la cible des attaques vikings. Mais Elka n'avait pas les moyens de payer assez d'hommes pour former une armée. Avec l'or qu'elle emportait, elle espérait pouvoir acheter ce qu'elle était venue chercher : un mort.

Ketil et l'équipage, qui partaient en expédition de commerce et de pillage plus au sud, s'étaient engagés à les déposer puis à les récupérer quatre jours plus tard. Elle disposerait ainsi d'assez d'argent et de temps pour accomplir son projet. À condition de ne pas traîner…

Les flammes du foyer diminuèrent d'intensité et Elka crut discerner une ombre en mouvement sur la mer, dans la chiche lueur du croissant de lune. S'agissait-il d'un autre *langskip*, glissant en silence sur les flots ? Elle plissa les yeux, mais ne parvint pas à percer l'obscurité.

Elka retourna s'installer sur la fourrure qui lui servait de couche. Le regard tourné vers les étoiles, elle entendit Finna hausser le ton pour répondre à la question posée par un marin à la fin de son histoire :

– Un scalde ne change pas le cours de l'histoire. Le récit que je vous ai raconté, je le tiens de quelqu'un qui connaît quelqu'un qui connaît quelqu'un qui en a été témoin. Un scalde est un témoin, rien d'autre.

3

Voguant silencieusement sur les flots, une deuxième embarcation viking s'était approchée de la côte. À son bord, les marins s'étaient tus. Plongés dans l'obscurité, ils observaient la lueur d'un feu briller sur le rivage. Un soudain regain du brasier permit de distinguer, l'espace d'une seconde, la silhouette courbe d'une embarcation échouée à terre. Là-bas, quelqu'un venait probablement de jeter un morceau de bois sec au milieu des flammes. Amis ou ennemis ? Ils l'ignoraient. Mais qu'il s'agisse des habitants étrangers ou d'autres Vikings, la prudence restait de mise. De nombreux navires avaient quitté les côtes des terres vikings sur la même période. Les expéditions de pillage constituaient désormais le moyen privilégié de s'enrichir rapidement et de revenir auréolé de gloire au pays. La compétition pour choisir les villages les plus riches faisait rage entre les différents équipages. On risquait d'échouer son *langskip* en parfait état à côté d'un autre navire le soir et de le retrouver au matin, seul, vide, avec sa coque percée en plusieurs endroits.

Ragnö, le jeune chef d'expédition, attendit d'être hors de portée de certaines oreilles pour chuchoter aux marins :

– C'est sûrement Ketil, avec ses hommes.

Dans le *langskip*, les rameurs avaient cessé leur labeur. Tous attendaient la décision de Ragnö : malgré son jeune âge – il n'avait pas encore les cicatrices du guerrier –, il avait été désigné chef d'expédition par son père, qui finançait l'expédition. Il bénéficiait à ce titre du respect des hommes. C'était à lui de décider s'ils passaient leur chemin ou s'ils revenaient discrètement sur leurs pas durant la nuit pour accoster et piller l'autre navire.

– Ketil vient du village de Bjorn-le-Fort, le frère juré de mon père. Mieux vaut les laisser en paix.

– Je croyais que Bjorn-le-Fort était mort ? s'étonna un des marins.

– Oui, et Elka, son idiote de fille, a refusé d'épouser le nouveau chef.

– Alors on peut attaquer…

– Il paraît qu'Elka a embarqué avec Ketil pour aller chercher le corps de son père et le ramener au pays ! Qu'est-ce qu'elle croit, que les gens d'ici ont offert de belles funérailles à son père et qu'il suffira qu'elle demande poliment pour le récupérer ?

Ragnö haussa les épaules. Il détestait Elka, qui l'avait toujours traité de haut alors qu'ils avaient le même âge. Il s'était vengé d'elle en la blessant lors d'une embuscade. Mais sa mère l'avait sévèrement corrigé pour ça, et Elka lui avait dérobé sa couverture formée des peaux des renards qu'il avait chassés pendant plusieurs hivers. D'un côté, l'envie de passer à l'attaque le démangeait. Si Elka était bien à bord, il lui donnerait une bonne leçon ! D'un autre côté, il risquait d'y perdre la considération et la confiance de son père.

Sentant son hésitation, le navigateur interrompit ses pensées :

– Approchons-nous ! S'il s'agit d'ennemis, une bonne bagarre nous mettra en jambes. S'il s'agit d'amis, c'est une bonne soirée qui nous attend.

Ragnö grimaça. La tentation était forte. Si les hommes d'équipage qui campaient sur la plage étaient de retour de pillage, leur embarcation devait déborder de trésors. En un seul affrontement, face à des combattants surpris dans leur sommeil, Ragnö pourrait rafler tout leur butin et rentrer chez lui couvert d'or. Son père lui avait confié le commandement... Ragnö souhaitait plus que tout lui prouver qu'il en était digne.

Mais alors qu'il s'apprêtait à céder à la tentation, une voix féminine s'éleva depuis l'extrémité du *langskip*.

– Ne fais pas l'idiot Ragnö ! Ketil est parti plusieurs jours avant nous, il est déjà loin, ça ne peut pas être lui. Et, quel que soit le propriétaire de ce bateau, à cette époque du *misseri* d'été, les Vikings n'ont pas encore eu l'occasion d'amasser une prise suffisante pour être prêts à regagner le pays. Autant préserver notre temps et nos forces pour affronter les villageois étrangers lorsqu'on récupérera le trésor d'Ingvald.

Les regards se tournèrent vers Ida, tentant de percer l'obscurité. Bien qu'ils aient déjà passé plusieurs jours à naviguer avec elle, les marins se sentaient encore fascinés par le visage de la jeune Viking. D'un côté, elle offrait les traits d'une des plus belles femmes qu'il leur avait été donné de voir. Mais il suffisait qu'elle dévoile son autre profil, tout de peau brûlée et de cicatrices boursouflées, pour reconnaître en elle l'une des sorcières dont les scaldes content les vilenies lors des veillées d'hiver. Fascinés autant que dégoûtés, les marins n'osaient affronter son regard, de peur qu'Ida leur jette un sort.

Comme tous les autres, Ragnö s'était tourné vers elle. Dire que quelques semaines auparavant, il était presque tombé amoureux d'elle ! Lorsqu'il l'avait rencontrée à la fin du *misseri* d'hiver, elle devait épouser Olof, le fils de Bjorn. Elle espérait ainsi devenir femme de chef au sein d'une famille d'un excellent lignage. Pour atteindre ce but, elle avait fomenté un plan avec son père, destiné à écarter Elka de ses droits légitimes. Mais le plan avait échoué. Ragnö ignorait ce qu'il s'était passé entre Ida et Elka, après que la première avait été humiliée par le refus d'Olof de l'épouser. Mais Ida était ressortie défigurée de leur confrontation.

– Es-tu si sûre de savoir où chercher ce fameux trésor dont tu nous rebats les oreilles ? lui demanda Ragnö.

– C'est bien pour ça que tu m'as acceptée à bord, non ? Je te l'ai déjà dit et redit : lorsque Bjorn est mort sur la plage des étrangers, et que les villageois les ont attaqués, les hommes n'avaient pas fini de déterrer le butin de leur saison de pillage, qu'ils avaient caché dans le sable. Ingvald est mon père. Il était là. Il m'a expliqué comment le retrouver.

Ragnö renifla et émit un grognement d'incrédulité. Il croyait de moins en moins aux paroles d'Ida. Heureusement, il avait d'autres idées pour remplir le fond du *langskip* !

– On continue à longer la côte, murmura-t-il.

Les rameurs reprirent le travail en veillant à ne pas faire claquer leurs rames à la surface de l'océan.

Ida se rassit sur le paquetage de fourrure, situé à la proue du navire, et qui lui servait de place. Dans la nuit, elle ne pouvait voir les regards de curiosité malsaine posés sur elle, mais elle les sentait, comme autant de piqûres à même d'attiser sa haine.

Elle n'en voulait pas aux hommes qui grimaçaient de dégoût en l'observant à la dérobée. Sa brûlure, pas tout à fait cicatrisée, n'était plus trop douloureuse, mais c'est en elle, au plus profond de son être, qu'elle sentait le feu la dévorer. La haine l'embrasait. Ida savait qu'elle ne cesserait de se consumer que lorsqu'elle se serait vengée d'Elka.

Chaque nuit, elle se souvenait de ce jour où elle était entrée dans la maison d'Elka. Chaque nuit revenait ce mouvement du bras qu'elle avait fait pour lever son poignard. Et chaque heure, répétée en un cauchemar sans fin, elle revivait la terrible douleur qui avait embrasé son visage lorsque Elka s'était écartée à l'improviste et que, entraînée par son geste, Ida avait basculé dans la fosse à feu tête la première.

Depuis, une seule idée la guidait : achever ce qu'elle avait commencé et tuer Elka. Voilà pourquoi elle avait menti à Ragnö pour le convaincre de l'embarquer. Voilà pourquoi elle refusait de gâcher du temps à s'arrêter. Elle savait qu'Elka passerait par la plage où Bjorn avait perdu la vie. De là, elle la pisterait comme le plus tenace des chasseurs.

Ida frissonna, autant sous l'effet de cette émotion puissante que du froid de la nuit. Installé sur le banc de rame tout proche, le borgne posa une main sur son épaule. Ida lui sourit malgré la nuit. Krill savait comment l'apaiser. Il était à ses côtés depuis aussi longtemps qu'elle s'en souvenait et avait joué le rôle du père que son propre père n'avait pas su assurer, tout comme sa nounou esclave avait joué celui de mère.

– Tu dois dormir, maintenant. Bientôt, tu auras besoin de toutes tes forces.

Elle approuva d'un grognement étouffé et se recroquevilla sur la fourrure.

Deux heures plus tard, le *langskip* accosta une plage de galets. Le navigateur était un Viking d'expérience. Il guida les hommes dans les manœuvres aussi silencieusement que possible. Puis, les marins installèrent le campement sans bruit, veillant à ne pas alerter les habitants.

Ida s'occupa du cheval que Ragnö avait insisté pour emmener. Ligoté à fond de cale, le pauvre animal passait ses journées couché sur le flanc, dans l'humidité du bateau, pour n'être libéré que le soir. Une fois ses entraves ôtées, il se redressa brutalement et vacilla sur le bateau. Il fallut à Ida toute sa force de persuasion et sa connaissance des chevaux pour le convaincre de sauter par-dessus bord. Elle grimpa alors à califourchon sur son dos et se laissa emporter dans une course folle sur la longue plage de sable. Elle lui faisait toute confiance pour percer l'obscurité. Durant quelques minutes, le cheval retrouva le ressenti grisant de la liberté.

Dès que l'aube esquissa un halo rosé à l'horizon, Ida quitta le nid chaud de sa fourrure et réveilla les marins. Couchés sur le sable dur, après une nuit courte et inconfortable, ils réagirent avec mauvaise humeur. Ils avaient l'habitude des expéditions, mais le rythme que leur imposait Ida dépassait ce qu'ils avaient connu jusque-là. Seuls Krill et les deux hommes affectés à la garde du camp gardèrent le sourire.

Il ne fallut pas moins d'une demi-heure pour entraver le cheval et le porter au fond du bateau. L'animal se débattait, il pesait lourd et le faire glisser le long de la coque sans abîmer les bancs de rame était une tâche ardue.

Puis, les marins embarquèrent à leur tour et poussèrent sur les rames pour dégager le *langskip* des galets.

Le soleil n'avait pas encore fini de se lever que le *langskip* s'éloignait des côtes. Ida renonça à ramer. Chaque banc était occupé par au moins un des marins. Si elle s'asseyait à côté de l'un d'entre eux pour aider à la manœuvre, elle savait que son voisin irait s'installer ailleurs. Avant l'accident, dès que son corps avait pris ses formes de femme, elle avait compris le pouvoir qu'il lui donnait sur les hommes et avait su en tirer profit. Depuis la brûlure, les choses avaient changé. Son visage naguère si beau était devenu son ennemi et lui attirait méfiance et moquerie.

Le vent se leva peu après le départ et gonfla la voile. Les marins cessèrent de ramer avec soulagement. Le *langskip* filait rapidement. Sur le plancher, le cheval s'agitait, plus fort encore que la veille au cœur de la tempête. Il hennissait, tentait de frapper à coups de sabot ceux qui passaient à sa portée. Il refusa l'eau qu'Ida lui apporta. Ses yeux devenaient de plus en plus fous, à mesure que les vagues grossissaient et que l'embarcation oscillait pour les surmonter.

Après deux heures de ce spectacle, Ida prit violemment à partie Ragnö.

– Pourquoi as-tu été assez stupide pour emmener cette bête ? Que tu en ramènes une au pays après un pillage, je comprends, mais là…

Les hommes lurent de la colère sur le visage de Ragnö. Ida n'épargnait pas le Viking dans ses commentaires acides. Cette fois, l'insulte était forte et publique, suffisante pour justifier des représailles. Mais l'équilibre des pouvoirs était en faveur de la jeune femme. Ida était la sœur du nouveau chef du village de Bjorn. Le père de Ragnö reprocherait à son fils tout geste inconsidéré à l'encontre de celle-ci. Ragnö réfléchit rapidement. À la grande surprise de ses hommes, la colère laissa bientôt place sur ses traits à un sentiment bien moins lisible.

– Tu as raison, Ida, annonça-t-il, ce pauvre cheval ne mérite pas ça. On va donc s'arrêter, pour le laisser s'ébrouer. Cette journée à terre nous fera du bien également.

Stupéfaite, Ida le dévisagea avec incrédulité.

– On ne peut pas s'arrêter maintenant, on vient seulement de repartir ! protesta-t-elle.

– On le peut puisque je l'ordonne.

– Mais on va prendre du retard !

– Du retard ? répéta-t-il avec une mimique malfaisante. Du retard sur quoi ? Quelqu'un t'a-t-il invitée quelque part à boire à la ronde ?

– Non, se défendit-elle, mais…

Il l'interrompit, abandonnant le ton faussement innocent qu'il avait utilisé jusque-là, pour devenir cassant.

– Tu me crois peut-être stupide, Ida, mais je ne le suis pas assez pour ne pas avoir compris ton manège. Depuis le début de l'expédition, tu mets tout en œuvre pour accélérer notre progression. Vas-tu enfin nous révéler pourquoi ?

Ida resta interdite un instant. Ragnö l'avait démasquée, sans mesurer pourtant jusqu'à quel point elle lui avait menti. Sa promesse de lui montrer le lieu d'enfouissement du trésor viking était fallacieuse. Elle devait s'assurer qu'il ne découvrirait pas la vérité avant d'avoir atteint la plage. Elle choisit de répondre à l'accusation par l'attaque, comme le lui avait enseigné son père.

– Tu n'es pas seulement stupide, dit-elle, tu agis aussi comme un petit garçon qui n'aurait pas encore quitté les jupes maternelles. Le trésor qu'on trouvera sur la plage ne suffira pas à payer tout ton équipage. Alors, il n'y a pas de temps à perdre pour le déterrer, puis pour repartir et atteindre en premier les meilleures zones de pillage. Sinon, il ne nous restera que les miettes, et toi, tu rentreras à la maison, en chiot penaud qui revient téter sa mère après avoir échoué à sa première chasse.

– Tais-toi, sorcière !

Furieux, Ragnö se précipita vers elle, bras levé, prêt à frapper.

Krill s'interposa aussitôt, un poignard à la main. En une seconde, les hommes l'entourèrent, montrant ostensiblement haches, javelines ou coutelas. Le *langskip* continuait à filer tandis que l'équipage semblait avoir été transformé en statue sous l'effet de la tension extrême.

Ragnö esquissa un petit rire moqueur et baissa son bras en un geste d'apaisement, Krill rangea son arme et tous les marins en firent autant. À nouveau, les hommes respiraient, il n'y aurait pas d'affrontement.

Ragnö s'assit sur le banc à proximité du navigateur et dévisagea Ida avec dégoût.

– Comme tu es devenue laide ! Tu n'as vraiment pas de chance. Les dieux n'ont pas voulu que le feu, en compensation de ta beauté perdue, nourrisse ton intelligence. Tu raisonnes encore comme ces ancêtres qui allaient piller la terre nouvelle. Mais il y a plusieurs manières de faire fortune. Se battre en est une. J'en ai choisi une autre : laisser les autres se faire tuer, et en tirer les bénéfices.

En quelques phrases, Ragnö avait recueilli l'attention de ses marins. Il prit son temps pour poursuivre.

– Mon plan est simple : nous allons faire payer des rançons aux villageois contre la garantie qu'on ne les attaquera pas. Les habitants vont déterrer leur or de leur cachette pour sauver leur famille, leurs bêtes, leur maison. Nous obtiendrons ainsi bien plus que ce que l'on aurait pu voler. Nous serons riches, sans avoir à déplorer ni blessure ni perte.

Tout, dans l'attitude de Ragnö, dénotait sa fierté d'avoir conçu cette stratégie : sourire suffisant, torse gonflé, coup d'œil circulaire sur les marins.

Les hommes restaient silencieux. Le plan novateur était séduisant, mais beaucoup d'entre eux appréciaient les combats, qui les autorisaient à prouver leur courage et leur force. Y renoncer n'était pas chose aisée.

Ragnö ne leur laissa pas le temps d'y penser plus avant. Il pointa un index agressif en direction d'Ida et déclara :

– Tu comprends pourquoi j'ai apporté ce cheval, maintenant ? Je le monterai pour rencontrer les villageois. J'écraserai cette engeance d'esclaves de ma prestance. Ils ramperont devant moi pour payer notre départ. Alors, on s'arrête, et on fait galoper la bête.

Le navigateur guida les manœuvres pour approcher la côte. Ida enrageait. Selon les informations glanées ici ou là, Elka avait deux ou trois jours d'avance sur leur expédition. Elle craignait de la voir lui échapper. En d'autres temps, elle aurait usé de sa beauté pour manipuler Ragnö. Mais Elka lui avait volé le plus fantastique des pouvoirs qu'elle possédait. Privée de sa capacité de séduction, elle se sentait désarmée… Que faire ? Se jeter sur Ragnö et prendre le commandement du *langskip* ? C'était illusoire.

Elle entendit Krill complimenter Ragnö sur l'intelligence de sa stratégie. L'homme borgne avait une longue expérience de la vie et en connaissait les ficelles. La flatterie constituait le dernier outil sur lequel Ida pouvait s'appuyer pour avancer. Ravalant son mépris, elle rebondit sur les propos de son ami :

– Krill a raison, et je te dois des excuses, Ragnö. Maintenant que j'ai compris ton plan, tout s'éclaire. Tu as admirablement mené cette affaire.

Ida se tut, craignant d'en avoir trop dit pour rester crédible. L'humiliation d'avoir à s'aplatir devant Ragnö lui laissait un goût amer dans la bouche. Elle serra les poings, se représentant le moment où elle se trouverait enfin face à Elka. La vengeance valait bien quelques sacrifices.

Une fois encore, le cheval s'opposa aux hommes qui tentaient de le sortir du *langskip*. Lorsqu'il fut débarqué, deux marins le maintinrent entravé pour l'empêcher de fuir. Un troisième le frappa d'un coup de pied, tant l'animal l'avait exaspéré.

L'étalon poussa un long hennissement. Ida frémit. La haine qu'elle percevait dans le cri de l'animal résonnait en elle comme un son familier.

4

Ketil fronçait les sourcils, le regard fixé sur le rivage. Le capitaine du *langskip* ne cachait pas son inquiétude. Après un long détour loin des côtes pour éviter d'être repéré, il avait atteint le lieu où, un an auparavant, Bjorn lui avait ordonné de débarquer. La plage était bordée de rochers à ses extrémités et de dunes de sable et de roc, recouvertes d'herbes folles. Ce lieu était connu pour la violence des courants qui en balayaient le fond. Pour peu que le vent se lève, les manœuvres d'accostage et d'appareillage devenaient compliquées. Et le moment de la marée ne permettait pas de se rapprocher sans danger. Ketil n'aimait pas non plus l'idée de laisser Olof, Sven, Finna et Elka nager jusqu'à la plage, mais il n'avait guère le choix. Son instinct de marin l'aida à s'approcher au plus près, sans ensabler l'embarcation. À quelques brasses du rivage, il leur donna le signal du départ.

– Soyez prudents : même s'il n'y a pas de vent aujourd'hui, les courants sont traîtres, et vous ne seriez pas les premiers à vous noyer ! D'ailleurs, ajouta-t-il en se tournant vers Elka, je me demande pourquoi ton père avait absolument voulu qu'on débarque ici.

Un marin, qui avait participé à tous les voyages maritimes de Bjorn-le-Fort, répondit sans qu'on lui demande son avis :

– L'amour… C'est l'amour qui l'a guidé !

Les rameurs reprirent en écho sur le ton de la plaisanterie : « L'amour, mour, mour… »

– Suffit ! ordonna Ketil. Maintenez le *langskip* aussi immobile que possible pendant que les jeunes débarquent.

Olof passa par-dessus bord le premier. Il portait le volumineux paquet de leurs affaires, soigneusement protégées de l'humidité par une peau de phoque huilée. Il fut très vite rejoint par les trois autres. Sans attendre, les quatre compagnons nagèrent vers la rive.

Ketil observa attentivement leur progression. Soudain, Finna sembla reculer au lieu d'avancer. Elle se trouvait piégée dans le couloir d'un violent courant. D'un cri, elle donna l'alerte. Sven ne l'entendit pas. Piètre nageur, il n'était pas très à l'aise et se concentrait sur ses mouvements et sa respiration. Olof tendit une main à la scalde pour la tirer de là.

Lorsqu'ils reprirent tous pied sur le sol de sable mêlé de cailloux, Ketil leur fit un geste de la main accompagné d'une ultime recommandation.

– On revient à la nuit tombée, dans quatre jours. On vous attendra jusqu'à la marée suivante. Soyez là, sinon… vous n'aurez plus qu'à rentrer à la nage !

Elka secoua ses bras en l'air pour signifier qu'elle avait reçu le message. Elle connaissait la règle des Vikings : une fois les coffres du *langskip* remplis, le rôle du chef et du navigateur consistait à éviter toute situation à risque. Mouiller le long d'une plage exposait les hommes et leur trésor à une attaque. L'équipage prévoyait de dormir à même le *langskip*, et de se relayer pour ramer jour et nuit, en priant les dieux pour que le vent gonfle leur voile.

– Et voilà, cette fois, on y est !

La remarque de Finna arracha Elka, Sven et Olof à la contemplation du *langskip* qui quittait la crique.

– Cherchons un coin où enterrer notre matériel, proposa Elka. Ensuite, on ira dans les terres.

Sven observa les dunes et les amoncellements de rochers qui entouraient les lieux.

– Là-bas, dit-il en pointant du doigt l'extrémité de la plage, on dirait qu'il y a un passage.

Agenouillée sur le sol, Elka creusa dans le sable et les cailloux. Ses pensées revenaient obstinément vers son père et vers la femme qu'il était venu chercher dans ce pays. Elle ignorait si elle parviendrait à le retrouver. Elle doutait d'avoir fait le bon choix. Ses amis et son frère l'avaient suivie ici, mais dépourvus d'armes et d'armée, ils risquaient de faire les frais d'une vengeance des habitants contre leurs ennemis vikings. Une question la taraudait : sa décision était-elle digne des enseignements que son père lui avait prodigués ?

Quand ils achevèrent de recouvrir de sable leurs affaires, le *langskip* avait la taille d'une corne à boire pointant à l'horizon. Ils n'avaient conservé sur eux que le minimum de vêtements, de vivres, sans oublier la bourse d'or qu'Olof dissimulait sous sa tunique.

Les quatre amis prirent alors la direction du passage repéré par Sven. Ils n'avaient qu'une centaine de mètres de plage à longer avant d'obliquer vers les terres.

– Je vous rappelle les consignes, dit Elka. L'objectif est de trouver l'endroit où les Vikings sont enterrés. Donc, pas d'agressivité, pas de comportement bizarre, on se fond dans la masse.

– Autant prier Thor pour qu'il remplace son marteau par un plumeau ! répondit Sven. On sera aussi repérables que des loups au milieu d'un troupeau de moutons ! Tu n'aurais pas un plan un peu plus crédible ?

Elka haussa les épaules.

– Une chose après l'autre. On entre en contact avec quelqu'un du coin. Pour la suite, on avisera.

Durant leur échange, Olof s'était écarté en marchant droit vers l'une des dunes qui délimitaient la plage.

– Olof ! appela Elka. Ne t'éloigne pas !

Son demi-frère, sans répondre à son appel, poursuivit sa trajectoire et commença l'escalade.

– Olof, insista-t-elle, je ne veux pas que tu t'écartes !

Le jeune géant se retourna vers sa sœur.

– C'est pas moi, c'est quelqu'un qui m'appelle.

Il suffit d'un échange de regards avec Finna et Sven pour qu'Elka comprenne qu'eux non plus n'avaient rien entendu.

– Ce n'est pas le moment de raconter des bêtises, Olof. Reviens !

Ignorant cette dernière remarque, le Viking poursuivit son chemin sans plus s'occuper de ses amis. Elka l'appela encore deux fois avant de le voir disparaître derrière les rochers.

– On n'a plus qu'à le suivre, soupira-t-elle, énervée.

– On dirait que la nouvelle saga commence déjà avec quelques surprises, remarqua Finna. Les gens vont adorer ! L'héroïne qui est abandonnée par son propre frère…

– Sauf que je me fiche de ta saga, dit Elka, et que mon frère n'a qu'à bien se tenir… Je vais lui dire ma manière de penser dès qu'on l'aura rattrapé.

– Ce n'est pas ma saga, c'est la tienne !

Sven éclata de rire.

– Dire que les gens d'ici ont peur des Vikings ! S'ils vous écoutaient vous chamailler comme des poules enfermées dans leur enclos d'hiver, ça les ferait bien rire !

Olof avait tourné le dos à Elka. Dans son esprit résonnait un appel impérieux. Il devait lui obéir, non pas comme on exécute un ordre, mais comme on poursuit l'avancée d'un cauchemar dont on ne veut pas rester prisonnier la nuit entière.

Il allongea le pas, accéléra le rythme, descendit en sautant d'un rocher à l'autre et rejoignit une langue de terre mêlée de sable où poussaient des épineux couverts de fleurs jaunes et des broussailles sèches. Tout de suite, il repéra l'origine de l'appel. Un loup se tenait à quelques pas de lui. L'animal était immobile, le regard tourné vers un tout jeune enfant.

Au même moment, il remarqua une femme un peu plus loin, du côté des terres, et qui avançait vers eux. La démarche de la femme avait quelque chose de curieux. Ses mains se tendaient vers l'avant, en un geste de panique, comme pour mieux empêcher le pire d'advenir. Son corps contrôlait mal son envie de courir à toutes jambes. Partagée entre sa raison qui lui dictait de ne pas affoler le loup et son instinct qui l'incitait à courir pour protéger l'enfant, elle marchait d'une allure nerveuse et heurtée.

Olof observa l'enfant tout en s'en rapprochant. Le petit, debout, tendait un coquillage vers le loup. Sa main était si proche qu'elle aurait pu lui toucher le museau.

– Bonjour petit garçon, dit Olof dans la langue qu'il avait apprise sur le *langskip*.

L'enfant tourna la tête tandis que la femme poussait un cri inarticulé, entre gémissement et hurlement, et se mettait à courir.

– Our ! répondit l'enfant.

– Tu n'as pas peur du loup ?

– Han !

– Alors, je vais voir la femme qui crie, annonça le Viking. Elle, elle a besoin d'aide.

Le petit approuva d'un hochement de tête. Il regardait à nouveau le loup, attendant qu'il se décide à prendre dans sa gueule le cadeau qu'il lui offrait.

Olof contourna le loup et l'enfant en veillant à rester à petite distance puis stoppa la course de la femme en l'attrapant dans ses bras. Elle était jeune, deux ou trois ans de plus qu'Elka.

– Lâche-moi, c'est mon petit, il faut que je sauve mon petit !

Olof affermit son emprise.

– L'animal ne veut pas de mal à l'enfant.

La femme mordit le bras d'Olof et cria :

– Lâche-moi, mon petit a besoin de moi.

Olof la serra encore davantage contre lui, l'empêchant de bouger ses membres. Elle s'effondra.

– Mon petit ! Je ne l'ai laissé que le temps de cueillir des… Il dormait ; mon pauvre petit. Je ne sais pas ce qui… Le loup !

– Si tu cries, si tu cours, l'animal a peur, l'animal attaque le bébé.

Les paroles d'Olof, prononcées dans une langue approximative, prirent soudain sens dans l'esprit de la femme. Elle cessa de s'agiter, se tut et l'observa comme si elle venait juste de s'apercevoir qu'il lui barrait la route.

– Qui es-tu ? demanda-t-elle.

– Je suis celui qui va chercher l'enfant et qui le ramène à toi.

La jeune femme regarda la main qu'Olof avait gardée sur son épaule. La tenue et l'accent du garçon trahissaient son origine viking. Il était assez grand et fort pour la tuer d'une seule de ses mains puissantes. Et pourtant, il dégageait une forme de sérénité apaisée, et elle l'avait mordu sans qu'il ne réagisse. Elle ressentait avec certitude qu'il ne lui voulait pas de mal.

– Je vais le chercher, dit-il, tu ne bouges pas.

La jeune femme resta immobile tandis qu'Olof s'avançait vers l'enfant et le loup. Il parlait à haute voix, une langue que la jeune femme ne connaissait pas. Elle aurait été surprise de découvrir qu'il ne s'agissait pas non plus de la langue viking, mais de mots et de phrases qu'Olof prononçait sans que personne ne les lui ait appris.

Le loup l'observait, tête levée, oreilles pointées dans sa direction. L'enfant s'était lassé d'attendre et se tenait assis sous le museau de la bête, son coquillage toujours en main. Olof se pencha vers lui.

– Je viens te chercher.

L'enfant était trop petit pour s'exprimer avec des phrases construites. Il babilla gaiement, sourit et tendit les mains vers le géant. Olof le prit dans les bras.

5

La jeune femme se sentit parcourue par un frisson glacé. Le soulagement de voir l'enfant échapper au loup céda le pas à la terreur de le voir dans les bras d'un de ces Vikings qui avaient fait preuve de tant de violence lors des raids qu'ils effectuaient dans les villages des environs.

Dès qu'Olof se trouva hors de portée du loup, elle se précipita vers lui et lui arracha l'enfant.

– Han ? s'étonna le petit.

D'un geste du bras, la femme sécha les larmes irrépressibles qui coulaient le long de ses joues.

– Je ne suis pas triste, mais j'ai eu peur.

– Han ?

– La bête, là-bas, c'est un loup. (Elle se retourna pour le désigner du doigt, mais l'animal avait disparu.)Tu ne dois pas t'approcher des loups, Gaïle. Les loups sont méchants et cruels.

– C'est faux, intervint Olof. Elle n'était pas là pour faire du mal à l'enfant.

– Qui ?

– La louve, expliqua-t-il. Elle allaite encore son petit. Et il lui est sûrement arrivé quelque chose. Elle s'est approchée d'un autre bébé pour chercher une mère qui saurait l'aider.

L'enfant commença à s'agiter. Il n'avait pas envie de rester dans les bras. La jeune femme raffermit sa prise, serrant le petit contre elle. Cette histoire de louve la rendait soudain méfiante. D'habitude, les bêtes ne s'approchaient pas si près des hommes, même des enfants. La présence de ce Viking pile au moment opportun lui sembla soudain trop surprenante pour n'être due qu'au hasard. Elle recula de trois pas.

– Comment sais-tu qu'il s'agissait d'une louve ? On n'en voit que des poils.

– Elle m'a appelé. Et elle a l'odeur et la lumière d'une mère. Toi, tu n'as pas la lumière, et tu ne sens pas la mère. C'est pour ça que je sais que ce petit n'est pas le tien.

Stupéfaite, la jeune femme dévisagea Olof. Qui était cet homme étrange qui lui assénait des vérités cachées ? La révélation raviva la peur panique qui lui nouait le ventre quelques minutes plus tôt.

– Tu te trompes, murmura-t-elle.

Olof se pencha pour cueillir une fleur jaune qui poussait sur la lande sablonneuse et la lui tendit sans un mot. La jeune femme l'attrapa sans réfléchir. Les réactions du Viking la prenaient au dépourvu et la plongeaient dans la confusion.

– Personne ne doit savoir que ce n'est pas mon fils, poursuivit-elle. Ne dis rien, je t'en supplie.

Olof lui adressa un sourire qui, bien mieux que des mots, sut la convaincre de sa sincérité. Elle percevait chez lui une bonté calme et posée qui l'attirait. Poussée par l'instinct davantage que par la volonté, elle refit en sens inverse les trois pas qui l'avaient éloignée de lui.

– Je m'appelle Aboelle, dit-elle, et lui, c'est Gaïle.

Tout en se présentant, elle posa à terre l'enfant, qui n'avait pas cessé de s'agiter dans ses bras. La louve avait déguerpi depuis un moment.

Enfin libre, Gaïle courut en direction des amas rocheux qui dissimulaient l'océan. C'est en portant son regard là-bas qu'Aboelle repéra Elka, Sven et Finna qui venaient.

– Gaïle ! appela-t-elle en s'élançant derrière lui, il faut partir.

Une fois encore, Olof l'arrêta.

– Ne crains rien, ce sont mes amis.

Aboelle se dégagea pour rattraper l'enfant.

Après quelques minutes d'échange avec Elka, Finna et Sven, Aboelle fut rassurée. Elle avait compris que ces Vikings n'avaient rien de comparable avec ceux qui débarquaient de nuit pour piller église, maisons et granges. Aboelle savait qu'elle aurait dû fuir, emporter Gaïle loin d'ici. Mais contre toute logique, la simple présence d'Olof, dont elle ne connaissait rien, la rassurait.

– Sais-tu où sont enterrés les Vikings qui meurent dans les combats contre les guerriers de ton peuple ? lui demanda Elka.

– Je ne sais pas, répondit Aboelle. Peut-être à la ronde ? Il y a un vieux cimetière, là-bas, où on enterre les bébés morts trop tôt, avant que le prêtre n'ait pu les baptiser, et ceux qui n'ont pas l'accès au cimetière de l'église.

La piste était mince, mais c'était la seule à laquelle Elka pouvait s'accrocher.

– La ronde ? s'étonna-t-elle, où est-elle, cette ronde ?

Aboelle tendit un doigt vers la plus élevée des petites collines qu'ils apercevaient un peu plus loin.

– Là-haut, vous les voyez ? Sur la plus haute des collines qui dominent le village, il y a une ronde de pierres. Des pierres immenses plantées debout dans la terre, plus hautes et plus larges qu'Olof, pointées vers le ciel. Elles forment comme une ronde, c'est pour ça qu'on les appelle comme ça. Même le castel porte ce nom. Vous connaissez le castel de la Ronde ?

Elka secoua la tête en signe de dénégation. Sven et Finna, qui se tenaient en retrait, firent de même.

– Mais je n'ai jamais entendu parler de Vikings enterrés là-haut, ajouta Aboelle.

– Alors, où sont-ils ?

La question d'Elka déclencha une grimace d'ignorance chez Aboelle. Après un instant de réflexion, cette dernière proposa :

– Mon père saurait peut-être te répondre.

– Peux-tu nous emmener le voir ?

– Mon père déteste les Vikings.

– Je peux payer pour l'information, précisa Elka.

Aboelle resta silencieuse un moment avant de répondre :

– Olof a sauvé Gaïle. On a une dette, maintenant. Venez avec moi, la maison est là-bas, de l'autre côté de la forêt.

Aboelle attrapa Gaïle, le jucha à califourchon contre sa hanche et ramassa son panier d'herbes aromatiques.

– On va contourner le bois par les champs, ce sera plus rapide, leur indiqua-t-elle.

Elle se mit en chemin, suivie par Elka, Sven et Finna. Olof resta en arrière, immobile.

– Olof ! s'énerva Elka, tu vas rester planté là longtemps ?

– Je vais dans la forêt. La louve m'appelle.

– Ce n'est pas la louve qui t'appelle, c'est moi ! Alors tu arrêtes de faire tes histoires et tu viens.

Olof se mit en marche, droit vers la forêt. Elka s'adressa à Aboelle avec une mimique résignée :

– Je crois qu'on va plutôt passer par le bois. Mon frère est plus obstiné qu'un âne ! On perdrait trop de temps à tenter de le convaincre.

Guidé par Aboelle, le groupe laissa les dunes et la lande sablonneuse derrière lui. Ils longèrent deux champs de cultures jusqu'à l'orée du bois, dans lequel ils s'engagèrent.

Quelques mètres après avoir franchi la frontière des arbres, ils repérèrent l'animal. La louve se tenait debout, bien en évidence, au milieu d'une petite clairière. Elle laissa Olof l'approcher à une dizaine de pas de distance, puis s'éloigna. Elle recommença plusieurs fois son manège.

Alors que le sous-bois se faisait plus touffu et envahissait la piste, Aboelle s'arrêta, serrant Gaïle contre elle.

– D'habitude, on ne va pas plus loin, même pour couper et ramasser le bois. Les chiens se font avoir parfois. Ils suivent la louve, et quand ils se rendent compte que toute la meute est là, il est trop tard. Les loups risquent de se jeter sur nous dès qu'on sera sur leur territoire !

– Elle a raison, dit Sven, c'est dangereux.

Olof retourna sur ses pas pour les rejoindre et prit la main d'Aboelle. La jeune fille rougit brusquement, sans qu'Olof ne s'en rende compte. Il s'était déjà remis en marche, et Aboelle le suivait, comme privée de toute volonté propre.

Sven tendit sa main à Elka, comme l'avait fait Olof. Elka se retourna pour fouiller les alentours du regard. Elle ignora la main tendue tout en râlant :

– Olof, on te suit pour cette fois, mais pour cette fois seulement !

Finna, qui fermait la marche, se porta à la hauteur de Sven et l'arrêta d'un geste.

– Tu ne dois pas te décourager, tu sais.

– Me décourager pour quoi ?

– Pour Elka ! J'ai bien vu votre petit manège. Toi qui lui tends la perche, elle qui l'évite…

Sven haussa les épaules.

– C'était juste pour l'aider.

– Bien sûr, confirma Finna d'un ton ironique, juste pour l'aider.

Sven se remit en route, accélérant le pas pour rattraper Elka. Les propos de Finna l'avaient mis mal à l'aise. Il observa Elka qui avançait à grands pas à quelques mètres de là. C'est vrai qu'il l'appréciait chaque jour davantage. Mais cela ne signifiait pas davantage qu'une amitié qui grandit.

Finna le suivit en souriant. Elle n'était pas scalde par hasard ! Elle savait voir ce que d'autres ne remarquaient pas. Un discret sifflotement trahissait sa bonne humeur. Elle cherchait déjà les rimes qui rythmeraient son récit. Une expédition pour ramener le corps d'un mort. Une histoire d'amour contrarié. Un loup qui se présentait comme guide pour découvrir le pays des étrangers… elle n'aurait pu rêver meilleur début pour sa saga !

La piste finit par s'effacer tout à fait. Levant haut les pieds pour franchir les broussailles, protégeant de leurs bras leurs visages menacés par les branches basses, ils s'enfoncèrent dans la forêt, jusqu'à une clairière occupée par une masure. Son toit en partie écroulé et sa porte qui pendait le long d'un unique gond attestaient son caractère abandonné.

– Je connais cet endroit, dit Aboelle. Les anciens en parlent souvent aux veillées. Ils racontent que c'est un lieu maudit. Il paraît qu'un châtelain a condamné une mère et son enfant à y vivre, et a interdit aux villageois de les aider.

– Pourquoi la femme a-t-elle été bannie ? s'offusqua Elka. Était-ce une esclave qui avait tenté de s'échapper ?

– Il n'y a pas d'esclaves ici. Mais les châtelains ont tous les droits, ou presque, sur les habitants de leur domaine. On dit que la mère avait refusé ses avances. Les anciens disent qu'on les a retrouvés, la mère serrant l'enfant dans les bras, tous les deux morts de faim et de froid. Depuis, la masure est hantée. On y entend des bruits bizarres.

Un gémissement ponctua ses dernières paroles, faisant sursauter la petite assemblée. Le son semblait provenir de l'intérieur de la masure, mais l'obscurité qui y régnait empêchait d'y repérer quoi que ce soit.

Olof s'approcha jusqu'à toucher le lierre qui recouvrait le mur de pierre. Puis soudain, il s'accroupit et disparut.

Aboelle, Elka, Sven et Finna se précipitèrent à son secours. Ils découvrirent l'accès à une cave, dont le volet, rongé par les insectes, avait fini par s'effondrer sous son propre poids.

– Olof ! s'écria Elka. Ça va ?

Un *chut* étouffé lui parvint depuis le souterrain, suivi d'un étrange cliquetis. Bientôt, Olof ressortit de la cave, un vieux piège de ferraille à la main. Il s'agissait d'une cage étroite utilisée par les braconniers pour capturer du gibier, mais c'était un louveteau qui s'y était retrouvé prisonnier. L'animal gisait au fond du piège et n'avait plus la force de bouger, à peine celle de gémir.

Olof poussa les broussailles, posa le piège à terre et glissa la pointe de son poignard dans le mécanisme rouillé de la porte. Il en tira le louveteau, qui renonça très vite à se débattre tant il était épuisé. Le géant s'approcha d'un coin de la masure, d'où dépassait le museau de la louve. Il déposa le petit devant elle, sur un tas de feuilles mortes. En quelques coups de langue, la louve ragaillardit l'animal. Une fois son petit sorti de sa torpeur, elle s'allongea à ses côtés. Elka s'étonna de le voir trouver la force de ramper jusqu'à sa mère et de s'accrocher à l'un de ses tétons. Après des heures de torture, le petit animal trouvait le réconfort en s'abreuvant au sein maternel.

– Il faut les tuer tous les deux, dit Aboelle. C'est mal de sauver un loup.

– Ce n'est pas un loup, répondit Olof, c'est un petit.

– C'est pareil. Quand il aura grandi, il tuera nos bêtes comme les autres loups l'ont fait avant lui.

– Alors, il sera temps de le pourchasser. Mais pour le moment, il ne menace personne. On n'a pas le droit de lui voler sa vie.

– Regardez, s'exclama Finna, il a relevé la tête !

Un minuscule museau rose émergeait du corps de la louve.

– Il a déjà repris des forces, constata Sven. On ferait bien de partir. Maintenant que la mère a récupéré son petit, elle pourrait se sentir menacée par notre présence.

– Une chose est sûre, répliqua Aboelle, si vous racontez à mon père qu'Olof vient de sauver un loup, c'est à coups de fourche qu'il vous repoussera jusqu'à la mer !

6

La maison de granit s'ouvrait sur une grande pièce meublée d'une imposante cheminée, d'un buffet de bois, d'une table et de quatre chaises. Dans la pénombre, tout contre les murs, on distinguait des coffres pour protéger le linge de la poussière.

– Asseyez-vous, proposa Aboelle aux quatre compagnons, je n'ai que peu de chose à vous offrir, en dehors d'un godet d'eau du puits. D'habitude, on sert la goutte aux invités, mais cette année mon père a fait baisser les réserves… il les a même cachées !

Elle s'interrompit, songeuse, avant de poursuivre :

– Quoique j'y pense… On n'est pas riche, c'est vrai, mais j'ai quand même quelque chose qui vous sera utile.

Aboelle s'engouffra dans une chambre dont le parquet craquait sous ses pieds. Elka, Sven et Finna entendirent le couvercle d'un coffre grincer. Olof n'y porta pas attention. Il se tenait face à l'enfant, qu'il avait assis sur la bordure d'une fenêtre. Gaïle lui montrait comment claquer ses mains dans les siennes. Le géant s'appliquait à l'imiter et à claquer sa paume dans celle du petit. Le jeu les faisait rire aussi fort l'un que l'autre.

Quand Aboelle regagna la pièce principale, elle disposa une brassée de vêtements sur la table.

– Avec ça, vous passerez un peu plus inaperçus… à condition de ne pas prononcer un mot !

– Tu veux nous donner ces vêtements ? s'étonna Elka.

– Olof a sauvé Gaïle. Il mériterait que je vous aide encore davantage.

Olof se retourna à l'énoncé de son prénom et regarda Aboelle. Elle rougit et, pour cacher son trouble, se dirigea vers la porte d'entrée, qu'elle ouvrit en grand.

– On verra mieux, comme ça. Et puis, la chaleur du dehors nous arrivera. C'est qu'avec les beaux jours on n'a plus besoin de garder les flammes, la braise suffit pour relancer le feu de la soupe du soir. Alors, vous les essayez, ces habits ?

Parmi les Vikings, aucun n'osait se servir dans le tas posé sur la table.

– Allez-y ! J'ai pris des vieux vêtements de travail de mon père pour Sven. Et pour les femmes…

Aboelle dégagea une robe et la tendit à Elka.

– Elle est en bon état, remarqua Elka. Tu pourrais en avoir besoin.

– Non, c'est mieux si tu l'emportes. C'était la robe de ma grande sœur, Théosa. Mais là où elle est maintenant, elle n'en a plus besoin.

Elka se saisit du vêtement. La générosité d'Aboelle la mettait mal à l'aise. L'intérieur de la maison dénotait une pauvreté qu'aucun Viking n'aurait osé exposer aux yeux des visiteurs. Même le plus indigent des hommes de son peuple s'arrangeait pour poser une fourrure sur son banc, un bout de tissu sur son mur ou quelques sculptures sur les montants de porte. Chez Aboelle, les meubles de bois brut étaient nus, sans aucun apparat. Il y avait juste une croix en chêne accrochée au-dessus du buffet.

– Je te remercie Aboelle, mais nous n'allons pas rester. Dès que j'aurai retrouvé ce que je suis venue chercher, nous regagnerons notre pays. Je ne veux pas te priver de ces robes.

– Théosa était la fille de la première femme de mon père, répondit Aboelle. Ma mère est morte en me donnant la vie, c'est Théosa qui m'a élevée. Elle m'a aimée. Et elle me manque tellement qu'à chaque fois que je vois ses vêtements, je sens le désir de vengeance qui empoisonne mon cœur. Alors, tu vois, Finna et toi pouvez les accepter sans remords.

Elka échangea un regard avec Finna et hocha discrètement la tête. Aboelle leur avait sorti deux robes tissées grossièrement en lin, sans broderie, et teintes dans ce jaune orangé obtenu grâce aux pelures d'oignon.

– Merci Aboelle, dit Elka.

Les deux Vikings passèrent dans la chambre le temps d'enfiler les robes de lin, puis elles tendirent à Aboelle leurs tuniques brodées ainsi que leurs capes, sur lesquelles était fixée une broche.

– Tiens, dit Elka, prends-les en échange.

– Pas question ! les repoussa Aboelle, vos habits sont bien trop beaux, je n'en ai jamais porté des comme ça.

– Tu n'as pas besoin de ça pour être la plus belle des femmes, intervint Olof.

Une fois encore, le rouge monta aux joues d'Aboelle. Le compliment d'Olof ressemblait aux paroles de ces hommes qu'elle avait l'habitude d'entendre sur les marchés ou à l'église. Pourtant, ces mots résonnaient différemment dans la bouche du géant, plus sincères, plus beaux.

Elle s'approcha de la fenêtre et récupéra Gaïle dans ses bras sans oser croiser le regard d'Olof.

– La nuit va bientôt tomber, mon père ne devrait plus tarder. Sven, tu devrais mettre la tenue que je t'ai sortie. Et toi, Olof, je suis désolée, mais je n'avais rien d'assez grand. De toute façon, avec ta taille, qu'importent les vêtements : tu ne réussiras pas à passer inaperçu !

Dès qu'elle reposa l'enfant au sol, Gaïle rejoignit Olof qui lui montra comment jouer avec une ficelle en formant des figures à l'aide des doigts.

L'heure suivante s'écoula au rythme des préparatifs de la soupe et des discussions sur les modes de vie des deux pays.

Le père d'Aboelle ouvrit la porte et s'arrêta un instant sur le seuil. Il n'avait pas l'habitude de voir tant de personnes chez lui.

– 'Soir, prononça-t-il lentement, l'air méfiant.

– Bonsoir, répondirent Elka, Sven et Finna.

Ce simple mot suffit au vieil homme pour comprendre à qui il avait affaire. Il fouilla la pièce du regard, à l'affût d'armes ou de guerriers. Les lieux étaient vides.

Il en conclut très vite que les quatre Vikings n'avaient pas pris sa famille en otage. Sans plus s'occuper des étrangers, il pointa un doigt accusateur vers sa fille et s'approcha d'elle.

– Qu'est-ce qu'ils font ici ? Tu sais bien que ces gens apportent les malheurs. Tu ne crois pas qu'on en a eu assez comme ça ?

– Père, vous voyez bien qu'ils ne sont pas là pour nous attaquer ! Ils viennent chercher le corps d'un des leurs pour lui rendre les hommages de leur pays. Ce ne serait pas chrétien de leur refuser notre aide.

– Et tu crois que c'est chrétien de leur ouvrir la porte pour qu'ils soient bientôt suivis de toute une armée qui pillera nos églises et nos chapelles ? Et quand ça arrivera, crois-tu que nos voisins se rappelleront que nous sommes chrétiens avant de nous condamner à mourir sous le fouet pour acte de trahison ? Chasse-les d'ici ! Qu'ils aillent dormir avec les loups, c'est leur place.

Aboelle leva ses mains en l'air, paumes vers l'avant, en signe d'apaisement.

– Le grand là (elle désigna Olof du menton) il a sauvé la vie de Gaïle.

En quelques phrases, elle raconta les événements qui s'étaient déroulés au bord de l'océan. Le grand-père de Gaïle ne montra aucune émotion. À la fin du récit, il s'approcha de l'enfant et le prit dans ses bras. Le regard tourné vers Olof, il annonça :

– J'ai une dette envers toi, Viking. Dis-moi ce que tu veux. Si je le peux, je te le donnerai. Et ensuite, tu partiras avec tes amis, et vous ne reviendrez jamais.

Les doigts empêtrés dans la ficelle de Gaïle, Olof fronça les sourcils.

– Je ne veux rien.

– Aussi vrai que je m'appelle Tual, répondit le vieil homme, j'ai toujours payé mes dettes. Ce n'est pas aujourd'hui que je ferai autrement. Tous les hommes veulent quelque chose, alors, dis-moi !

L'incompréhension qu'il lut sur les traits d'Olof ébranla Tual. L'homme n'arrivait pas à cerner cet immense Viking qui avait sauvé son petit-fils et qui refusait de se faire payer. Qu'avait-il en tête pour agir ainsi ?

L'interrogation de Tual trouva sa réponse dans le sourire soudain du géant. Olof venait de réussir à démêler la ficelle de ses doigts. Sa joie était celle d'un enfant, pure et dépourvue d'artifice. Ses yeux emplis de fierté se tournèrent vers Elka.

– T'as vu, y a pu de nœuds !

Gaïle arracha la ficelle à Olof en éclatant de rire. Il recommença aussitôt à la nouer autour des mains du géant.

Tual hocha la tête. La tension qui crispait ses épaules s'effaça. Il avait compris qu'Olof était un de ces hommes à l'esprit simple, qu'aucune malice n'habitait.

– Et si on s'asseyait ? proposa Elka.

Aboelle rapporta deux tabourets de la chambre et tous se rassemblèrent autour de la table pour manger la soupe versée sur une épaisse tranche de pain noir.

Elka fit les présentations :

– Voici mon frère, Olof. Elle, c'est Finna, la scalde. Lui, c'est Sven, un ancien esclave de mon père. Et moi-même, je suis Elka, descendante d'Herulf-le-Vaillant.

Sven serra les dents à l'énoncé de son nom. Il n'était plus esclave et pourtant, c'est sous cet intitulé qu'elle l'avait présenté. Ne le voyait-elle que dans ce rôle-là, malgré toutes les aventures qu'ils avaient partagées ? Son regard à lui avait pourtant changé. Il ne voyait plus en Elka la jeune princesse arrogante et hautaine qui l'avait obligé à quitter le village viking aux portes de l'hiver ! Pourquoi n'en faisait-elle pas autant à son égard ? Ils étaient censés être amis désormais.

Elka ne remarqua pas sa réaction. Le tour de table achevé, elle expliqua la raison de leur présence en ces terres étrangères.

– Je viens rechercher le corps d'un Viking mort ici. Savez-vous où il pourrait être enterré ?

Tual désigna la fenêtre d'un coup de menton. La nuit était tombée.

– Il ne faut pas parler des morts alors que l'obscurité peut cacher les âmes maudites. Allez dormir dans la grange. Je répondrai à ta question demain. Alors, j'aurai payé ma dette.

Aboelle avait grandi dans la petite maison de granit, sous l'œil aimant de sa grande sœur et le regard sévère de son père. À l'exception de la messe du dimanche, elle n'avait que peu d'occasions de sortir de chez elle. Pourtant, la transformation de la petite fille en une belle femme n'avait pas échappé aux jeunes gens de la région. Nombre d'entre eux saisissaient le moindre prétexte pour passer chez Tual, dans l'espoir d'échanger quelques mots avec Aboelle, de la faire rire et de trouver une nouvelle occasion pour venir la rencontrer. Aboelle les accueillait avec sa gentillesse légendaire. Elle appréciait leurs marques d'attention. Mais aucun d'entre eux ne faisait battre son cœur. Aucun ne lui donnait envie de s'échapper à la nuit tombée pour parler des heures, et des heures, jusqu'à enfin s'embrasser. Tual pouvait bien répéter ses mises en garde sur la malignité des garçons, ses avertissements restaient inutiles. Sa fille appréciait sa vie telle qu'elle était, auprès de son père et du jeune Gaïle, sans souffrir du manque de compagnie.

Aussi, quand elle invita le groupe des Vikings à regagner le chariot, elle se trouva toute surprise de se sentir triste. Elle aurait aimé qu'Olof reste auprès de la cheminée. Elle aurait été heureuse de boire une tisane de tilleul séché à ses côtés, en silence, ou bien en parlant. Elle maîtrisa très vite cette émotion inavouable qui l'envahissait et, poliment, accompagna le petit groupe jusqu'à la grange.

En leur laissant la lampe à huile avant de repartir, elle frémit au contact de la main qu'Olof approcha pour s'en saisir.

Une fois seuls, les quatre amis rassemblèrent du foin pour former une paillasse où s'installer pour la nuit.

– Mieux vaut mettre en place un tour de garde, déclara Elka.

– D'accord, je prends le premier…

Finna s'interrompit avant d'achever sa phrase. Elle poussa un long soupir et reprit la parole.

– En fait, non, je suis désolée, mais je ne pourrai pas y participer.

– Encore tes scrupules de scalde ? demanda Sven.

– C'est ça. Je n'ai pas le droit d'intervenir dans la saga de mon héroïne, se justifia-t-elle. Je ne l'ai déjà que trop fait quand Elka cherchait l'objet du pouvoir. Les anciens me l'ont dit et répété avant notre départ : il faut que je me limite à observer et mémoriser pour mieux témoigner.

– Le problème, répondit Elka, c'est que je n'ai pas besoin de quelqu'un qui me suive pour chanter mes louanges. J'ai besoin d'aide. Alors, si tu veux écrire un jour ta saga, il va falloir renoncer à ton éthique de scalde et participer au tour de garde, au même titre qu'Olof et Sven.

– Je te l'ai déjà dit : ce n'est pas MA saga, c'est la tienne. Et les scaldes ne la valideront pas si j'y prends part !

Le désarroi de Finna était évident. Partagée entre les règles des scaldes et son envie de contribuer à l'expédition, elle ne savait plus quoi décider.

Sven lui plaça la lampe dans les mains.

– On te demande de faire le guet, pas d'aller batailler pour sauver la vie de ton héroïne ! Tu prends le premier quart… Tu n'auras qu'à prétendre que tu ne trouvais pas le sommeil !

– Et puisque c'est ma saga, je t'ordonne de le faire ! ajouta Elka. Si tu me désobéis, tu auras pris une initiative, et tu ne seras plus un simple témoin.

Finna s'esclaffa.

– Vu comme ça, je n'ai pas le choix !

Elle s'assit sur le tabouret de traite de la vache tandis que les autres se couchaient dans la paille.

Sven s'endormit aussitôt, ce que personne ne put ignorer tant ses ronflements se firent bruyants. Elka resta éveillée un long moment, songeant à ce qui les attendait le lendemain.

Son frère et ses amis l'avaient suivie, alors qu'ils savaient que son plan n'avait rien d'abouti. Ils étaient désormais au milieu d'un territoire ennemi, à la recherche du corps de Bjorn, que les habitants avaient pu jeter au fond d'un puits par vengeance, ou pire encore. Risquer la vie d'êtres chers pour ramener un mort… son projet lui paraissait tellement égoïste aujourd'hui !

La nuit passa très vite. Le lendemain, Tual avait quitté la maison bien avant le lever du jour. Olof était sorti de la grange à l'aube. Sven, qui assurait la garde de fin de nuit, s'était assoupi. Elka et Finna dormaient, recroquevillées dans leurs robes étrangères enfilées la veille.

Aboelle les réveilla en venant traire la vache. Les giclées de lait résonnaient contre les parois du seau de métal, tandis que l'odeur savoureuse du liquide encore tiède s'immisçait dans les dernières bribes de rêve des trois amis.

Elka se redressa brutalement en reprenant conscience de l'endroit où elle se trouvait. Elle salua Aboelle, se précipita dehors, remarqua l'absence de lumière dans la maison et s'inquiéta de la disparition de Tual.

– N'aie crainte, la rassura Aboelle, mon père se lève tôt et effectue le plus dur de ses tâches avant l'aube pour éviter les heures chaudes.

Méfiante, Elka hésita à la croire.

– Allons cueillir des racines pour le gruau, dit-elle aux deux autres.

La proposition lui permettait de s'éloigner, pour préparer leur fuite si Tual revenait avec des hommes pour les arrêter. Aboelle ne fut pas dupe.

– J'ai discuté avec Olof, ce matin. Il est allé voir comment va le petit loup. Vous le croiserez peut-être ? Quand vous serez prêts, revenez. Vous serez les bienvenus chez moi.

Elka la remercia d'un sourire. Sa gentillesse la touchait. Aboelle les avait hébergés pour la nuit. Elle leur avait rendu un service comme Olof lui en avait rendu un la veille. Elle ne leur devait plus rien. Et pourtant, elle s'exposait aux risques d'accueillir des ennemis sous son toit.

Elka et Finna suivirent Sven dans la forêt, où ils ne tardèrent pas à retrouver Olof. Le jeune géant avait cueilli une grosse poignée de fraises des bois.

– C'est pour Aboelle, dit-il à Elka, elles sont encore fraîches de la rosée. Je vais les donner.

– Pas tout de suite, Olof.

– Mais, c'est comme ça qu'elles sont les meilleures ! Je dois y aller.

Elka eut bien du mal à l'empêcher de se précipiter vers la maison de pierre. La mine attristée de son demi-frère, alors qu'il regardait les fraises se réchauffer et sécher, faisait peine à voir. Mais Elka n'en avait cure. La sécurité primait avant tout.

Tual regagna sa maison, alors que la matinée était bien avancée. Il était seul. Les quatre amis toquèrent peu après à la porte. L'homme ouvrit, sourcils froncés, et d'un geste accompagné d'un soupir résigné il leur fit signe d'entrer.

Tous s'installèrent autour de la table, sur laquelle Sven déposa de la viande séchée et des galettes de son.

– As-tu réfléchi à l'endroit où je pourrais trouver les corps des Vikings morts pendant les batailles ? demanda Elka à Tual.

L'homme secoua la tête en pinçant les lèvres.

– Si je t'accueille en ma maison, c'est uniquement parce que le grand gaillard (il pointa le menton en direction d'Olof) a sauvé mon petit-fils. Je vous déteste, vous, les Vikings. Ton peuple vient tuer les miens, piller nos maisons et enlever nos jeunes depuis bien des années. Que crois-tu que nous ferions d'un Viking qui resterait sur nos terres ?

– Tu veux dire que vous vous vengez sur les morts ? Ça n'a aucun sens !

– La vengeance est guidée par la passion, pas par la raison.

– Alors, les corps… que deviennent-ils ?

– Rien, ils ne deviennent rien. Aucun corps n'est abandonné ici. Tes frères de sang ont compris qu'on pourrait maltraiter leurs morts. Tous les Vikings remportent les corps des leurs en partant.

– Mais s'ils en oublient un ?

Tual fronça les sourcils. Il n'avait pas souvenir qu'une telle situation se soit déjà produite.

– Que ferais-tu, toi, Tual, insista Elka, si tu trouvais le corps d'un Viking sur le sable ?

– Je préviendrais le prêtre. Mais les Vikings sont des sauvages. Même ceux qui se disent chrétiens frayent avec le diable ! Alors, un Viking ne pourrait pas être enterré dans le cimetière de l'église.

Un silence s'invita dans la pièce. Tual semblait décidé à se taire. La voix d'Aboelle, qui se tenait debout en retrait du groupe, vint relancer l'échange.

– Peut-être serait-il inhumé vers la ronde, avec ceux qui n'ont pas connu Dieu ?

Les têtes se tournèrent dans sa direction, la faisant rougir. Puis Elka darda son regard sur le vieux Tual.

– Peux-tu nous amener jusqu'à la ronde, vieil homme ?

Tual hésita. C'était une chose de parler aux Vikings dans sa maison isolée, c'en était une autre de les accompagner au vu et au su de tous risquait de le mettre en difficulté.

Elka sentit son hésitation.

– Je te jure devant les dieux, les nôtres et le tien, qu'après ça nous quitterons ta famille dès que tu nous le demanderas.

Cet engagement acheva de convaincre Tual. Il alla chercher un vaste sac de jute dans lequel il fit un trou, et le tendit à Olof.

– Tiens, enfile ça par-dessus ta tenue !

Les préparatifs ne furent pas très longs. Les quatre compagnons grimpèrent à l'arrière de la carriole attelée et Tual mit le cheval au pas.

– Baissez la tête, ne regardez personne et surtout ne dites pas un mot. Et si ce n'est pas possible, laissez Sven parler. Je ne sais pas pourquoi, mais il a moins d'accent que les autres.

– C'est parce que mon père était un esclave qui venait de ce pays, expliqua Sven, c'est lui qui m'a appris à parler la langue alors que j'étais encore tout petit.

– Parfait, c'est toi qui parleras, insista Tual. Mais ça ne suffira pas : les gens d'ici se connaissent. Ils verront très vite que vous n'êtes pas du coin. Et s'ils comprennent qui vous êtes réellement, je ne donne pas cher de nos vies. Alors, n'oubliez pas : pas un geste, pas un mouvement.

Olof n'écoutait pas. Les yeux fixés sur la silhouette d'Aboelle qui s'éloignait à mesure que la charrette avançait, il pensait à son chien. Il aimait son chien et le quitter pour suivre Elka avait été difficile. Mais ce n'était rien comparé à ce qu'il ressentait maintenant. Il aimait Aboelle mille fois plus qu'il pourrait aimer un chien et il n'avait qu'une envie : descendre de la carriole et courir rejoindre la jeune femme. Des larmes glissaient sur ses joues sans qu'il pense à les essuyer.

Finna posa une main apaisante sur son bras.

– On va sûrement la revoir, Olof, ne t'inquiète pas.

7

Tual emprunta une piste peu fréquentée. À mi-chemin, la carriole s'embourba. Tous descendirent et poussèrent sur les roues pour aider le cheval à la sortir de l'ornière.

À quelque distance de là, des paysans les observaient, intrigués. Quand ils constatèrent que les occupants de la carriole ne parvenaient pas à la dégager, ils se mirent en marche dans leur direction. Venir à la rescousse leur permettrait de découvrir qui accompagnait Tual, dont ils avaient reconnu la silhouette trapue.

– Dépêchez-vous ! chuchota le vieil homme, poussez ! Il faut partir avant qu'ils nous rejoignent, sinon tout le village sera au courant très vite.

– Un, deux, trois ! murmura Sven pour coordonner les efforts.

La carriole bougea, sans s'extirper de la boue compacte qui emprisonnait ses roues.

– Allez… un, deux, trois.

Dans un violent sursaut, les compagnons poussèrent à nouveau, sans plus de succès.

Elka voyait avec appréhension les villageois se rapprocher. Elle songea qu'il serait trop frustrant d'être stoppée dans sa recherche alors qu'ils avaient eu autant de chance jusque-là. Elle se tourna vers Olof.

– Si on n'arrive pas à sortir la carriole, on ne…

– Tu ne reverras pas Aboelle, la coupa Finna.

Elka lui adressa un regard surpris, se demandant pourquoi Finna mêlait Aboelle à cette histoire. Elle fut d'autant plus stupéfaite de découvrir l'impact de ces paroles sur son demi-frère.

Le jeune homme gonfla sa poitrine jusqu'à avoir l'envergure d'un cheval et, avec un cri rageur, s'arc-bouta sur la charrette. Les trois autres accompagnèrent aussitôt son mouvement. Les roues s'échappèrent enfin de la gangue terreuse.

Tual mit le cheval au trot d'un coup de badine. Les deux paysans s'arrêtèrent et les suivirent des yeux un long moment. Le vieil homme essuya la sueur qui baignait son front.

– Je vous déteste, vous, les Vikings. Vous avez vu ce que vous me faites faire ?

La question n'appelait pas de réponse, et les compagnons se gardèrent bien de dire le moindre mot.

Ils cheminèrent ainsi jusqu'au pied de la colline de la ronde des fées. La montée était rude, le cheval plus très jeune. À mi-distance de l'arrivée, Tual attacha l'animal à un arbre.

– On continue à pied.

Un sentier montait en sinuant le long de la pente, laissant le sommet hors de vue. Lorsqu'ils parvinrent enfin au terme de leur escalade, les quatre compagnons se trouvèrent figés par la surprise.

– C'est là, dit Tual, c'est la ronde des fées.

D'énormes blocs de granit avaient été plantés en cercle sur une vaste étendue herbeuse, tels des vieux arbres de pierre dépourvus de branches. Au centre, deux masses de granit semblaient fondues l'une dans l'autre. Le spectacle était saisissant. L'ensemble dégageait une impression de puissance et de spiritualité. Olof semblait particulièrement touché. Il s'approcha pour caresser une pierre.

– Comment est-ce possible ? s'étonna Elka. Chaque bloc doit peser plus de mille hommes réunis ! Comment ces pierres ont-elles été plantées là ?

– On l'ignore, répondit Tual, elles sont ici depuis aussi longtemps qu'on s'en souvienne. Mais il y a une légende qui parle de l'origine de leur présence.

Finna se tourna vers le vieil homme, attentive.

– Raconte-nous ça !

Prenant conscience du caractère impératif de sa demande, elle ajouta pour l'adoucir :

– S'il te plaît… j'aimerais tant l'entendre.

Tual observa les alentours. Il n'y avait personne. À cette heure, les villageois travaillaient dans les champs, dans les maisons ou dans leurs ateliers. Or, le vieil homme aimait les histoires et savait captiver son auditoire lors des veillées. Il ne se fit pas davantage prier pour commencer son récit.

– On dit qu'il y a longtemps des fées venaient chaque nuit danser au sommet de cette colline. Leur ronde apportait le bonheur et la richesse aux habitants du village. Tous les dix ans, une enfant du village leur était donnée pour devenir fée. Pour les familles, c'était un crève-cœur, car, une fois emportée par les fées, l'enfant les oubliait. Mais c'était le prix à payer pour la prospérité du village. Un jour, le sort s'abattit sur une femme qui avait perdu tous ses enfants, à l'exception de la petite fille désignée par les fées. Cette femme n'était pas du village. Elle était arrivée sur la plage une nuit de tempête sans que personne n'ait su d'où elle venait. Puis elle s'était mariée. Elle refusa de donner sa fille aux fées. De mémoire d'homme, jamais personne n'avait refusé le sacrifice de l'enfant pour le bien de la communauté. Les villageois eurent beau insister, elle s'obstina, veillant sa fille jour et nuit. Elle chassa même son mari de la maison, le soupçonnant de vouloir enlever l'enfant sans son consentement. Peu après, une de ces nuits où la lune pleine semble si proche qu'on a envie de la toucher, les fées ne vinrent pas danser. Il en fut de même une deuxième nuit. Puis une troisième. À mesure que les fées se faisaient rares, les malheurs surgissaient dans le village, accident, attaque de bête sauvage, récolte ravagée par la grêle... À bout d'arguments, terrorisés à l'idée que les fées abandonnent leur village pour toujours, les habitants menacèrent la femme de tuer sa fille eux-mêmes le matin venu si elle ne la livrait pas aux fées. Cette nuit-là, la mère monta au sommet de la colline. Les fées se regroupèrent et dansèrent autour d'elle et de l'enfant qu'elle tenait dans ses bras. Alors, la mère commença à chanter, un chant d'une tristesse si profonde, si véritable, qu'il fit frissonner d'effroi tous les villageois. Barricadés dans leurs maisons, les volets fermés, la porte close à double tour, les hommes attendaient. Malgré les mains qu'ils collaient sur leurs oreilles, le chant parvenait à se glisser jusque dans leur tête. Quand la mère eut fini de chanter, ils entendirent un grand bruit, comme le battement d'ailes d'un oiseau géant. Et les interstices de leurs volets fermés laissèrent filtrer une lueur puissante. Effrayés, les villageois se terrèrent alors dans leurs caves. Aucun n'osa sortir voir ce qu'il se passait. Le lendemain, la première femme qui s'aventura dehors pour quérir l'eau du puits poussa un hurlement. Au sommet de la colline, les fées étaient devenues pierres et entouraient la mère et l'enfant statufiées, elles aussi, au centre. Certains dirent que c'était l'œuvre d'un dragon. D'autres que les dieux des fées avaient envoyé un orage maléfique pour montrer leur colère. Depuis cette nuit-là, le village n'a plus été protégé. Aujourd'hui, la mère supérieure du couvent et le prêtre de l'église disent qu'il ne s'agit que d'une légende païenne. Pourtant, l'histoire est répétée si souvent, chaque hiver, presque à chaque veillée, que je pense qu'elle détient une part de vérité. Les fées sont là, même si elles ne peuvent plus danser.

La voix de Tual se tut. Finna se répétait sans bruit les paroles du vieil homme pour ancrer l'histoire dans sa mémoire. Elle demanda ce qu'était un couvent et il le lui expliqua. Les autres restaient muets. L'homme tendit son bras vers le contrebas de la colline.

– Là, c'est le village. Le grand bâtiment de pierre, en lisière de forêt, c'est le couvent, avec le clocher, cette grande tour de pierre avec des cloches au sommet. Et là, c'est l'église. Et plus loin, vers l'océan, c'est le castel.

Elka observa l'imposante bâtisse, construite sur une motte formée grâce à la terre enlevée pour creuser les fossés. Une rampe de bois montée sur des piliers permettait de les franchir pour pénétrer dans une grande tour faite de pierres à sa base et de bois dans les étages. Une double palissade séparait la tour de la basse-cour, qui rassemblait les logements des hommes d'armes, écuries, forge, fours, granges, silo, caves et cellier.

– Le chef du castel doit être riche, remarqua-t-elle.

– C'est une châtelaine qui règne ici. Elle s'appelle Ermangarde. Et elle est riche, oui. Elle est riche, car elle nous dépouille de tout, depuis seize années, avec une cruauté qu'on a peine à imaginer.

– Pourquoi est-elle méchante ? demanda Olof dont les mains n'avaient pas quitté le contact des pierres des fées.

– On n'a pas besoin de raison pour être méchant, intervint Elka.

Tual grimaça en regardant le castel.

– Ermangarde a une raison qui lui semble bonne : elle tient les villageois pour responsables de la disparition de sa famille, que des Vikings comme vous ont enlevée après avoir pillé le village et l'église. Elle dit qu'on aurait dû les défendre.

Songeur, il se tut un instant puis serra brutalement les poings.

– C'est injuste ! Beaucoup de paysans sont morts en se battant contre eux. On n'avait que des piques et des fourches pour lutter et on ne les avait jamais utilisées pour autre chose que pour les travaux de la ferme ! Depuis, elle nous prend nos récoltes et nos bêtes en guise d'impôt. Il n'y a plus ici que pauvreté, misère et famine.

– Et personne ne s'oppose à elle ? s'étonna Sven.

– Pendant un temps, un brigand a volé ce qu'elle nous extorquait pour nous le redistribuer. Mais elle l'a eu, lui aussi. Depuis, nul n'est autorisé à prononcer son nom. Baudoin. Il s'appelle Baudoin.

Sven, Finna et Elka se sentaient embarrassés. Que répondre à un homme que le malheur poursuit ? Tual n'attendait pas de réaction de leur part.

– J'en ai assez dit pour aujourd'hui, annonça-t-il. Les tombes des sans-Dieu sont là, à côté de la ronde. Pour les chrétiens, le cimetière borde l'église, le long du couvent. Voilà les deux endroits où un homme pourrait être enterré. Mais une chose est sûre, il n'y a pas eu de tombe récente où ait été inhumé un étranger.

– Pourtant, mon père est mort il y a un an, sur la plage, répondit Elka. Son corps doit bien être quelque part.

– Il y a un an ? répéta Tual.

– Oui, il était le chef de l'expédition qui est partie lors du dernier *misseri* d'été.

– Tu parles de Bjorn-le-Fort ?

Difficile de voir qui était le plus surpris entre Tual et Elka. La jeune fille jeta un regard éberlué au vieux paysan.

– Oui, Bjorn-le-Fort. Je suis sa fille.

Le cœur battant, elle attendit les explications de Tual. Ce dernier secoua la tête en pinçant les lèvres.

– Cet idiot a été assez stupide pour se faire capturer par Ermangarde.

Devant l'incompréhension d'Elka, Tual ajouta :

– Il n'est pas mort. Ton bougre de père est plus résistant que de la mauvaise herbe !

8

Au dernier étage de la tour du castel, un rayon de soleil déborda l'encadrement de la fenêtre et tomba sur le plancher. Les poussières de vieille paille dansaient dans le cachot, animées par les courants d'air. Ici, les nuits d'été restaient fraîches ; celles d'hiver, glacées, imposaient le supplice de mille aiguilles acérées qui labouraient la peau.

Bjorn ouvrit les yeux. Il aimait cet unique moment de la journée où le soleil entrait dans la pièce. C'était aussi l'instant où les bruits de la vie commençaient à se faire entendre, montant depuis la basse-cour où s'affairaient les femmes et les hommes d'armes.

Il se dirigea vers la fenêtre pour observer les feux ravivés, qui brillaient de toutes leurs flammes. Même s'il ne pouvait en percevoir la chaleur, les voir avait quelque chose de réconfortant. En les regardant fixement, il pouvait reconstruire l'image mentale de la fosse à feu de sa maison, avec Hilgi s'agitant à la cuisson, Elka devant son métier à tisser et Olof en train de sculpter le dragon de proue d'un *langskip*. Il ignorait ce qu'il était advenu d'eux, lorsqu'Ingvald avait regagné leurs terres, mais il savait pouvoir compter sur Elka pour défendre l'honneur de son lignage. Les choses avaient moins d'importance, désormais. L'avenir de sa famille était ailleurs.

– Alors, raconte !

Bjorn se tourna vers l'autre prisonnier, qui se tenait dans un coin de la cellule, celui que le soleil n'atteignait jamais. L'homme, contrairement à Bjorn, n'était pas libre de ses mouvements : il portait une lourde chaîne à la cheville, qui l'attachait au mur. Mais le plus impressionnant était le masque de fer qui enserrait son crâne en dissimulant son visage. La face de métal comportait quatre trous percés au niveau des yeux, du nez et de la bouche.

Bjorn décrivit à haute voix ce qu'il voyait dehors. Un cheval qui boite. La fille de ferme, qui mène les vaches à la baguette. Les poules qui s'égaillent en courant devant un chiot.

– Tiens ! On dirait que Grasdelapanse a un peu trop bu, il titube. Il ferait bien d'aller se coucher pour cuver avant de se faire repérer par son chef !

Aucun des deux prisonniers ne connaissait les véritables noms des habitants du castel. Bjorn avait pris l'habitude de commenter tout ce qu'il se passait pour éviter à l'homme masqué d'ajouter l'insupportable ennui à la solitude du prisonnier.

Tout en l'écoutant, l'homme attrapa une baguette de bois sec et la glissa dans le trou de son masque situé à hauteur de son œil droit. Plusieurs fois dans la journée, il tentait ainsi de repousser vers l'arrière de son crâne les cheveux qui le démangeaient. Il poursuivit en passant la baguette par l'autre trou des yeux, celui du nez, de la bouche, et termina en la glissant le long de son cou. Rigidifiés par la crasse et la transpiration, les cheveux résistaient. Il en avait toujours qui le grattaient. Au fil des jours, cette sensation devenait torture et obsession.

Pendant ce temps, Bjorn esquissa des mouvements pour mobiliser les muscles de son corps. Cet exercice achevé, il retourna s'asseoir sur son tas de paille.

La journée s'annonçait longue, très longue, comme toutes celles qui l'avaient précédée. Bjorn chassa le dégoût qui l'envahissait à chaque fois qu'il pensait à sa situation. Il ne comprenait pas les usages de ce pays. Chez les Vikings, on payait pour réparer le mal qu'on avait fait, soit avec de l'argent, soit par un bannissement, voire par des années d'esclavage. Ici, l'emprisonnement était pire qu'une souffrance physique, parce qu'il ne servait à rien et que les prisonniers n'en connaissaient pas le terme. Ce peuple était lâche. Un Viking ne se serait pas abaissé à ça.

Le rayon de soleil s'amincit peu à peu jusqu'à disparaître tout à fait. Bjorn sortit de sous un tas de brindilles quelques pions faits d'échardes de bois, de poussières mêlées de salive, le tout entouré de brins de paille. Il les déposa sur le plancher au pied de l'homme au masque. Sur le bois du sol était gravé un damier.

Bjorn installa les pions sur le plateau de jeu. Une nouvelle journée de sa vie commençait, ce ne serait pas la dernière. Il s'accrochait à l'espoir qui l'aidait à survivre. L'avenir de son lignage l'attendait dehors. Un jour, il sortirait d'ici.

*
**

En bordure de la côte, les courants marins devenaient imprévisibles, alliés un instant pour gagner en force, se heurtant en tourbillonnant la minute d'après. La nuit rendait la navigation encore plus malaisée. Le capitaine ne lâchait pas la barre, qu'il menait d'une main souple et assurée. D'un claquement de langue, il donnait l'ordre aux rameurs d'avancer, d'arrêter, de reprendre.

Ragnö se tenait debout sur un banc de rame, à l'aplomb de la sculpture de dragon qui avait été hissée en haut de la proue, scrutant la pénombre. Les esprits malfaisants de ces contrées étrangères n'auraient pu franchir la protection que les dieux vikings offraient au *langskip*. Mais la vigilance était de mise pour se préserver des attaques humaines.

Ragnö imposa le silence absolu lors des manœuvres d'approche de la plage. Seuls les hennissements du cheval auraient pu dévoiler leur présence, mais l'animal resta muet.

Une fois le *langskip* échoué et tiré à terre, les marins installèrent le camp, à la lumière de la lune. L'un d'entre eux commença à rassembler des branches de bois flotté, tandis que d'autres se préparaient à partir en chasse. Ragnö les stoppa, leur ordonnant de rester sur place.

– Il faut éviter de se faire repérer, au moins jusqu'à notre rencontre avec le chef du village. Si on lui laisse le temps de rassembler des hommes, il refusera de négocier.

Ida dissimula sa déception. Maintenant qu'elle avait enfin pris pied sur la bonne plage, elle aurait bien profité de la chasse pour aller en quête de renseignements sur Elka.

– Je peux partir en éclaireuse, proposa-t-elle à Ragnö. À mon retour, je te décrirai la géographie des lieux, et tout ce que j'aurai observé. Je serai invisible, aussi discrète qu'un papillon de nuit…

– Invisible, toi ? se moqua Ragnö, tu as vu ta sale tête ? Tu restes ici, comme les autres.

Ida maîtrisa son mouvement de contrariété. Son ton se fit cajoleur, sa main effleura la cuisse du garçon. Elle tournait la tête afin de ne montrer que le profil intact de son visage.

– Allez, Ragnö, tu ne risques rien ! Tu es intelligent, tu sais que tu peux me faire confiance.

Ragnö éclata de rire.

– Dire qu'il y a quelques semaines j'étais prêt à me jeter à tes pieds ! Heureusement, tu m'as à peine adressé un coup d'œil, celui qu'une femme lance à son chaton lorsqu'elle s'amuse de ses facéties. Je t'en remercie, vraiment, car sinon, aujourd'hui, je serais marié avec toi…

Il attrapa le menton d'Ida entre des doigts et l'obligea à tourner la tête.

– … et j'aurais chaque jour à subir le spectacle hideux de ton visage de sorcière. Tes traits sont désormais en accord avec ce que tu es. Une manipulatrice rouée et sans vergogne.

Ida se jeta violemment en arrière pour s'arracher à l'emprise du Viking. L'attention des marins se dirigea vers les deux jeunes gens. Les altercations entre eux avaient été nombreuses lors du trajet sur le *langskip*, sans que les marins y portent un véritable intérêt. Maintenant qu'ils avaient débarqué, la situation avait changé. L'enjeu dépassait les ego pour prendre la couleur de l'or. Il n'était pas question que des mésententes mettent en danger leur perspective de récolter des trésors.

Alors qu'Ida faisait mine de s'éloigner, Ragnö la rattrapa et enserra son poignet.

– Ne te sauve pas ! Nous sommes sur la plage, et tu nous as promis de montrer le lieu où ton père a enfoui une partie du butin de la dernière expédition, dit Ragnö. Tu as peut-être l'intention de filer pour pouvoir en profiter toute seule, avec ton ange gardien le borgne ? Si tu crois pouvoir me doubler, tu fais une grave erreur.

Krill s'avança à pas lents, prêt à libérer Ida de l'emprise du Viking. Ragnö pointa un doigt menaçant dans sa direction.

– Ta petite protégée doit tenir son engagement. Si elle nous montre l'emplacement du trésor, elle ne risquera plus rien. Dans le cas contraire, même toi, tu ne pourras rien pour elle.

Les regards des hommes se firent mauvais. Quatre d'entre eux entourèrent le borgne. Leur simple présence contribuait à créer une atmosphère menaçante. Les autres formèrent un cercle autour de Ragnö et Ida. Tous attendaient que la jeune femme dévoile son secret.

Acculée, Ida grimaça. Quelques semaines auparavant, malgré la pénombre de la nuit, elle aurait ensorcelé l'assemblée grâce à sa beauté et sa capacité à flatter son entourage. Mais les choses avaient changé, elle le savait. Elle cracha ses paroles à la tête de ces hommes que sa beauté perdue l'empêchait de manipuler.

– J'ai menti. Il n'y a pas de trésor. Il n'y a jamais eu de trésor. Mon père a prétendu en avoir abonné une partie sur la plage pour contraindre Elka à payer le prix de la perte. Mais la réalité, c'est qu'il a emporté tout ce qui avait été volé. Il n'a laissé qu'une chose sur la plage : le corps de Bjorn. Creusez, si vous voulez, vous trouverez peut-être un ou deux os de votre ancien chef !

Ida lisait désormais de la haine dans les regards de ceux qui l'entouraient. Elle sentait qu'un seul geste suffirait à déclencher un mouvement de vengeance.

– Vous êtes des Vikings, pas des gamins qui jouent au sable sur les plages ! leur cria-t-elle. Si vous voulez revenir couvert d'or et de gloire, battez-vous ! Soyez des guerriers, pas des lâches !

– Tais-toi, exigea Ragnö. Seuls les idiots ne comptent que sur leur courage pour devenir riches. La force n'est pas la seule arme des Vikings, il y aussi la ruse pour atteindre nos objectifs. C'est d'ailleurs ce que tu as toi-même tenté… Tu m'as menti, tu me dois donc réparation.

Ida patienta le temps que Ragnö cesse de s'amuser à faire durer le suspense. Il était dans son droit, elle le savait. Elle n'avait pas eu les moyens de payer sa part de l'expédition. Ni père, ni son frère ne lui avait proposé de l'aider, et elle n'était pas du genre à s'abaisser à le leur demander. La seule manière qu'elle avait trouvée pour embarquer avait été ce mensonge. Ragnö pouvait légitimement exiger une compensation financière. Mais sans aucun bien de valeur, la jeune fille n'avait plus que sa vie à mettre en gage.

– Une fois de retour au pays, je te vendrai pour quelques années d'esclavage, histoire de couvrir les frais du voyage.

– Je suis la seule à savoir parler la langue d'ici. Mon père m'avait choisi une nounou parmi ses esclaves qui m'a appris à la parler quand j'étais toute petite. Si tu ne veux pas te battre, si tu veux obtenir une rançon tu auras besoin d'une interprète. Laisse-moi t'aider…

– Très bien, tu seras mon interprète. Mais je te vendrai quand même à mon retour. Si tu avais été belle, trois ou quatre années d'esclavage auraient suffi à couvrir ta dette. Mais avec cette tête… tu resteras esclave dix ans, si ce n'est plus.

– Si je traduis tes paroles aux habitants, je veux une part du butin.

– Non.

– Laisse-moi le cheval et je te jure sur les dieux d'Asgard que je serai honnête dans mes traductions.

Ida planta son regard dans celui de Ragnö. Elle ne négociait que pour la forme, pour rassurer Ragnö, car elle n'avait aucunement l'intention de respecter sa promesse. Dès qu'elle pourrait, elle fuirait avec Krill pour partir sur les traces d'Elka. Et tant pis si elle n'avait aucune idée de la manière dont elle rentrerait au pays après l'avoir tuée.

D'un hochement de tête, Ragnö conclut l'accord. Lui non plus n'envisageait pas d'honorer son engagement. Avec le trésor que le Viking comptait rapporter au pays, il n'y aurait plus la place pour l'imposant animal, il avait de toute façon prévu de l'abandonner ici. Le seul moyen pour Ida de posséder ce cheval serait de rester ici ! Il trompait la fille par de fausses promesses, comme elle l'avait trompé, ce n'était que justice.

Les hommes achevèrent l'installation du camp. Après un repas rapide et froid, Ragnö en désigna deux pour l'accompagner et ordonna à Ida de les suivre. Cette dernière demanda à Krill de venir aussi. Ils partirent en repérage, laissant le reste de l'équipage se relayer pour assurer la garde.

La silhouette de la colline de la ronde des fées se dévoila à leurs regards dès qu'ils franchirent les dunes de roches et de sable qui bordaient la plage où ils avaient débarqué.

– Par là ! dit Ragnö. De là-haut, on devrait voir les environs malgré la nuit.

Ils marchèrent dans sa direction, dédaignant la piste, longeant les bosquets pour ne pas être repérés. Arrivés au sommet, ils contemplèrent le paysage qui s'étendait à leurs pieds. La luminosité de la lune suffisait à distinguer la silhouette des bâtiments. Ragnö pointa son index en direction du castel.

– Demain, c'est là que j'irai, dans la maison du chef, et j'exigerai une rançon pour la paix du village. Si le chef refuse, alors nous passerons à l'attaque.

– J'ai déjà pillé le village au pied de ce castel, il y a bien des années, dit le marin le plus âgé. Ils ont des prisons au sommet. Quand la tour est assiégée, les prisonniers servent de projectiles. Le chef pourrait bien t'assommer et puis t'y enfermer…

Ragnö esquissa un sourire assuré.

– Le chef du castel paiera, j'en suis certain.

9

La voix du domestique retentit dans la vaste salle de réception. La châtelaine était tout au fond, trônant sur un fauteuil recouvert d'un tapis, face à l'immense cheminée où brûlait un feu, été comme hiver.

Le jour était levé depuis deux heures, et Ermangarde venait d'achever son traditionnel tour d'inspection. Des cuisines jusqu'aux hommes d'armes, elle contrôlait tout, décidait de tout, et sanctionnait sans indulgence ceux qui se risquaient à lui désobéir.

– Dame Ermangarde, voici vos visiteurs.

Le domestique s'inclina et se retira juste après cette annonce, laissant le petit groupe de Vikings s'avancer dans la pièce.

La châtelaine fixait les flammes du regard. Elle pouvait sentir l'énervement qui transpirait des mouvements brusques des étrangers. Elle quitta enfin le feu des yeux pour les observer. Trois jeunes gens marchaient vers elle, vêtus de tenues d'apparat. Le garçon, de taille moyenne, était le plus expressif. Le tressaillement de ses narines trahissait son exaspération. Ermangarde s'en délecta. Les trois Vikings s'étaient présentés au castel la veille, en fin de matinée, demandant à lui parler. Elle avait ordonné à ses domestiques de les installer dans une chambre d'invités, et de leur proposer nourriture et liqueurs fines en abondance. Traités comme des dignitaires, ils ne pouvaient protester. Mais l'attente, sans terme connu, et leur enfermement dans les appartements suffisaient à faire passer le message souhaité par Ermangarde : elle était le chef, ils resteraient soumis à son bon vouloir. Par l'humiliation elle imposait son pouvoir.

Une des deux jeunes filles portait une tenue particulièrement travaillée, décorée de broderies, de perles de bois et de nacre, ainsi que d'une broche d'or ciselé. À quelques pas de la cheminée, elle arrêta le groupe d'un geste et se présenta :

– Dame Ermangarde, je me nomme Elka, de la lignée d'Herulf-le-Vaillant. Je viens à toi ce jour, sans armes et sans intention de te combattre.

Elka avait prononcé ces mots dans la langue que Sven lui avait apprise. Elle ignorait l'usage du vouvoiement, signe de respect. Elle veillait à maîtriser les expressions de son visage, le plissement de ses yeux. La femme du castel leur avait imposé une longue attente avant de les recevoir. Elka avait souvent vu son père Bjorn en faire autant lorsqu'un voyageur de petite importance se présentait à lui. Elle savait ce que cela signifiait : Ermangarde s'estimait supérieure, en position de force, et veillait ainsi à le leur faire savoir.

Elka se félicita d'avoir enfilé ses vêtements de cérémonie, bien qu'ils restaient humides après leur séjour dans le sable. La veille, après leur retour de la ronde des fées, les Vikings avaient regagné la plage pour y déterrer les affaires dissimulées à leur arrivée. Olof avait refusé de se joindre à eux pour se rendre au castel, trop préoccupé par le sort de la louve et de son louveteau. Il avait rendu à sa sœur la bourse qu'elle lui avait confiée au début du voyage, et c'est ainsi, chargée d'or viking, qu'Elka s'était présentée avec Finna et Sven devant la grande porte de bois couverte de ferronneries grossièrement forgées.

Ils avaient passé tous trois le reste de la journée ainsi que la nuit dans deux vastes pièces meublées, où les domestiques allaient et venaient pour leur apporter des plats de nourriture et des flasques de boisson. Au petit matin, un valet était venu les chercher pour les conduire à sa maîtresse.

Soumise au bon vouloir de la châtelaine, Elka était soulagée de pouvoir enfin lui parler.

Ermangarde resta assise, montrant ainsi sa supériorité. Le « tu » employé par Elka lui avait écorché les oreilles, mais elle avait compris qu'il n'était dû qu'à un mauvais apprentissage de la langue. Elle souriait, mais d'un sourire qui ne tentait pas de dissimuler le mépris qu'elle ressentait.

– Tu viens sans armes et sans intention de me combattre ? répéta-t-elle. Allons, ne te fatigue pas à mentir. Je ne peux croire qu'une Viking, une fille du diable, vienne à moi avec des pensées de paix. Comme tous ceux de ton peuple, pervertis par le mal et qui sèment la désolation partout où ils passent, tu me réserves quelques mauvais tours.

– Non, dame Ermangarde, je te dis la vérité. Je…

– Cesse ! l'interrompit la femme. Me prends-tu pour une pauvre femme, incapable de connaître ce qu'il se trame sur ses terres ? L'équipage d'un drakkar campe en ce moment sur ma plage. Un équipage de guerriers, prêts à combattre. Et tu viens me dire que tu t'adresses à moi sans arrière-pensées ?

La stupéfaction laissa Elka muette un instant. Elle ignorait de quoi parlait Ermangarde. Le capitaine Ketil n'avait même pas accosté pour les déposer… Se pourrait-il qu'un autre *langskip* se soit arrêté sur ces côtes ? À moins qu'il ne s'agisse d'une manipulation orchestrée par la châtelaine pour voir sa réaction ? La jeune Viking renonça à en savoir davantage et poursuivit :

– Tu crois peut-être que je suis venue me battre, ce n'est pourtant pas le cas. Je suis venue chercher le corps d'un être proche, pour lui rendre hommage sur les terres de mon pays. Mais je viens d'apprendre qu'il n'est pas mort.

Elka sortit une bourse de sa tunique viking et la posa en évidence sur la paume de sa main.

– Voilà une bourse emplie de pièces d'or. J'avais prévu une somme moindre en échange de son corps, mais c'est la totalité de mon or que je te propose pour t'acheter sa vie. Un homme vivant vaut plus qu'un homme mort.

– Je n'en suis pas sûre, jeune Elka de la lignée d'Herulf-le-Vaillant, rétorqua Ermangarde. Parfois, la mort vaut plus que la vie.

– Je viens acheter la vie de Bjorn-le-Fort, je t'en propose un bon prix.

Ermangarde se leva de son fauteuil et s'approcha tout près d'Elka, trop près pour que Sven n'y voie pas une menace. Il s'avança à son tour, prêt à intervenir.

Son mouvement attira l'attention d'Ermangarde qui lui jeta un rapide regard. Aussi bref fût-il, elle se sentit soudain troublée, non pas que le garçon fût particulièrement beau ou remarquable, mais il dégageait quelque chose d'indéfinissable qui l'avait touchée. Il se portait au secours de la fille au péril de sa vie, alors qu'il n'était visiblement pas son garde. Une manifestation d'amour qu'Ermangarde n'avait pas vue depuis bien longtemps. La châtelaine se reprit rapidement, attrapa une main d'Elka et la tapota dans la sienne, dans un geste de fausse amitié.

– Sais-tu la raison pour laquelle l'homme dont tu parles est enfermé dans mon cachot ?

Elka secoua la tête en signe de négation. Elle l'ignorait. Peut-être parce qu'il avait tenté d'emmener une femme du pays ?

– Alors, suis-moi, proposa Ermangarde en lâchant la main d'Elka pour se diriger vers la porte.

Finna et Sven échangèrent un regard méfiant. Ils n'aimaient pas la tournure que prenait cette rencontre.

La veille, alors qu'ils redescendaient de la ronde des fées, Elka leur avait fait part de son projet. Tous deux s'étaient opposés à ce qu'elle vienne se présenter ainsi pour négocier la liberté de Bjorn. Ils auraient préféré agir avec plus de prudence, par la ruse. Sven avait tenté de convaincre Elka d'espionner le castel pour attendre que la châtelaine en sorte afin de la surprendre en terrain neutre. Finna, malgré la retenue de scalde qu'elle aurait dû adopter, avait multiplié les conseils de prudence.

Leurs tentatives avaient été vaines. Tout ce qu'ils avaient pu obtenir avait été l'autorisation de l'accompagner au castel.

Les trois compagnons suivirent la châtelaine dans le large escalier qui grimpait à l'assaut des étages de la tour. Ermangarde s'arrêta sur le palier, face à une étrange succession de tableaux accrochés au mur de bois. Elle les désigna d'un geste de la main et expliqua :

– Connaissez-vous cette tradition de mon pays ? Une fois par décennie, quand vient le temps des grandes marées, les hommes et les femmes coupent leurs cheveux ainsi que ceux de leurs proches pour tisser leurs représentations du paradis.

Du bout des doigts, elle caressa la surface d'un des tableaux. Elka reconnut les fibres qui en formaient le motif. Il s'agissait bien de cheveux.

– C'est un moulin à vent, reprit Ermangarde. Mon mari l'a créé lors de la naissance de notre fils, avec les cheveux de ses parents, les siens, les miens. Il n'a pas pu intégrer ceux de notre enfant : notre fils était un nouveau-né, ses cheveux ne formaient qu'un duvet.

Laissant sa main retomber le long de sa robe, la châtelaine interpella Elka :

– Un moulin à vent… C'est une belle image, n'est-ce pas ?

Elka approuva, ainsi que Sven et Finna.

– Voilà tout ce qu'il me reste d'eux, un tableau de cheveux. Nous avions prévu de nous faire peindre un portrait de famille, quand notre fils aurait été en âge de se tenir sage pour la pose. La vérité, Elka, c'est que j'ai oublié leur visage. Chaque jour depuis leur disparition, je me concentre pour retrouver leur image en ma mémoire. Mais le temps fait des ravages. Seize longues années, déjà… leurs traits se brouillent et s'effacent de mes souvenirs chaque année un peu plus.

Elka ne brisa pas le silence qui suivit les paroles d'Ermangarde. La châtelaine lui faisait pitié, et elle ne savait comment réagir pour ne pas la blesser.

Un soupir aida la malheureuse à sortir du monde intérieur dans lequel elle s'était réfugiée. Elle pointa un doigt accusateur vers la poitrine d'Elka.

– Tout ça, c'est à cause de cet homme que tu viens chercher, de son ancêtre, de son voisin, de son peuple. Qu'importe ! Ils m'ont volé mon mari et mon fils. Lui paiera pour ceux qui ont fait ça. Tu m'offres de l'argent pour acheter cet homme ? Sa vie vaut moins que celle d'un chien galeux. Seule sa mort, lente, douloureuse et solitaire, a une valeur pour moi. Mais sa mort m'appartient désormais, je ne te la vendrai pas.

Les paroles d'Ermangarde provoquèrent un frisson glacé dans le dos d'Elka. La Viking avait entendu la haine palpiter dans chacune de ces syllabes. Ces mots n'étaient pas destinés à augmenter le prix qu'Elka aurait à verser en guise de rançon, ils étaient le reflet de la vérité : il ne s'agissait pas d'argent, mais de vengeance.

– Bjorn n'a pas tué ta famille, tu te trompes de cible.

– Comment le sais-tu ? Tu es si jeune, à peine sortie de l'enfance… Comment pourrais-tu savoir ce qu'il s'est passé à l'époque ?

– Je sais qu'il y a seize ans Bjorn-le-Fort ne s'était pas joint à l'expédition d'été.

– Comment pourrais-tu… répéta Ermangarde.

Après un silence, elle poursuivit d'un ton mauvais :

– J'ai compris, tu es sa fille. Voilà comment tu peux l'affirmer. Tu as seize ans, et tu sais depuis toujours que ton père n'a pas quitté ta mère l'année de ta naissance. Est-ce que je me trompe ?

– Oui, tu te trompes, mentit Sven. Elka est d'un an plus âgée que moi. Elle devait être en train de faire ses premiers pas le jour où ton mari et ton fils ont été enlevés. Elle n'a rien à voir avec toute cette histoire.

Elka se tourna vers lui. Elle comprenait que Sven tentait de la protéger. Comment savoir jusqu'où la haine d'Ermangarde irait ? Après le père, la fille ?

La châtelaine suivit le même cheminement de pensées :

– Ton ami dit-il la vérité ? J'ai plutôt l'impression qu'il essaie de te protéger.

Elka n'approuva ni ne contredit l'hypothèse de la châtelaine. Son silence conforta cette dernière dans sa certitude.

– Tu es donc bien la fille de Bjorn.

Sven posa la main sur le manche de son poignard. Si Ermangarde voulait faire souffrir Bjorn autant qu'elle souffrait de la mort de sa famille, pouvait-elle rêver mieux que de tuer Elka devant les yeux son père ?

Il annonça d'une voix calme et déterminée :

– Autant te prévenir, Ermangarde. Je tuerai la première personne qui lèvera la main sur Elka, et toutes les suivantes qui tenteront de l'imiter.

La châtelaine rejeta sa tête en arrière tandis qu'elle riait à gorge déployée. Quand son accès d'hilarité se calma, elle reprit l'ascension des escaliers sans attendre ni vérifier que les trois compagnons la suivaient. Sven n'eut pas le loisir de retenir Elka. La jeune Viking emboîta le pas de celle qui, elle l'espérait, la menait à son père. Elle resta sourde aux avertissements que Sven lui murmura au fil de la montée. Le garçon parlait en langue viking.

– Elle veut se venger, Elka. Elle veut peut-être t'enfermer ou même te tuer, et toi, tu la suis docilement. Tu as perdu la tête ou quoi ?

La Viking ne lui répondit pas.

– Il est encore temps de fuir, insista-t-il, je n'ai pas vu de gardes en bas.

À nouveau, il n'obtint qu'un silence en guise de réponse.

– Pourquoi t'obstines-tu ? Ça n'a pas de sens !

Elka se retourna quelques secondes, le temps de lui asséner le fond de sa pensée :

– Je suis là pour venir chercher mon père. Il est là-haut. Je ne serais qu'une lâche si je renonçais maintenant. Mais Finna et toi, vous pouvez partir. Ce serait mieux, je n'aurais plus à me préoccuper de vous.

– Pas question ! s'écria Finna qui les suivait quelques marches plus bas, je reste avec toi, et je n'omettrai rien de ce qui va t'arriver dans ma saga.

Sven haussa les épaules.

– Tu n'es qu'une fille de chef obstinée et aveuglée par sa fierté, au point d'en perdre le sens de la raison, Elka. Je ne sais même pas pourquoi je continue à te suivre.

La Viking se retourna une nouvelle fois et lança :

– Moi je le sais… Parce que je te fascine !

Sven haussa les yeux au ciel en secouant la tête. Puis tous deux sourirent.

Sven sentit son cœur s'accélérer. Depuis combien de temps n'avait-il pas obtenu un sourire aussi spontané d'Elka ? En la voyant escalader les marches et surmonter la peur qui ne manquait sûrement pas de l'éprouver, il fut balayé par une vague d'émotion. Il l'admirait bien sûr, mais il n'y avait pas que ça. Sinon, comment aurait-il pu expliquer la terreur qu'il ressentait à l'idée qu'elle puisse être blessée ?

10

Au dernier étage de la tour, l'atmosphère changeait. Les lieux étaient sombres, humides. La boue apportée par les chausses des gardes n'avait pas été nettoyée depuis bien longtemps. Le sol, formé de planches mal équarries, contrastait avec celui soigneusement poncé et ciré qui équipait les pièces des autres niveaux.

– Nous voilà aux cachots, annonça Ermangarde. Les ancêtres de mon mari ont dû renoncer à les creuser dans le sol de granit. Mais les greniers font de très bonnes geôles, aussi.

Deux hommes en armes gardaient l'accès dans le couloir. Ils encadrèrent le petit groupe jusqu'au premier cachot et, sur ordre de leur châtelaine, l'un d'entre eux ouvrit les verrous de la porte en s'écriant :

– Le Viking, en position !

Elka s'engouffra aussitôt dans la cellule tandis que les deux hommes empêchaient Finna et Sven d'en faire autant.

– Laissez-moi passer ! s'exclama Sven.

– Allons, mon petit homme, répondit Ermangarde, laisse donc quelques instants d'intimité à un père et sa fille pour se retrouver.

Elle entra à son tour dans le cachot, abandonnant Sven qui se débattait dans les mains du garde.

– Finna, aide-moi ! demanda Sven en langue viking.

– Je ne… dit Finna avant de s'interrompre.

– Elle va tuer Elka sous les yeux de son père. Sors ton arme, et aide-moi !

Finna n'avait pas attendu qu'il finisse sa phrase pour attraper le manche de son poignard. Mais la châtelaine ressortait déjà de la cellule. Elle sourit en regardant la lame que Finna tenait pointée dans sa direction. D'un geste du menton, elle ordonna à ses hommes d'intervenir. En moins de dix secondes, et malgré leurs tentatives pour esquiver les coups, Sven et Finna se retrouvèrent couchés, recroquevillés au sol, gémissant de douleur. Les gardes avaient utilisé les manches de leurs lances comme des gourdins pour les frapper à la tête.

La châtelaine s'agenouilla devant eux et esquissa une moue de fausse compassion.

– Mes pauvres amis. N'avez-vous pas compris que votre intérêt est de m'obéir ? Vous n'avez point de crainte à avoir. Elka passera la journée avec son père, ainsi que la nuit. Je viendrai la libérer personnellement demain matin.

– C'est un mensonge, répondit Sven.

– Tu es jeune, petit homme, tu ignores tout des pensées d'un père ou d'une mère. Bjorn connaîtra la joie immense de revoir sa fille, puis la douleur intense de la perdre. Je lui annoncerai demain que j'ai ordonné son exécution.

L'effroi que Sven montra la fit rire aux éclats.

– Tu l'aimes, n'est-ce pas, petit homme ? Tu aimes cette courageuse Elka, mais elle l'ignore encore. Peut-être même refuses-tu toi-même de l'admettre ! Vous êtes si attendrissants tous les deux. Mais les affaires sont les affaires : reste à voir si l'or qu'Elka m'a apporté suffira à acheter sa propre vie ! Je vais y réfléchir. Et maintenant, vous partagerez mon repas, et l'égayerez par des histoires sur votre insupportable peuple viking. Mais n'oubliez pas une chose : je vous fais la promesse qu'au premier geste de rébellion votre chère Elka pâtira de votre impolitesse. Je pratique quelques tortures raffinées que je me ferai une joie d'exercer si vous m'en donnez l'occasion.

Sven se remit debout avec difficulté. La tête lui tournait. Il aida Finna à faire de même. Leur échange de regards leur évita d'avoir à se parler. Ils étaient tels des insectes soumis à la cruauté d'un jeune enfant : impuissants face au pouvoir de cette femme habitée par la folie de la vengeance.

Bjorn tendit l'oreille. Des voix retentissaient de l'autre côté de la porte de sa prison. Son compagnon de cellule ramassa les pièces du jeu, les glissa sous la paille et, du bout des doigts, dispersa de la poussière par-dessus le damier. Le jeu constituait une occupation agréable qui aidait les deux hommes à faire passer le temps. Il ne faisait pas de doute que les gardiens les empêcheraient d'y jouer s'ils en connaissaient l'existence.

– Le Viking, en position !

Bjorn connaissait les gestes que les gardes attendaient de lui lorsqu'ils annonçaient l'ouverture de la porte. Les hommes soulevaient déjà le volet du judas grillagé pour s'assurer que le prisonnier avait reculé au fond de sa cellule, dos tourné, mains appuyées contre le mur. Le cérémonial se déroulait ainsi chaque soir pour permettre à la servante de déposer les repas et d'échanger le seau d'aisance plein contre un vide.

Bjorn accomplit donc ce cérémonial routinier, non sans inquiétude. Les visites en cours de journée étaient rares, et toujours le fait d'Ermangarde. La femme venait savourer sa vengeance au fil de ses accès de folie, tantôt insultant Bjorn et ses ancêtres, tantôt lui arrachant un cheveu l'un après l'autre, accompagnant ses gestes par un salmigondis de paroles délirantes mêlées de sanglots. Elle aimait aussi railler le masque porté par le second prisonnier.

Ce matin-là, plusieurs voix résonnèrent dans le couloir avant que la porte ne s'ouvre. Le dos tourné, les sens en éveil, Bjorn comprit qu'une personne était entrée dans la cellule. Il ne pouvait s'agir d'Ermangarde dont la voix continuait à retentir dans le couloir au milieu de cris et de bruits de coups. Le Viking sentit un frisson glacé parcourir son dos : la femme s'était-elle décidée à faire venir le bourreau pour mettre fin à sa vie ? Il patienta jusqu'à ce que les gardes referment la porte, puis se retourna brusquement.

– Elka ?

La surprise l'habitait tout entier. Bjorn se précipita vers sa fille, mais marqua une hésitation juste avant de la prendre dans ses bras. La petite Elka qu'il avait laissée au pays était devenue femme. Et le changement qu'il avait noté en elle ne se limitait pas à ça. Elka paraissait plus dure, plus résolue, comme habitée d'une détermination nouvelle.

Bjorn abattit ses mains sur les épaules d'Elka.

– Que fais-tu donc ici, ma fille ? Cette femme qui me séquestre est capable du pire ! Tu l'as laissée te faire prisonnière ?

Elka avait remarqué le mouvement d'hésitation de son père. Elle ne fit pas le dernier pas qui la séparait de lui. Seule sa voix tremblée dénotait la puissance des émotions qui la traversaient.

– Je te croyais mort et tu es vivant ! Je suis tellement… Tellement…

Les sentiments étaient trop forts pour qu'elle continue à parler. Elka aurait aimé que Bjorn fasse le pas qui les séparait et qu'il la serre dans ses bras. Elle aurait aimé qu'il lui murmure à l'oreille « ma petite Elka ! » comme il le faisait, parfois, dix ans auparavant alors qu'elle ne dépassait pas la hauteur de ses jambes. Elle aurait aimé sentir son amour pour elle.

Il en alla tout autrement. Bjorn fronça les sourcils et demanda :

– Qui tient ma maison pendant que tu es là ? Ma maison doit être tenue par ma famille, quoi qu'il advienne. Il en va de mon rôle de chef.

Elka perçut son immense espoir de retrouver un père aimant balayé par une vague de déception. Bjorn pensait avant tout à son statut et à l'honorabilité de sa famille. Elka avait déjà payé le prix fort pour protéger le lignage de la famille. Et ces règles d'honneur formaient un nouveau barrage sur le chemin de son bonheur. Elle se dégagea de l'emprise de son père.

– Tu *étais* le chef. Ta maison n'est plus la tienne. Quant à ta famille…

Bjorn resta silencieux un instant. Il comprenait mal ce qu'Elka voulait dire. En bon viking, il savait montrer sa satisfaction après un festin accompagné du récit d'un scalde talentueux. Il montrait également l'étendue de son excitation avant chaque combat. Sa famille, son lignage et son rôle de chef étaient les trois priorités de sa vie. Et voilà qu'en quelques mots sa fille venait de les mettre en doute.

Bjorn garda son sang-froid. Depuis sa naissance, on lui avait inculqué qu'un homme ne doit jamais céder à ses émotions. À force de les taire, il n'était même plus capable de les identifier. Il indiqua le tas de paille qui lui servait de lit et s'adressa à sa fille comme il l'aurait fait d'un étranger venu de loin pour le visiter.

– Prends place, Elka, j'ai hâte de découvrir ce que tu as à me dire.

La jeune fille s'exécuta. Ce n'est qu'à ce moment-là qu'elle s'aperçut que Bjorn n'était pas seul dans la cellule. Aveuglée par ses émotions, elle n'avait pas remarqué le pauvre homme enchaîné dans le coin le plus proche de la porte et dont le visage était enserré dans un masque de métal.

– Je te présente Baudoin, mon compagnon d'infortune, précisa Bjorn. Baudoin, voici Elka, ma fille.

Elka fit un geste de tête pour saluer le malheureux captif.

Puis, elle parla longuement sans que son père ne l'interrompe. Les mots venaient à elle non comme ceux d'un scalde, mais comme ceux d'un enfant évoquant un souvenir encore brûlant, un souvenir qui l'avait meurtri.

Elle raconta comment Ingvald avait tenté de devenir chef du village et la manière dont elle s'était trouvée privée de secours. Elle relata sa traversée du pays en plein *misseri* d'hiver et sa découverte de l'objet de pouvoir. Elle révéla sa conviction qu'elle avait autre chose à vivre qu'une existence de femme de chef, enfermée dans son rôle domestique.

Quand elle se tut, son père la détaillait d'un drôle d'air. Elka rechercha dans ses yeux la lueur d'une fierté qu'il ressentirait pour elle. N'était-ce pas sa fille qui avait affronté Ingvald, qui avait trouvé le serpent du pouvoir, qui avait protégé son lignage ? N'avait-elle pas fait mieux que bien des guerriers vikings ?

Durant quelques instants, Bjorn tut les pensées qui traversaient son esprit. Les dieux avaient peut-être décidé de jouer avec sa fille, mais il ne les laisserait pas gagner la partie. Elka avait grandi, elle possédait la force mentale des femmes de son lignage, mais elle s'était écartée de la bonne voie.

– Une femme doit s'occuper de la maison de son père, puis de celle de son mari, puis de celle de son fils. Ainsi le veulent les dieux.

Elka baissa la tête, en plein désarroi. Son père ne dissimulait pas sa déception. Elka avait choisi de vivre une vie en dehors du lignage. Elle n'était plus la fille qu'il avait rêvé d'avoir.

– Et si l'on partageait un repas, comme avant ? proposa Bjorn pour sortir de ce moment de gêne qui les séparait.

Elka, Bjorn et l'homme au masque mangèrent le repas frugal apporté par la servante. La discussion se poursuivit encore une bonne heure, autour des nouvelles des habitants du village.

Bjorn gardait un goût amer de la trahison de son frère juré. Il avait à cœur d'apprendre qui d'autre avait pu croire qu'il s'était comporté en lâche. Quand il comprit qu'aucun des hommes avec lesquels il avait travaillé, navigué ou combattu ne lui était resté fidèle, il plongea dans ses pensées. La nuit vint rajouter une sombre obscurité à cette atmosphère morose.

Une vague de fatigue imprévisible s'abattit sur Elka. La jeune femme se coucha sur le sol dur. Des doutes sur les intentions d'Ermangarde l'assaillirent : était-elle sa prisonnière, comme l'était son père ? Elle ignorait si la châtelaine, malgré sa folie, restait digne de confiance. La femme avait accepté son or, qu'attendait-elle pour les libérer ? Mais Elka ne s'intéressait pas réellement aux réponses à ces interrogations ; si elle les passait et les repassait dans sa tête, c'était pour mieux repousser le constant souci qui ressortait de son passage dans la geôle : son père n'avait que les règles vikings en tête. Il était incapable de voir au-delà. Pour lui, elle avait failli à ses devoirs.

Elka sombra dans le sommeil soudainement, sans s'en apercevoir. Peu après, les deux autres prisonniers s'endormaient.

11

Après une nouvelle journée passée dans les appartements mis à leur disposition par Ermangarde, Sven et Finna n'avaient qu'une envie : sortir Elka de sa cellule et s'enfuir avec elle loin de ce castel maudit. Tous deux s'accordaient sur l'idée qu'Ermangarde manigançait quelque chose. La châtelaine était trop manipulatrice pour honorer ses promesses. Aussi, lorsqu'à la nuit tombée un domestique vint les chercher pour partager le repas de sa maîtresse, ils fouillèrent le couloir du regard pour évaluer leurs chances de s'échapper. La réalité s'imposa à eux : la garde entière semblait avoir pris ses quartiers dans le castel. Ermangarde avait probablement anticipé leur réaction et s'était assurée que des hommes armés en nombre suffisant soient disposés devant chaque porte et chaque accès aux escaliers.

Résignés, l'ancien esclave et la scalde suivirent le domestique jusqu'à une vaste salle à manger dans laquelle ils n'étaient pas encore entrés.

– Venez donc, ne soyez pas timides ! s'exclama Ermangarde.

Les deux jeunes gens hésitèrent devant l'immense table de bois. Une douzaine de couverts avaient été dressés de part et d'autre. D'un signe, Ermangarde leur désignait les places situées au centre, en face du siège sur lequel elle s'était installée. Ils s'assirent.

Aussitôt, un domestique s'approcha, un plat fumant dans les mains.

– Dame Ermangarde, ne faut-il pas attendre tes invités ? demanda Finna.

Un ricanement amer, plus proche du sanglot que de l'éclat de rire, lui répondit. Ermangarde acheva de se servir un morceau de poulet rôti puis daigna s'expliquer.

– Je n'attends personne depuis bien longtemps… Votre peuple m'a volé plus qu'un mari et un fils. J'étais jeune et fertile. J'aurais pu porter autant d'enfants qu'il y a d'assiettes autour de cette table. Et chaque soir, je m'en souviens en observant ces chaises sur lesquelles personne ne s'assiéra, ces assiettes dans lesquelles personne ne mangera. Chaque jour, je partage mon repas en compagnie de fantômes morts avant d'être nés, de ceux qui auraient dû être ma famille, ceux à qui les Vikings ont dénié le droit d'exister.

– Une femme aussi belle… Tu aurais pu te remarier ! remarqua Finna.

Sven tenta de donner un coup de pied à la scalde, malgré la distance qui les séparait. Une femme capable de mettre le couvert des enfants qu'elle n'avait pas portés ne pouvait qu'être habitée par la folie et la haine. La provoquer par des interrogations déplacées risquait de déclencher une réaction imprévisible, meurtrière peut-être.

Pourtant, Ermangarde ne se formalisa pas de la question de la jeune scalde.

– J'ignore ce qu'il est advenu de mon mari. Mon Dieu m'interdit d'épouser un autre homme tant que je ne suis pas veuve. Et jusqu'à preuve du contraire, je ne suis pas veuve. Il en ira ainsi jusqu'à la mort, que j'appelle de mes vœux.

Le domestique avait contourné la table et présentait le plateau de poule à Finna. La scalde se servit un morceau de blanc accompagné de quelques légumes. Devant son silence, et celui de Sven qui était bien décidé à ne pas relancer ce sujet de conversation, Ermangarde se leva brusquement et leur tourna le dos pour regarder par la fenêtre.

– Il ne se passe pas une journée sans que je pense à eux. Et je veille à ne pas être la seule à les garder en mémoire. Les villageois et les fermiers des terres qui entourent mon castel me croient cruelle. Parce que je leur laisse à peine de quoi vivre. Parce qu'à cause de moi leurs enfants vont le ventre vide. Parce que les gens meurent sans avoir été vieux. Mais ils se trompent.

Elle se retourna et s'écria comme soudain envahie de colère :

– ILS SE TROMPENT ! Je ne suis pas cruelle. Tous ces gens auraient pu empêcher les Vikings d'emmener mon mari et mon fils, mais pas un seul d'entre eux n'est mort pour les protéger. Je ne fais que rendre la justice, condamnant parents et enfants à une vie aussi terrible que celle qui m'est imposée.

Oubliant sa résolution de se taire, Sven s'exprima sans réfléchir, porté par la révolte que les propos d'Ermangarde avaient déclenchée en lui.

– Mais les enfants n'étaient pas nés lorsque ce grand malheur est survenu. Ils n'ont rien fait !

– Ils font quelque chose désormais : ils rappellent à leur père et à leur mère leur inexcusable lâcheté. Tous les habitants de ce pays pensent à mon mari et à mon fils, tous, sans exception. Je ne suis pas la seule mémoire de leur existence. Leur souvenir reste vivace dans les esprits par la marque douloureuse qu'il y trace. Et par ce biais, ils vivent encore un peu…

Ermangarde reprit place sur sa chaise et avala une bouchée de la viande qui fumait toujours dans son assiette. Sven et Finna l'imitèrent.

Au quatrième plat, Sven se décida à poser la question qui l'obnubilait depuis la fin de leur discussion :

– Qu'as-tu réellement l'intention de faire d'Elka, dame de la Ronde ?

Ermangarde pencha légèrement la tête et lui adressa le sourire d'une mère attendrie.

– Tu t'inquiètes pour ton amie, petit homme… Je ne me suis donc pas trompée… On dirait que tu n'es pas insensible à ses charmes, n'est-ce pas ?

– Non, rougit Sven, c'est une amie, juste une amie.

– Une amie capable de faire battre ton cœur très très vite…

Sven se tut. Les propos d'Ermangarde le déstabilisaient, car ils faisaient écho à des ressentis sur lesquels il n'avait pas encore mis de mot. Se pouvait-il qu'il soit amoureux d'Elka ? Il refusa d'y penser plus avant. Pas ici. Pas devant cette femme. Pas maintenant qu'Elka était enfermée là-haut.

– N'aie crainte, poursuivit Ermangarde, je ne suis pas l'une des barbares de ton peuple. Si Elka est sage, j'irai la chercher demain. Son père découvrira ce que c'est que de se voir arracher sa famille. C'est d'ailleurs pour ça que je me suis occupée d'éloigner sa femme.

Ni Finna ni Sven ne réussirent à cacher leur stupéfaction. C'était la première fois qu'Ermangarde mentionnait une femme.

La châtelaine s'amusa de leur réaction.

– Le si parfait Bjorn avait omis de révéler qu'il convoitait une femme étrangère ? Quel bien méchant homme que voilà !

Elle claqua ses mains l'une contre l'autre pour inviter les domestiques à débarrasser les assiettes vides.

– Les nuits sont fraîches. Venez donc vous réchauffer avec moi devant le feu, je vais vous raconter cette histoire qui ne manquera pas de vous divertir, j'en suis certaine.

Tous trois se levèrent et marchèrent jusqu'à la cheminée monumentale située à l'extrémité de la pièce et dans laquelle brûlaient des bûches de la taille d'un homme. Ermangarde s'installa sur l'unique chaise de bois à accoudoirs, dont l'assise était recouverte d'un coussin brodé. Sven et Finna se tinrent debout, dos à la chaleur du foyer.

– Bjorn n'est qu'un homme, commença la châtelaine. Lors de sa première expédition sur nos terres, il est tombé amoureux d'une jeune paysanne. Une fille douce et gentille, ni belle ni laide, plutôt ordinaire. À croire qu'un vrai cœur tendre palpitait dans le corps de brute du Viking ! À son retour l'année suivante, il était décidé à la ramener au pays. Les choses auraient pu se passer ainsi si l'un des compagnons de Bjorn n'avait choisi de le trahir. La vie de chef est faite ainsi : on ne se garde jamais assez des jalousies qu'elle peut provoquer. Cet homme, un dénommé Ingvald si j'en crois mes informateurs, a donc soudoyé quelques Vikings de l'expédition pour aller enlever la fille. Il espérait que Bjorn se porterait à son secours en attaquant ses propres hommes. Ingvald aurait pu ainsi en profiter pour le tuer : un chef qui attaque ses troupes pour sauver une étrangère… Je n'aurais pas donné cher de sa vie ! Mais finalement, Ingvald n'a pas résisté à la tentation de le tuer de sa main. Bjorn a été blessé dans le dos lors d'une bataille avec les villageois, laissé pour mort sur la plage. Le destin m'a offert la possibilité de me venger de votre peuple viking. J'en remercie mon Dieu à chacune de mes prières.

– Qu'est devenue la femme ?

Ermangarde quitta les flammes du regard pour observer Sven, qui avait posé la question.

– Je l'ai fait enfermer, et je l'ai dit à Bjorn pour que la culpabilité vienne le tourmenter dans ses longues journées d'ennui.

Le silence s'abattit dans la pièce, seulement troublé par le petit crépitement du feu.

– Tu ne dis plus rien, mon jeune ami ? s'étonna Ermangarde. Quelle pensée essaies-tu de me taire ?

– Dois-je vraiment les révéler ? demanda Sven.

Elle hocha la tête, et il soupira.

– Je pense que lorsqu'un cœur reste tourné vers le passé et qu'il déborde de haine, il ne laisse plus la place à l'amour et à l'avenir. Je pense que vous vous torturez vous-même.

La main d'Ermangarde s'approcha de la joue du garçon. Il esquiva la caresse qu'elle s'apprêtait à lui faire.

– Qui es-tu donc pour parler avec tant de sagesse, alors que tu es encore si jeune ?

– Personne… ou presque. Je ne suis qu'un ancien esclave, un orphelin. Un orphelin qui serait prêt à tuer celle qui tenterait de faire du mal à son amie.

La châtelaine s'abstint de répondre. Ce garçon si plein d'audace l'intriguait autant qu'il lui plaisait. Elle secoua la tête. Il était temps d'aller dormir. Elle interpella son domestique.

– Gus, avez-vous prévu un hébergement digne de ces jeunes gens ?

– Oui, dame Ermangarde, ils garderont la chambre sud.

– Vous bassinerez les lits et veillerez à ce qu'ils ne manquent de rien.

– Ce sera fait, dame Ermangarde.

Le domestique s'inclina devant sa maîtresse, recula de quelques pas et patienta face à la porte. Sven et Finna comprirent que leur hôte venait de leur donner congé. Ils suivirent le nommé Gus le long de couloirs occupés par des hommes en armes, jusqu'à la chambre où ils seraient cantonnés pour la nuit.

L'ameublement était spartiate : deux lits, des coffres de rangement, trois sièges placés en arc devant la petite cheminée. Le domestique leur demanda l'autorisation de se retirer. Il partit en leur laissant ses deux bougies.

Finna et Sven s'immobilisèrent un moment, écoutant le bruit des pas qui s'éloignaient. La chambre était plus confortable que le cachot qu'occupait Elka au dernier étage. Elle n'en restait pas moins une prison.

12

Au même moment, dans une pièce glacée du castel de la Ronde, à mi-chemin entre un salon protocolaire et une salle d'armes, d'autres Vikings attendaient le bon vouloir d'Ermangarde. Ida, Krill le borgne, Ragnö et deux marins de l'expédition achevaient de manger les victuailles qu'un domestique leur avait déposées sur une table.

Ragnö vitupérait à voix basse.

– Ça fait des heures ! Des heures qu'on est là, des heures qu'on a demandé audience, des heures que cette arrogante châtelaine est censée nous écouter. Mais tout ce qu'on a vu venir, c'est la nuit !

– Inutile de t'énerver, lui répondit Ida, ça ne sert à rien.

– Inutile de le souligner, ça ne sert à rien non plus.

– On ne connaît pas la raison de cette attente, reprit Ida. Peut-être était-elle partie loin d'ici ? Peut-être a-t-elle tardé à rentrer ? Il lui faut probablement du temps pour s'apprêter.

Cette hypothèse lui valut un haussement d'épaules de la part de Ragnö. Le chef du castel était une femme, ce qui l'avait beaucoup étonné. Mais cela ne changeait pas le rapport de force qu'elle tentait d'instaurer avec lui. En tant que fils de chef, Ragnö avait plus d'une fois observé comment son père mettait ses requéreurs en condition en les faisant patienter avant de les recevoir. L'attente faisait partie d'un petit jeu de pouvoir dont la règle était simple : le fort impose son heure, le faible s'y soumet, l'estime que le premier porte au second se mesurant à l'aune de la durée du jeu. Au-delà d'un certain temps, on basculait dans une forme d'humiliation.

Ragnö n'était plus prêt à accepter ce type de traitement. Il se leva.

– Cette fois, on s'en va.

La porte s'ouvrit au moment où il allait saisir la poignée, l'obligeant à reculer d'un pas. Le domestique laissa paraître sa surprise l'espace d'un instant, avant de reprendre son visage de statue sans émotion.

– Dame Ermangarde, annonça-t-il en s'effaçant devant la maîtresse de maison.

La châtelaine esquissa un sourire satisfait. Le jeune Viking s'apprêtait visiblement à quitter les lieux. Il ne l'avait pas fait avant, malgré les longues heures d'attente, ce qui confirmait qu'il avait besoin d'elle, quoi qu'il soit venu lui demander. De son côté, il savait désormais qu'elle ne le laisserait pas occuper la position dominante.

– Vous partiez ? fit-elle mine de s'étonner. Je suis si désolée de n'avoir pu me libérer plus tôt pour vous recevoir.

– Le plaisir de faire votre connaissance efface ce petit contretemps, la flatta Ragnö, on m'avait parlé de votre beauté, j'ignorais qu'elle rayonnait au point d'en illuminer une aussi triste salle à la nuit tombée.

Ermangarde dévisagea les cinq Vikings rassemblés dans la pièce. Les propos du garçon avaient été traduits parfaitement – avec le « vous » de rigueur – par une jeune femme dont on ne pouvait regarder le visage sans détourner les yeux. Une brûlure récente la défigurait sur une moitié, en un masque hideux que même un héritier du diable n'oserait arborer.

La châtelaine congédia le domestique et invita Ragnö d'un signe gracieux à se rapprocher de la cheminée. Le garçon était encore jeune, mais elle ne commettrait pas l'erreur de le sous-estimer. En une seule phrase, il avait réussi à lui faire comprendre qu'il était digne d'un meilleur accueil, le tout dissimulé sous un compliment fort bien tourné. La châtelaine avait hâte de découvrir ce qu'il lui voulait. Ces deux visites concomitantes l'amusaient. Elle pensa qu'après tout Elka avait pu lui dire la vérité. Les deux groupes n'étaient peut-être pas liés…

Elle répondit d'un air détaché aux présentations des autres Vikings. La jeune femme défigurée, un homme borgne, deux hommes à la carrure de rameurs. Ce groupe disparate attisait sa curiosité.

Le domestique revint peu après, chargé d'un plateau de verres accompagnés d'une bouteille d'alcool.

Après les politesses d'usage, tandis que chacun portait la boisson à ses lèvres, Ragnö, dont les propos étaient traduits par Ida, lui détailla le marché qu'il souhaitait conclure.

– Je viens épargner bien des malheurs à votre peuple. Vous savez que nous, Vikings, aimons à nous battre ! Pourtant, je vous fais une proposition : si vous me versez une rançon équivalente au quart de mon poids en or, mes hommes et moi quitterons vos terres aussitôt, en paix.

Ermangarde fit tournoyer la boisson alcoolisée dans son verre, comme fascinée par le tourbillon que le liquide dessinait, puis en avala une gorgée, avant de reposer le verre sur le plateau tendu par le domestique. Alors seulement, elle répondit :

– Tu n'es pas très gras, mais tu me sembles musclé, et je sais combien le muscle pèse lourd. Ton prix me paraît bien élevé…

– C'est le prix de la paix, des récoltes sauvées, des vies préservées.

Ermangarde, les mains collées l'une à l'autre, les deux index touchant ses lèvres, regarda le feu. Ragnö et les autres lui laissèrent ce temps de réflexion.

La châtelaine était surprise par la proposition qui lui était faite. Elle n'avait jamais entendu parler de telles pratiques ailleurs. L'idée de payer pour échapper à une guerre ne lui paraissait pas incongrue. Mais les choses étaient plus complexes que cette simple constatation.

Avec les contraintes que la châtelaine faisait peser sur les villageois, l'unique raison pour laquelle ils ne se rebellaient pas contre elle était l'existence de son armée. Ermangarde entretenait une troupe en armes, apte à défendre les fortifications de son castel, et les habitants savaient pouvoir s'y réfugier et y trouver un abri en cas de siège viking. Si elle acceptait de payer une rançon, minimisant ainsi le danger d'une attaque, les villageois n'auraient plus de raison de supporter le dur régime auquel elle les soumettait. Ils pourraient même prétexter de son alliance avec les Vikings pour se révolter.

Ermangarde esquissait un discret sourire à mesure qu'elle avançait dans sa réflexion. Car l'habile proposition du jeune Viking pourrait lui être utile d'une autre manière.

– D'accord. J'accepte de verser la rançon que tu exiges. Mais j'ai besoin de temps pour rassembler une telle somme.

– Je vous laisse jusqu'à demain matin. Sans nouvelles de ma part, mes hommes ont pour ordre de passer à l'attaque.

– C'est trop court, dit-elle.

– C'est déjà trop long quand il s'agit d'organiser des défenses. Vous avez perdu du temps en me faisant patienter. Je ne voudrais pas courir le risque de me laisser prendre de vitesse… Vous êtes bien trop intelligente pour que je puisse faire l'économie de la prudence.

Ermangarde hocha la tête en un signe d'assentiment.

– Je vais ordonner qu'on prépare la chambre nord. Demandez à mes gens ce que vous souhaitez, ils vous l'apporteront. Car je vous déconseille de sortir pour le quérir vous-mêmes… les Vikings ne sont pas très appréciés par ici !

La menace à peine voilée était énoncée avec un charmant sourire. Ermangarde se leva.

Ida la prit de vitesse et, se plaçant sur sa trajectoire, demanda :

– J'ai encore une question à vous poser…

Sans en attendre davantage, Ragnö ordonna aux deux marins d'empêcher Ida de parler. Les deux hommes s'exécutèrent sous l'œil surpris de la châtelaine. La femme salua ses invités et sortit de la pièce.

– Pourquoi tu as fait ça ? s'énerva Ida dès que les deux marins la relâchèrent.

– Parce que je ne te fais pas confiance.

Quelque temps après, le domestique vint chercher les Vikings pour les accompagner dans leur chambre. Un feu avait été allumé et un plateau de fruits déposé sur une table.

Ida joua nerveusement avec un noyau de ces fruits étranges à la chair jaune et juteuse qu'on leur avait servis. Depuis une heure, Ragnö usait et abusait de l'hospitalité d'Ermangarde en demandant qu'on lui serve viande, poisson et boisson, qu'on lui apporte une bassine d'eau chaude pour délasser ses pieds, ou encore qu'on lui brosse sa tunique poussiéreuse.

Ida porta sa main à son visage et tâta ses cicatrices de la pulpe des doigts.

– Je voulais lui demander si elle avait vu Elka.

– Que veux-tu que ça me fasse ? répondit Ragnö.

– Je suis une Viking. J'ai subi un préjudice. J'ai le droit de trouver celle dont j'obtiendrai réparation, et tu n'as pas le droit de m'en empêcher.

– Je te rappelle que tu m'as demandé de t'emmener ici pour me dévoiler l'emplacement d'un trésor, pas pour te venger. Si tu avais été honnête, peut-être que les choses auraient été différentes, insinua Ragnö.

– Cela ne te coûtait rien de me laisser interroger Ermangarde.

– Et qu'est-ce que cela me rapportait ?

Ida poussa un soupir d'énervement. Ragnö refusait de l'aider par simple envie de la tourmenter.

– Je vais faire un tour ! annonça-t-elle.

– Pas question ! rétorqua-t-il. Notre hébergement d'une nuit est peut-être une manœuvre pour nous piéger. Nous allons tous monter la garde, mes hommes et moi chacun notre tour, en restant bien à l'abri ici.

Ida revint sur ses pas et se planta debout devant le feu. Elle tenait ses poings serrés et ses ongles appuyaient douloureusement sur la peau de ses paumes : elle refusait de montrer les signes de sa colère et de son ressentiment. Ce n'était pas en restant dans cette pièce qu'elle trouverait Elka. Et plus le temps passait, plus elle risquait de perdre sa trace. Elle ignorait quand son ennemie avait débarqué, elle ignorait même si elle l'avait fait !

Stoïque, Ida subit la suite de la soirée sans plus dire un mot. La nuit s'écoula tandis que Ragnö et ses deux fidèles se relayaient pour assurer la garde.

Au petit matin, avant l'aube, Krill secoua Ida qui somnolait.

– Il s'est endormi, chuchota-t-il en montrant Ragnö, la voie est libre.

Ida lui sourit, se leva et quitta la pièce en silence. Il n'était pas question qu'elle passe la nuit dans cette chambre sans tenter de glaner quelques informations. Le plus difficile fut de dissuader Krill de l'accompagner. Il renonça contre la promesse d'Ida de revenir dans la chambre, quoi qu'il arrive.

Elle emprunta un couloir, puis un escalier. Des murmures la guidèrent jusqu'à un palier où elle distingua la silhouette de la châtelaine. Le cœur battant, elle se plaqua contre le mur pour se dissimuler dans l'obscurité. La femme continua à monter les marches, suivie cette fois par Ida.

Au dernier étage, la Viking sentit le froid pénétrer ses vêtements. Ici, les courants d'air étaient légion. Et au milieu de leur sifflement, on entendait des gens parler.

Ermangarde se glissa entre deux gardes postés devant une porte fermée. Ida vit la châtelaine coller son oreille au battant de bois et, d'un signe de doigt posé sur ses lèvres, ordonner aux hommes de faire silence.

13

Elka se réveilla sans plus savoir où elle se trouvait. L'obscurité l'enserrait dans une étreinte menaçante, et il lui fallut quelques secondes pour que tout lui revienne en tête : la geôle, son père… Elle avait dû s'endormir sans s'en rendre compte.

– Père ? chuchota-t-elle.

Un mouvement fit crisser la paille à un mètre de là.

– Père ? répéta-t-elle un peu plus haut.

– Oui, oui… Suis là.

La voix pâteuse, le débit haché, la parole était celle d'un homme qui émerge d'un sommeil empli de cauchemars. Dans le noir, Elka n'avait ni visage ni corps auxquels attacher son regard. Seule cette voix donnait vie à son père. Après toutes les pensées qui l'avaient empêchée de s'endormir la veille, elle songea que le moment était venu de mettre les choses au clair.

Elle ignorait le sort qu'Ermangarde leur réservait. Elle n'aurait peut-être pas d'autres occasions de parler à son père.

– Excuse-moi, je t'ai réveillé. Mais j'ai encore des choses à te dire.

Un soupir lui répondit avant que la voix résonne entre les murs de bois.

– Je t'écoute, Elka.

La jeune Viking frissonna et attrapa ses genoux dans ses bras pour garder sa chaleur. Un courant d'air glacé glissait de l'ouverture de la fenêtre jusqu'à l'interstice sous la porte. Le noir et le froid paralysaient sa vue, son toucher. Son père, pourtant si proche, lui paraissait distant. Ils étaient unis, bien sûr, par ces liens du sang si sacrés chez les Vikings. Mais avait-il eu un jour de l'amour pour elle ? De l'amour désintéressé, pour l'enfant qu'on élève et qu'on découvre différent de soi chaque jour, et non pour celui qu'on façonne pour le rendre à son image ?

La veille, après la surprise des retrouvailles, son père n'avait pas dévoilé d'émotion particulière à la revoir, au contraire.

Elka se concentra pour dire les faits, sans exprimer ses craintes. Elle espérait détecter les signes d'une émotion dans les mots, la voix, le ton qu'il utiliserait pour lui répondre.

– Je suis venue ici pour te ramener au pays, dit-elle. Je te croyais mort, j'ai apporté de l'argent pour acheter ton corps.

– Cela ne suffira pas à me libérer. La folle qui me tient enfermé ici ne lâchera pas sa proie pour une poignée de métal, fût-elle d'or. Même un coffre empli de pièces n'y suffirait pas !

– Tu es mon père, alors je trouverai un moyen. Un *langskip* se présentera dans deux jours sur la plage pour venir nous chercher. J'organiserai ton évasion d'ici là.

Bjorn se rapprocha de sa fille et passa un bras autour de ses épaules. Elka sentit ses muscles se contracter dans une réaction de défense. Elle craignait de s'abandonner au confort des bras de son père, comme elle l'avait fait souvent lorsqu'elle était une petite fille, mais elle réalisa ensuite qu'il s'agissait probablement d'un mouvement de compassion, comme Bjorn aurait pu en avoir pour n'importe lequel de ses compagnons.

– Tu es une gentille fille, Elka, mais tu n'as pas deux sous de jugeote, dit Bjorn. Pourquoi as-tu quitté la maison ? La situation est plus compliquée que tu ne crois ! Même si tu arrives à me faire sortir de là, je ne retournerai pas au pays avec toi.

– Tu as honte ? demanda Elka. C'est ça ? Tu as honte parce que j'ai renoncé à honorer ton lignage ?

– Il n'y a pas que ça.

La validation implicite de son hypothèse par son père transperça Elka avec la violence d'un coup de poignard. Il avait honte d'elle. Il avait honte de ce qu'elle avait fait pour défendre son lignage. Il désapprouvait les initiatives qu'elle avait prises. Et cette découverte laissait Elka désarmée, luttant pour ne pas pleurer. Elle avait le sentiment qu'elle avait tout gâché !

– Ce que tu as fait, ça n'a plus tellement d'importance, aujourd'hui, poursuivit Bjorn. Je comptais sur toi pour m'apporter un beau-fils digne de notre lignage. Tu t'es acoquinée avec un esclave.

– C'est faux ! Sven est un ami. Jamais je n'ai envisagé de…

– Ne mens pas à ton père, Elka. J'ai entendu ton cœur parler derrière le récit que tu m'as fait. Dans le pire des cas, Olof aurait pu assurer la continuité de la famille… C'est bien pour ça que j'avais choisi de le reconnaître comme fils, même s'il fait un piètre guerrier.

– Au contraire ! s'insurgea Elka. Il a fait preuve de courage et de…

– Allons, Elka, ne te fatigue pas à le défendre. Il est un esprit simple et il refuse d'être chef, tu l'as dit toi-même.

Elka se sentit désarçonnée par l'injustice des propos de son père. Il interprétait les choses de la manière qui l'arrangeait, sans porter attention aux réalités.

– Il n'est pas que ça, insista-t-elle, Olof a des qualités dont peu d'hommes font preuve.

– Qu'importe, tout cela, c'est du passé, les choses sont différentes, maintenant.

Déstabilisée, Elka pressa ses mains contre ses joues. Elle avait pensé qu'il pourrait ne pas être d'accord avec les choix qu'elle avait opérés pour mener sa vie, mais jamais elle n'aurait pu imaginer qu'il tienne Olof en si piètre estime. Il était son fils ! Comment Bjorn pouvait-il le mépriser ainsi !

Sans s'occuper de ce qu'elle pensait, Bjorn continua à parler.

– Tu te rappelles que j'étais venu ici pour chercher une femme et la ramener à la maison avec moi ?

– Oui, répondit Elka.

– Cette femme est vivante. Ermangarde, dans sa folie, l'a fait enfermer quelque part. Je ne monterai pas à bord du *langskip* de Ketil sans elle.

Elka poussa un soupir. Même si elle parvenait à faire échapper son père d'ici deux jours, il ne serait pas possible dans un délai aussi court d'enquêter pour identifier le lieu de détention de cette femme et d'organiser son évasion.

– C'est une belle femme, tu sais, et, par certains côtés, elle me fait penser à ta mère. C'est qu'elle a du caractère ! Elle me fera honneur, j'en suis sûr. Elle est fille d'homme libre et s'appelle…

– Tais-toi ! l'interrompit Elka, je me moque de savoir qui elle est.

– Pourtant, ce serait dans ton intérêt ! Car si tu parviens à nous libérer tous les deux, c'est dans sa maison que tu vivras jusqu'à ton mariage. Et si personne ne veut de toi à cause de tes idées païennes, et si je meurs, c'est son fils qui décidera s'il souhaite continuer à t'y héberger.

– Son fils ? répéta Elka, sonnée par la violence des propos de son père.

– Son fils, confirma Bjorn, mon fils, notre fils. Ma femme a porté un enfant de moi. C'est à toi de retrouver ce qu'il est advenu de ce bébé.

– Un bébé ?

Le cri d'Elka avait envahi la geôle. Bjorn la bâillonna d'une main pour l'empêcher de hurler davantage. Il ignorait que son geste était inutile. De l'autre côté de la porte, Ermangarde avait entendu leur échange.

Un sourire illumina le visage de la châtelaine, d'une chaleur qui contrastait avec ses intentions malfaisantes. Elle était venue espionner sans espérer en découvrir autant. Ainsi, Bjorn était le père d'un jeune enfant. Un bébé… il n'existait pas d'instrument de vengeance plus parfait.

Ermangarde décolla son oreille de la porte, recula d'un pas et prit congé des gardes. Elle dévala les escaliers, précédée par la silhouette silencieuse d'Ida qui regagnait sa chambre. Assurée que les Vikings resteraient dans leur chambre pour y attendre leur rançon, elle n'avait pas posté de gardes. Elle se méfiait davantage des Vikings logés dans la chambre sud.

Ermangarde ne remarqua pas la présence d'Ida. Elle était trop concentrée sur son projet. Il n'y avait pas une seconde à perdre. Elle devait trouver le bébé.

Ida s'engouffra dans le couloir qu'elle avait quitté une heure plus tôt, paniquée à l'idée qu'Ermangarde qui arrivait dans les escaliers ne la repère. Il n'en fut rien. La Viking ouvrit le battant de la porte de la chambre silencieusement, le referma derrière elle et s'y adossa, soulagée. Puis un sourire déforma la peau couturée de son visage.

Ida avait entendu hurler ce mot, « bébé », et elle avait surtout reconnu la voix étouffée de celle qui l'avait prononcé. Une voix honnie, une voix qu'elle n'aurait jamais imaginé retrouver ici, la voix d'Elka ! Elle ignorait la raison de l'enfermement de la jeune Viking et n'en avait cure. Une seule chose comptait. Elle tenait le premier fil de sa vengeance. Il ne lui restait plus qu'à le tirer jusqu'à en dévider tout l'écheveau.

Quelques mètres plus haut, dans la geôle, le silence régnait à nouveau. Elka laissait les pensées aigres s'enchaîner dans son esprit. Son père avait formé une nouvelle famille. L'ancienne ne comptait plus à ses yeux. Elle-même ne présentait plus d'autre intérêt pour lui que de le faire sortir de sa cellule et de le ramener avec sa nouvelle femme et son fils jusqu'au pays. Elka aurait voulu se révolter, le laisser là, l'abandonner. Mais elle savait déjà qu'elle n'en ferait rien, qu'elle mettrait sa propre vie en danger pour sauver celle de son père. Car quoi qu'il fasse, et quelle que soit la dureté de ses paroles, elle n'avait de cesse de le rendre fier. Découvrir qu'elle l'avait déçu était une épreuve bien plus difficile que celles qu'elle avait surmontées durant son expédition d'hiver dans les terres glacées du Nord.

Bjorn reprit la conversation, comme si de rien n'était. Bientôt, le soleil se lèverait.

– J'ai rencontré cette femme il y a deux *misseri* d'été, expliqua Bjorn. J'aurais dû la ramener tout de suite au pays. Quelle erreur… Jamais l'hiver ne m'a semblé si long ! Elle me manquait.

Sa place était dans ma maison, à mes côtés, pour peigner mes longs cheveux chaque soir, pour diriger les esclaves et les domestiques, pour s'occuper de la gestion des réserves de bois, de viande et de fromage, pour me tisser une nouvelle tunique.

Elka songea au travail harassant qu'elle avait accompli lorsqu'elle avait assuré son rôle de chef domestique. Son père n'avait pas l'air de se rendre compte combien cela avait été dur pour elle.

– Quand je suis revenu ici, j'ai découvert que j'avais un fils, un beau gaillard de trois mois ! Il m'a souri la première fois qu'il m'a vu, sans peur, comme un Viking ! Ma femme craignait pour leurs vies. Elle n'avait dévoilé à personne que j'en étais le père. Une femme avec un Viking serait passée pour une traître ! Mon fils a deux ans, maintenant… Il est en vie, j'en suis sûr, il ne peut pas en être autrement.

La voix de Bjorn s'était brisée sur ces derniers mots. Malgré son assertion, il ne paraissait pas si certain que l'enfant était encore vivant.

– J'ignore tout de lui, dit-il. Et cette torture est la pire de toutes.

– C'est pour ça que tu as fui le combat, au risque de passer pour un traître ?

Bjorn se fit haineux.

– Ingvald les avait fait enlever pour m'obliger à aller les sauver.

– Tu aurais pu laisser cette femme se débrouiller, tu ne lui dois rien.

– Voyons Elka, c'est ma femme, c'est mon héritier ! C'est ton demi-frère !

– Non, répondit Elka. Cet enfant n'est rien pour moi. Tu as reconstruit une famille. Tu as préféré te sacrifier pour elle au risque de ne jamais plus nous revoir, Olof et moi. C'est ton choix, pas le mien.

Abasourdi par la remarque de sa fille, Bjorn resta un instant silencieux. Il ne comprenait pas cette réaction, si éloignée de la culture viking. Mais les pensées de sa fille n'avaient pas beaucoup d'importance. L'essentiel était qu'elle lui obéisse.

– Tu dois les retrouver, Elka. Ma femme, mon fils, j'ai tellement hâte de les revoir.

Elka serra les dents, les muscles des mâchoires crispés par le ressentiment. La voix de son père s'était enfin animée des vibrations propres à l'émotion qu'elle guettait depuis le début de leur échange. Mais c'était en parlant de son fils que Bjorn perdait le contrôle et laissait paraître ses sentiments. Son père aimait ce bébé plus qu'il ne l'avait aimée, plus qu'il ne l'aimerait jamais. Elle avait l'impression qu'elle n'était pour le chef Bjorn qu'un lignage, tandis que le bébé était un fils pour son père.

14

La garde seigneuriale de la Ronde était formée d'une cinquantaine d'hommes dont la moitié patrouillait le jour dans la contrée tandis que l'autre restait affectée au castel. La nuit, les hommes au repos se regroupaient dans un vaste dortoir équipé de lits de bois superposés. Les plus rustres s'installaient à même les sommiers de planche, mais beaucoup préféraient y étaler une épaisse couche de paille, rassemblée dans un grand drap, pour former une paillasse.

L'hiver, la chaleur animale de ce groupe d'hommes ne suffisait pas à tenir l'air froid du dehors à distance. Enroulés dans leur couverture, les soldats dormaient, ronflaient, sans d'autres envies que de récupérer de la fatigue de la veille pour affronter la journée du lendemain. L'été, les effluves charnels des corps fourbus imprégnaient les lieux en un mélange de sueur, d'alcool et de crasse rance.

Ermangarde ouvrit la porte en veillant à ce qu'elle ne grince pas. D'un mouvement réflexe, elle posa une main sur son nez. L'odeur l'incommodait, mais ne la fit pas reculer. Elle resserra les pans de son châle et se dirigea vers l'unique lit qui n'avait pas d'étage. C'était là que son chef de la garde avait sa place. Elle le secoua par l'épaule, et son geste déclencha une réaction qui dépassait l'effet escompté : l'homme se réveilla brutalement, bondit de sa couche son poignard à la main et manqua à une seconde près de l'égorger. Il n'interrompit son réflexe guerrier qu'en reconnaissant Ermangarde.

– Vous ne devriez pas être là, ma dame, pas en plein milieu de la nuit, pas sans une escorte pour vous accompagner hors de la tour ! lui reprocha-t-il.

– Je suis là où je veux être, au moment où je le souhaite. Amène-moi les hommes qui ont procédé à l'arrestation de Théosa, je veux les questionner.

– Maintenant ? s'étonna le soldat, mais ils sont…

Un regard appuyé suffit à Ermangarde pour que le chef de sa garde s'interrompe et baisse la tête en signe de soumission.

– J'y étais, ma dame, vous pouvez commencer votre interrogatoire par moi.

Ermangarde relâcha son châle, laissant apparaître le petit couteau au manche de bois sculpté qu'elle serrait dans son poing.

– Y avait-il un bébé, sur place ? demanda-t-elle.

L'homme se remémora la scène.

– Oui, il y avait l'enfant de l'autre fille, la sœur de Théosa. Un garçon, me semble-t-il, qui pleurait dans son berceau, dans un coin de la pièce.

– Et la sœur de Théosa, avait-elle un mari présent à ses côtés ?

– Non, répondit le garde, c'est une fille-mère, une de ces couche-toi-là.

Ermangarde n'écoutait plus le chef de sa garde. Elle resserra ses doigts sur le couteau. C'était donc plausible ! L'enfant pouvait être celui de l'union de Bjorn avec cette délurée de Théosa ! Elle ne put cacher ni son excitation ni sa satisfaction, qui intriguèrent le garde sans qu'il ose poser de questions. Il tirait sur sa chemise de nuit, tentant de retrouver un semblant de dignité. Privé de la prestance de son uniforme, il se sentait nu devant celle pour qui il était prêt à tout sacrifier. Sa fierté s'en trouvait blessée.

– Dois-je aller réveiller mes hommes ?

– Va chercher l'enfant, tout de suite, et vite ! Fais tout ce qu'il faut pour me le ramener, j'ai bien dit TOUT, mais ramène-le-moi vivant. Et dis bien à tes hommes d'être prudents. Cet enfant est le descendant d'une engeance maudite. Il porte le diable en lui.

Ermangarde tourna aussitôt les talons. Oubliée l'odeur des corps, oublié son dégoût devant la crasse des lieux, elle respira à pleins poumons. Le jour n'était pas encore levé, mais elle sentait déjà sa lumière. Sa vengeance gagnerait bientôt en saveur.

Au premier étage de la tour, Ida avait rassemblé ses affaires à tâtons, dans l'obscurité de la chambre, sans réveiller Ragnö, les deux marins ni son ami Krill. Les lieux où Elka était logée laissaient peu de doute sur sa situation : avec les gardes armés, l'absence de confort, le froid et les courants d'air, il ne pouvait s'agir de chambres d'invités. Elka était donc prisonnière, mais Ida ignorait pour combien de temps. Ida refusait que la réalisation de sa vengeance soit soumise au bon vouloir d'Ermangarde. La châtelaine pouvait à tout moment décider de changer Elka de geôle, de la libérer, ou pire, de la faire exécuter. La Viking défigurée tenait à accomplir elle-même le geste mortel qui soulagerait la haine acide qu'elle abritait en elle.

À défaut de pouvoir tuer Elka dans un corps-à-corps, elle décida de tirer une flèche enflammée par la fenêtre du cachot. La paille, qui recouvrait probablement le sol, et le bois dont étaient formés les murs feraient de parfaits combustibles. Elka goûterait à son tour à la souffrance inouïe du feu sur sa peau. Sauf qu'à l'inverse d'Ida personne ne viendrait l'en sauver.

Pour accomplir son projet, il manquait à Ida un arc avec une portée suffisante pour propulser son projectile jusqu'au dernier étage de la tour depuis le sol, ainsi qu'une étoupe trempée dans de l'huile. Les Vikings qui possédaient un arc n'étaient pas nombreux. Dans les combats, les armes de poing permettaient plus facilement de mettre en déroute leurs ennemis. Mais pour une fois, Ida estima qu'elle avait de la chance : elle se souvenait qu'un des marins en avait emporté un. La veille au soir, l'homme avait tiré un tapis jusqu'au coin séparant la cheminée des fenêtres pour s'y coucher.

Alors qu'elle y posait son pied avec prudence, une main enserra sa cheville tandis qu'une voix s'élevait dans le silence :

– Un geste de plus, et c'est sur tes tripes que je me rendormirai.

Ida sentit une pointe d'acier tendre sa peau. Elle se jeta en arrière tandis que l'agitation des autres occupants de la chambre, brutalement tirés du sommeil, se soldait par l'apparition d'une flamme. La bougie que venait d'allumer Ragnö éclaira la scène.

– Lâche-la ! ordonna Krill au marin.

– Pas avant que cette sorcière m'ait dit ce qu'elle voulait me voler.

L'homme tenait toujours Ida par la cheville, tout en menaçant de la transpercer de son long coutelas. La jeune femme aurait pu le blesser au visage pour s'en libérer. Elle n'en fit rien.

– Je ne voulais pas te voler, je cherchais la porte de sortie.

– Bien sûr, commenta Ragnö, tu cherchais la porte à l'opposé de l'endroit où elle se situe. Et tu crois qu'on va croire ta langue de serpent ?

– Que vous me croyiez ou non, ça m'est égal. Je veux juste m'éloigner un peu, c'est tout.

– T'as un seau pour pisser. T'as une cruche pour boire. Donc, tu ne sors pas de là !

– Tu n'as pas d'ordre à me donner, Ragnö.

– Oh que si, je te rappelle que tu vas être mon esclave pour un moment.

– Mais seulement à partir du moment où le *Thing* l'aura décrété et qu'il en aura fixé la durée. Jusque-là, je reste libre de mes mouvements. Et si je veux sortir de cette chambre, je le fais.

Ida tenta d'aller vers la porte, mais le marin ne lâcha pas sa cheville. Elle jeta un œil vers Krill, étonnée de ne pas le voir voler à son secours. L'homme borgne l'observait sans dire un mot.

– Bas les pattes ! ordonna-t-elle au marin en le menaçant de son arme.

L'homme se leva et, esquivant sa défense, l'immobilisa d'une clé de bras autour du cou.

– Tu bouges, je te saigne.

Ragnö retourna s'asseoir sur le lit qu'il occupait pour la nuit.

– Tu n'as plus l'âge de faire des caprices, Ida. Mon ordre est clair, et il concerne tous les membres de cette expédition : personne ne sort d'ici sans mon autorisation. Ma priorité, c'est la rançon.

– Je dois absolument aller faire quelque chose, expliqua Ida.

– M'en fous. À la moindre initiative qui risque de compromettre le versement de l'or, tu n'auras plus l'occasion de goûter aux joies de l'esclavage. Je te tuerai de mes propres mains.

Le marin relâcha son emprise, se recula et s'adossa contre un mur. Ida esquissa un pas vers la sortie. Krill s'interposa.

– Tu fais partie d'un groupe, Ida, tu es liée par le pacte de l'expédition.

La jeune femme le frappa d'un coup de poing sur la poitrine. Malgré la violence du choc, l'homme borgne ne bougea ni ne réagit. Ida connaissait le caractère sacré du pacte de solidarité des Vikings. Pendant les expéditions, le respect de la parole donnée constituait la meilleure garantie de se sortir vivant des combats. Mais savoir Elka si proche sans pouvoir l'atteindre la rendait folle ! Elle prit quelques secondes pour réfléchir puis se résigna à dévoiler ce qu'elle avait découvert.

– Elka est prisonnière, tout en haut de la tour.

– Et alors ? demanda Ragnö. Elle peut bien crever, la princesse… Ce n'est pas parce qu'elle est viking qu'on va voler à son secours.

– Je ne veux pas la sauver, rétorqua Ida, je veux me venger.

Le chef d'expédition ne prit pas la peine de lui répondre.

Elle désigna de la main la moitié de son visage brûlé et cracha ses paroles animées par la haine :

– Tu pensais vraiment que j'allais laisser ça impuni ?

Ragnö éclata de rire.

– Qu'importe ce que tu es venue chercher. Tu ne sortiras pas d'ici. On ne touche pas aux prisonniers de celle qui doit nous rendre riches. Mais si tu as besoin d'être rassurée, Elka ne fera pas long feu. Ermangarde finira bien par la faire mourir de faim, de froid ou d'une manière plus brutale.

Ida s'approcha de Ragnö, se pencha vers lui et, alors qu'il détournait la tête, envahi par le dégoût devant le spectacle de la peau brûlée, elle dit :

– Demande qu'Elka soit ajoutée à la rançon et je serai ton esclave toute la vie.

Ragnö repoussa la jeune fille.

– Tu es folle, Ida, le feu t'a brûlé la raison.

– Je suis folle, confirma Ida. Alors, n'oublie pas qu'on ne contrarie jamais les fous, Ragnö, sans quoi, il pourrait t'en coûter bien plus que ce qu'une rançon pourrait acheter...

Krill marcha vers Ida, lui saisit le bras et la contraignit à approcher de la fenêtre.

– Tu vas trop loin, Ida.

– Je vais là où je dois aller, et même toi, tu ne pourras pas m'en empêcher.

15

Dans la grange et dans la maison en lisière de forêt régnait le calme de la nuit, propice au sommeil des habitants. Trois semaines auparavant, Tual avait ôté les parchemins huilés qu'il fixait aux fenêtres au début de l'hiver pour empêcher le passage des vents. L'âge rendait le froid plus pénible à supporter, notamment lorsqu'il s'accompagnait d'humidité. Avec l'avancée du printemps, Tual appréciait la chaleur et la lumière que les petites ouvertures laissaient passer pendant la journée. La nuit, il rabattait les volets de bois qui suffisaient à empêcher les animaux sauvages d'entrer. Un ours aurait peut-être fini par réussir à les soulever, mais cela faisait bien longtemps qu'on n'en avait plus vu dans ces contrées. Seuls les loups continuaient à s'aventurer dans les bois bordant les maisons.

Aussi silencieux que ces animaux, les cinq gardes accompagnés de leur chef avançaient à la lueur de la lune dans la cour de la ferme. Ils se glissèrent sans bruit dans la demeure, après avoir poussé les battants des fenêtres. Ils se tinrent immobiles une longue minute, leurs sens en éveil. Un discret ronflement traversait la porte de la chambre tandis qu'une respiration légère résonnait dans un coin de la pièce principale. Une fois leur vision accoutumée à l'obscurité, plus profonde dans la maison qu'à l'extérieur, le chef murmura l'ordre d'accomplir leur mission.

Aboelle manqua de suffoquer lorsqu'une main, bâillonnant sa bouche et son nez, la réveilla en sursaut. Terrorisée, elle se redressa brutalement sur l'étroite couche qu'elle occupait dans la salle de la petite maison. Le ronflement de son père cessa en même temps qu'un coup sourd résonnait jusqu'à elle. L'avait-on assommé ? Avait-il cogné le mur en tentant de se défendre ? L'affolement prit les commandes de la jeune femme. Aboelle se débattit, essaya de s'arracher aux liens que son agresseur était en train de nouer autour de ses poignets. Elle frappa à grands coups de pieds et heurta ce qui devait être une jambe, déclenchant un juron étouffé de son adversaire. Une seule préoccupation obsédait son esprit : protéger Gaïle.

Une flamme dissipa l'obscurité sur un petit périmètre autour de la table. Aboelle se figea, à l'affût. La flamme permit d'allumer une lampe, éclairant le visage du chef des gardes, puis, à mesure qu'elle montait en puissance, toutes les autres personnes présentes.

Au fond de la pièce, Tual, bâillonné, était maintenu debout par un garde qui avait passé son bras autour de son cou. Le plus petit mouvement de sa part l'étranglait. Tout proche d'Aboelle, un homme grand et puissant grimaçait en frottant son tibia d'une main, sans lâcher de l'autre les liens qui la retenaient prisonnière. À côté du berceau, un troisième garde tenait l'enfant serré contre lui, une main plaquée sur sa bouche pour l'empêcher de pleurer.

Il regarda Aboelle pour la menacer :

– Si tu cries, si tu bouges, je lui tranche la gorge. Compris ?

Elle approuva d'un hochement de tête. L'homme se tourna vers Tual et répéta :

– Compris ?

Tual répondit à l'identique.

– Très bien, intervint le chef des gardes, mes hommes vont vous libérer. Un geste, et le petit y passe.

Sur son ordre, les hommes lâchèrent Aboelle et Tual. Père et fille restaient tétanisés, effrayés à l'idée que les gardes d'Ermangarde puissent faire du mal à l'enfant. Ce dernier leur lançait un appel au secours du regard tandis que ses ravisseurs reculaient pour sortir. Gaïle ne comprenait rien à ce qu'il se passait et manifestait tous les signes d'une immense terreur. L'effroi qu'il lisait dans les yeux d'Aboelle et Tual y contribuait au moins autant que le fait d'être ceinturé par un inconnu.

L'escouade et l'enfant disparurent dans la nuit.

À peine Aboelle eut-elle entendu les sabots des chevaux résonner hors de la cour de la ferme, en direction du village, qu'elle hurla. Olof surgit aussitôt, vêtu d'une simple tunique, pieds nus.

Aboelle lui désigna la silhouette des chevaux qui s'éloignaient dans l'obscurité.

– Ils enlèvent Gaïle !

Olof courut dans leur direction. Peu d'hommes seraient parvenus à les rattraper, mais la taille d'Olof et la puissance qu'il déployait en coupant à travers champs lui permirent de rattraper l'avance des gardes. Il se jeta sur la jambe du dernier cavalier afin de le mettre à terre. Un deuxième garde vint au secours de son compagnon d'armes et frappa Olof à la tête avec le plat de son épée.

Sonné, Olof continua à courir en zigzag et perdit du terrain. Quand il devint évident qu'il ne pourrait plus les rattraper, il s'effondra à genoux, la tête cachée entre ses mains.

Aboelle le rejoignit peu après, hors d'haleine.

– J'ai essayé, dit-il, ils allaient trop vite. J'aurais voulu, mais...

La femme écarta doucement les grandes mains du visage du géant et serra l'une d'entre elles entre les siennes.

– Je sais, Olof, je sais.

Elle se laissa tomber à ses côtés. Une vague de désespoir la submergea. Les soldats appartenaient à la troupe d'Ermangarde. La châtelaine n'avait pas fait enlever Gaïle sans raison. Elle fomentait probablement une nouvelle vengeance. Peut-être même avait-elle découvert qui était la véritable mère de l'enfant. Un hoquet secoua Aboelle.

– Ce n'est qu'un innocent, chuchota-t-elle, juste un tout petit enfant !

Olof passa un bras autour de ses épaules, et elle se laissa aller contre lui. Elle continua à marmonner dans la poitrine du géant, et ses paroles, ponctuées de pleurs, formaient la mélodie d'un chagrin inconsolable.

Tual arriva quelques instants plus tard. Il avait couru inconsidérément, comme le jeune homme qu'il continuait à être dans sa tête. Mais son corps usé par le labeur et les privations avait eu raison de lui. Son cœur battait la chamade. Une douleur irradiait depuis le côté de son ventre jusqu'à son dos. Sa respiration haletante ne suffisait pas à calmer les soubresauts paniqués de ses poumons. Seul son visage semblait épargné. Les traits durcis par l'amertume, il flanqua un coup sur l'épaule d'Olof en apostrophant sa fille.

– Écarte-toi de ce diable d'homme ! C'est un Viking, comme l'autre. Dès que ta sœur est tombée amoureuse de ce monstre, j'ai su que c'était le début des problèmes. Il a engrossé ta sœur et l'a abandonnée aussitôt.

– C'est faux, père, répondit Aboelle d'une petite voix, tu sais bien qu'il ne l'a pas abandonnée.

– Ta sœur est une fille-mère. Et par sa faute, tu as dû passer toi aussi pour une femme de petite vertu. Les villageois n'ont pas cru à notre histoire de bébé orphelin recueilli sur le marché. Théosa a gâché sa vie de femme et la tienne avant même que vous n'ayez commencé à la vivre.

– Bjorn est revenu la chercher.

– Oui, à croire que Dieu n'a pas entendu mes prières quotidiennes ! Ce Bjorn de malheur est revenu. Et vois où ça nous mène : Ermangarde a dû découvrir que Gaïle était le fils de Bjorn. Le monstre a dû parler, et tout lui avouer. Alors, écarte-toi de ce Viking, je ne supporterai pas que de nouveaux malheurs détruisent notre famille !

En même temps qu'il prononçait ces mots, Tual attrapa sa fille par le bras et l'obligea à se séparer d'Olof. Le Viking ne fit pas un geste pour s'y opposer. Assis par terre, il caressa le sol, ramassa quatre cailloux et les empila en un équilibre improbable.

Il releva la tête pour interpeller Tual.

– Tu as dit que Gaïle est le fils de Bjorn ?

– Oui.

– Est-ce la vérité ?

– Gaïle est le fils de Bjorn, lui confirma le vieil homme, et c'est pour ça qu'Ermangarde va le tuer.

– Je suis le fils de Bjorn, Gaïle aussi, et je ne laisserai personne faire du mal à mon frère. Je vais le chercher.

Le géant se releva et, sans un mot de plus se mit en route sur le chemin qui s'éloignait de la ferme, toujours pieds nus, avec sa tunique de nuit pour unique vêtement.

Aboelle essuya ses larmes d'un coup de manche et le regarda partir, stupéfaite. Tual masqua sa surprise en menaçant du poing celui qui lui tournait le dos :

– C'est ça, pars ! J'ai déjà une fille qui s'est sacrifiée à ton peuple, je ne laisserai pas la seconde faire la même erreur !

– Arrête, père ! supplia Aboelle. Olof essaie de nous aider !

– On ne peut pas faire confiance à un homme qui a sauvé un loup.

Aboelle dévisagea son père, surprise.

– Comment sais-tu ce qu'il s'est passé dans les bois ?

– Je suis un père. Je sais ce que je dois savoir pour protéger mes enfants. Et je t'interdis de revoir cet Olof. À l'aube, j'irai au castel et je supplierai Ermangarde de laisser la vie sauve à Gaïle. Je lui donnerai le cheval, les poules, les draps, tout ce qu'elle voudra.

Aboelle resta silencieuse. De nombreux paysans s'étaient agenouillés devant Ermangarde pour implorer sa pitié. Mais cette femme avait un cœur de glace ; elle avait soufflé sa méchanceté gelée jusqu'à éteindre chez eux la dernière étincelle d'espoir.

16

Pendant longtemps, alors qu'elle se faisait passer pour un garçon et qu'elle accompagnait son maître scalde sur les pistes du pays viking, Finna n'avait connu en guise de lit qu'une fourrure posée sur le sol ou un sac de toile sur une banquette. La qualité de l'accueil fait à son maître scalde dans les maisons vikings s'était améliorée à mesure que sa notoriété grandissait, mais sans que son apprentie en bénéficie.

Ce matin-là, Finna s'éveilla alors qu'un mince rayon de soleil traversait un point manquant dans la tapisserie tendue devant la fenêtre. Malgré les incertitudes concernant Elka, malgré l'enfermement que leur imposait Ermangarde, elle avait dormi d'une traite. Le matelas embaumait l'herbe séchée, et l'épais édredon de duvet qui le recouvrait le rendait particulièrement confortable.

La scalde s'étira et conclut un bâillement en s'exclamant :

– Sven, bouge-toi !

Surprise de ne pas entendre de grognement en écho à son ordre, elle se leva et ouvrit le rideau. Un coup d'œil vers la couche que l'ancien esclave s'était préparée la veille suffit à la renseigner : Sven avait quitté la chambre.

Finna réagit par un juron, loin du langage qu'elle avait l'habitude de manier pour conter ses sagas. Ses gestes, tandis qu'elle rassemblait ses affaires, trahissaient son énervement. Sa mission de scalde consistait à rester au plus proche de l'action afin de pouvoir témoigner d'une réalité. C'était pour ça qu'elle s'était embarquée dans cette expédition ! Et voilà qu'Elka se laissait enfermer dans un cachot, que Sven disparaissait dès la première nuit et qu'elle se retrouvait seule, comme une idiote, avec pour unique témoignage à transmettre son avis sur le confort des lits en terres étrangères !

Elle enfila la robe de tissu grossier que lui avait donnée Aboelle et enfourna dans sa besace la tenue de cérémonie qu'elle portait la veille. Elle était prête.

La main posée sur la poignée de la porte, elle se tint immobile, l'oreille tendue, à l'affût d'un signe de vie. Mais les seuls bruits qu'elle percevait provenaient de dehors : le chant d'un coq, le grincement de la chaîne du puits halant un seau d'eau, le claquement des bottes des gardes sur le chemin de ronde. Elle enfouit tous ces éléments dans sa mémoire afin qu'ils trouvent place dans son futur récit. Puis, elle sortit.

Le couloir était désert, la cage d'escalier aussi. Elle n'hésita pas sur la direction à prendre. Si Sven avait quitté la chambre, c'était probablement pour vérifier que rien de mal n'était arrivé à Elka.

Finna grimpa jusqu'au dernier étage et faillit trébucher sur une jambe qui en barrait l'accès. Sven gisait sur le sol, jambes et bras écartés tel un pantin de bois désarticulé. Un peu plus loin, les deux gardes chargés de la surveillance du cachot s'esclaffèrent.

– C'est lui que tu viens chercher ?

Finna s'agenouilla et plaça sa main devant la bouche de Sven. Le souffle d'air qui caressa sa paume la rassura.

— Qu'est-ce que vous lui avez fait ? demanda-t-elle.

La grosse bosse qui ornait son crâne laissait imaginer ce qui avait pu se passer. Les gardes la confortèrent dans son hypothèse.

– Il est venu tout à l'heure, il voulait qu'on sorte la fille de la cellule. Tu penses bien qu'on ne lui a pas ouvert la porte en lui faisant une révérence pour l'inviter à entrer ! Un coup sur le crâne, et c'était réglé.

– Sven ? appela Finna en tapotant la joue de l'ancien esclave, Sveeeen ?

Le garçon reprit peu à peu conscience.

– Oh, ma tête, geignit-il, j'ai l'impression de porter un casque de fer trop étroit pour moi.

Les gardes, qui ricanaient en observant son réveil douloureux, s'interrompirent brutalement pour se mettre au garde-à-vous. Ermangarde venait de surgir sur le palier.

La châtelaine enjamba Sven qui bloquait l'accès et frôla Finna au passage sans paraître s'en apercevoir.

Finna ne bougea pas, stupéfiée par ce qu'elle découvrait. Ermangarde tenait un enfant sous son bras, comme on porte un panier de linge. La jeune scalde reconnut Gaïle et s'apprêtait à l'interpeller par son prénom lorsqu'elle reçut un coup de coude de Sven dans les côtes. Elle se reprit juste à temps alors que Sven, faussement naïf, demandait :

– Qui est cet enfant ?

Ermangarde regarda Sven, un sourire éclatant sur les lèvres.

– Quel enfant ? Tu veux parler de ce gosse de gueux ? Allons… Il ne vaut pas le plus lent des chiens de ma meute !

Elle s'avança dans le couloir, suivie de deux autres gardes qui marchaient sur ses talons.

– Tenez ces deux-là à distance, exigea-t-elle en désignant Sven et Finna du menton, et prenez-moi ça !

Elle jeta l'enfant vers le garde. Gaïle tomba violemment sur le sol. Étrangement, il ne hurla pas, il restait muet, les yeux écarquillés, comme stupéfait par ce qui lui arrivait.

Ermangarde ordonna qu'on lui ouvre la porte du cachot.

Au même moment, à l'intérieur, Bjorn, Baudoin et Elka tendaient l'oreille vers les bruits qu'ils percevaient dans le couloir. Le Viking avait reconnu la voix d'Ermangarde et s'inquiétait de ce qu'elle leur réservait. Tout aussi anxieuse, Elka regarda la porte s'ouvrir en retenant son souffle.

– Enchaînez Bjorn au mur, et immobilisez Elka, ordonna Ermangarde.

Les gardes se précipitèrent, sans que Bjorn esquisse un geste pour protéger sa fille. L'un d'eux détailla longuement Elka d'un regard concupiscent. Il attrapa son bras pour le ramener dans son dos, la plaqua contre son torse et enserra son cou de son autre bras. Elka ne quitta pas son père des yeux. N'allait-il rien dire ? rien faire ? Bjorn fuyait son regard, secouant la tête, comme pour lui confirmer qu'il était désarmé.

Un goût acide envahit la bouche d'Elka. La jeune fille venait de comprendre la raison de cette soumission si inhabituelle chez lui. Bjorn était prêt à la sacrifier, pourvu qu'il garde la vie sauve et qu'il puisse s'échapper et retrouver l'enfant qu'il avait eu avec cette étrangère. Un fils valait davantage qu'une fille.

Elka préféra détourner son regard de ce père qui n'en était plus un et apostropha Ermangarde :

– C'est ça, l'honneur de votre famille ? Je suis venue sans armes et tu as accepté mon marché. Tu trahis ta propre parole ?

Du bout de l'index, la châtelaine caressa la joue d'Elka.

– Tu es si touchante de naïveté, petite chérie, j'en viendrais presque à oublier que tu fais partie de ce peuple de monstres. Mais n'aie crainte, je ne suis pas comme vous. J'aurais pu te laisser avec lui, enfermée, ou bien te faire exécuter, bien sûr, mais la mort est tellement définitive… J'aurais pu te faire enfermer avec ta belle-mère, au plus près de Dieu. Après tout, christianiser les Vikings aurait pu me valoir le chemin du paradis. Mais non, j'ai trouvé mieux, beaucoup mieux. Car le doute est plus insupportable que tout, plus insidieux. Il n'est pire torture que d'ignorer ce qu'il est advenu de son enfant.

Ermangarde s'avança jusqu'à Bjorn, dont les bras et les jambes étaient enchaînés au mur. Elle caressa son visage de l'index depuis son front jusqu'à sa barbe, comme elle l'avait fait sur la joue d'Elka.

– J'ai trouvé ton fils.

Après ces mots, elle fit demi-tour et sortit de la geôle un instant. La porte restait ouverte, Bjorn enchaîné, Elka immobilisée par le garde. Un hurlement d'enfant retentit et Ermangarde regagna le cachot en tenant Gaïle par une cheville, tête en bas.

– Tu as un fils costaud, Bjorn… regarde-le, il s'agite tout comme un porcelet qu'on s'apprête à saigner !

Fou de colère et de peur, Bjorn ne quittait pas son fils des yeux. Les muscles bandés, il tirait sur ses chaînes, sans porter attention aux fers qui lui cisaillaient la peau.

– Lâche-le ! cria-t-il.

Elka se débattit pour échapper à la contrainte des gardes, sans succès.

– Lâche-le ! répéta Bjorn en hurlant de rage.

Devant lui, Ermangarde ne bougeait pas, le visage avenant et tranquille. Seul le tremblement discret de ses muscles dévoilait l'effort qu'elle faisait pour maintenir l'enfant en l'air à bout de bras.

– Lâche-le ! supplia Bjorn, ce n'est qu'un enfant.

– Un enfant bien plus grand que le nouveau-né que ton aïeul m'a enlevé. Tu as cru pouvoir me cacher son existence, mais tous les secrets finissent par être révélés. Tous…

L'enfant se calma subitement. Ce n'est qu'à cet instant qu'Elka le reconnut. Gaïle. En une seconde, la situation s'éclaircit. Le vieil homme qui les avait hébergés à leur arrivée était le père de la femme que Bjorn aimait. Aboelle avait parlé de sa sœur, Théosa. La mère de Gaïle était donc Théosa, et non Aboelle comme celle-ci avait tenté de leur faire croire.

Ermangarde laissa son bras descendre jusqu'à ce que la tête de l'enfant repose sur le sol.

– Quelle puanteur, ici ! grimaça-t-elle. C'est vrai que le seau d'aisance est vidé, mais jamais lavé. Un jour qu'il débordait, l'odeur a privé l'un de mes prisonniers de sa raison. Il l'a vidé lui-même par la fenêtre.

Elle sourit à Elka et ajouta :

– Comme tu peux le voir, petite chérie, il n'y a pas de barreaux à la fenêtre. C'est la liberté que je laisse à mes prisonniers. Le contenu du seau a atterri sur la tête du chef de ma garde. Il est monté ici pour ordonner au prisonnier de nettoyer les saletés qu'il avait faites. Il lui avait apporté un balai mais pas de seau. Quand le prisonnier a voulu franchir la porte pour descendre en chercher un jusque dans la cour, le chef lui a indiqué la fenêtre. Les gardes ont dû l'aider un peu, mais le prisonnier a finalement emprunté le chemin qui lui était désigné. Par la fenêtre ! Boum. Après sa chute, il n'était plus en état de réparer ses bêtises.

En même temps qu'elle prononçait ces mots comme on conte une histoire drôle, elle souleva Gaïle et le passa par la fenêtre. Les cris de l'enfant résonnaient au-dessus du vide sans qu'Ermangarde se départisse de son sourire.

Bjorn hurla, arc-bouté sur ses chaînes. Elka se débattit au point que l'un des gardes dut placer la lame de son couteau sous sa gorge pour la maîtriser. Elle criait autant que son père, révulsée à l'idée qu'on puisse s'attaquer à un enfant.

– Chut… murmura Ermangarde, mes oreilles sont fragiles. Si vous ne cessez vos cris très vite, j'aurai besoin de mes deux mains pour les protéger.

Le silence fut si brutal qu'on y perçut en écho les hurlements qui habitaient la geôle une seconde auparavant.

Après une longue minute, Ermangarde s'éloigna de la fenêtre, tirant Gaïle par la cheville, telle une poupée qu'une enfant traînerait derrière elle. La tête de Gaïle heurta le sol lorsqu'il tomba du bord de la fenêtre, et traîna sur le plancher en direction de la porte.

Dans le couloir, Finna et Sven étaient debout, ceinturés par des gardes appelés en renfort. Les cris d'Elka et de son père avaient transformé l'ancien esclave en une furie. Il ignorait ce qu'il se passait dans la cellule. Ermangarde était-elle en train de torturer Elka ? Son cœur tambourinait, cinglé par la peur qu'il arrive quelque chose à la jeune fille. Toutes les images qu'il avait jusque-là refoulées défilaient désormais dans sa tête : celles d'une vie à deux, au cœur du pays viking, celles d'enfants qu'ils pourraient avoir ensemble, celles d'années partagées. Depuis des mois, il refusait de voir l'évidence, d'accepter qu'il n'envisageât son avenir que lié à celui d'Elka. La découverte de ses sentiments pour elle lui redonna un gain de force. D'un coup de tête en arrière, il frappa la mâchoire de son gardien qui, sous le choc, desserra son étreinte. Sven lui échappa et se précipita vers l'entrée du cachot, sans un regard vers les lances tendues dans sa direction. Son élan fut stoppé par la voix d'Elka jaillissant de la geôle. La Viking interpellait Ermangarde qui en sortait.

– J'ai de l'or, dit Elka, j'ai des bracelets, j'ai des bijoux ! J'accepterai ton prix pour racheter l'enfant.

– Tu n'as donc pas compris ? lui répondit Ermangarde. Je ne veux pas de trésors. Les seuls trésors que je possédais m'ont été volés. Et ceux-là, personne ne peut les remplacer.

Elle lâcha la cheville de Gaïle pour le rattraper par le bras.

Dans le même temps, Sven était plaqué au sol par deux gardes. Les deux hommes le frappaient pour venger la mâchoire cassée de leur compagnon d'armes.

– Cessez de cogner sur le petit homme, ordonna Ermangarde. Le garçon devra affronter bien plus dur que vos poings : il l'aime, mais l'amour est chose compliquée.

Sven geignit tandis que les deux gardes cessaient de le rouer de coups. Finna s'agenouilla auprès de lui.

– Je n'ai pas besoin de bien longtemps pour me débarrasser de l'enfant, ajouta Ermangarde, gardez ces deux-là consignés et ne les laissez pas parler avec les prisonniers. Vous les libérerez en premier, d'ici deux heures. Vous relâcherez la fille de Bjorn un peu plus tard. Protégez-les jusqu'aux remparts… Ensuite, leur sort ne dépendra plus que d'eux.

– Faut-il envoyer un garde pour surveiller la mère de l'enfant ? demanda un des soldats.

– Inutile. Quand elle apprendra ce qu'il s'est passé, elle deviendra une loque tout juste bonne à pleurer jusqu'à en crever.

Ermangarde disparut dans les escaliers, emportant Gaïle avec elle.

Finna et Sven furent poussés dans une geôle voisine. À côté, Bjorn venait d'être libéré de ses chaînes et était maintenu à distance par les armes. Les gardes sortirent à reculons et s'installèrent devant la porte fermée par un verrou.

– Elka, hurla Sven, tout va bien ?

– Ça va ! dit-elle.

Un garde hurla l'ordre de se taire.

Bjorn fronça les sourcils.

– C'est ce Sven qui parle ?

– Oui, il s'inquiète.

– Lui as-tu donné des raisons pour qu'il s'attache ainsi à toi ?

– Mais non, se formalisa Elka, c'est seulement un compagnon de voyage.

– Non, c'est plus que ça. Je l'ai entendu quand tu en parlais, et je l'ai vu aujourd'hui. Tu veux te marier avec lui ?

– Bien sûr que non ! répondit-elle, c'est un esclave, ou plutôt, un ancien esclave.

Bjorn sourit en songeant qu'Elka n'avait pas tout à fait perdu le sens des valeurs vikings.

– Parfait. Et maintenant, tu dois retrouver mon fils et sa mère.

Elka regarda son père. Il était celui qu'elle avait toujours connu et pourtant, il lui semblait étranger. Comment pouvait-il lui demander ça, à elle ? Ce fils, cette femme, elle les détestait. Ils l'avaient chassée du cœur de son père. Ils l'avaient transformé.

– Promets-moi que tu le feras, l'implora Bjorn, au nom de la famille.

– C'est ta famille, père, ce n'est pas la mienne.

Elle gagna la porte, tambourina des deux poings, sans succès. Alors elle se laissa lentement glisser sur le sol, face au mur, dos tourné à son père. Le masque de fer qu'elle apercevait dans son champ de vision semblait la juger. Elle plaqua ses mains sur ses yeux pour ne plus le voir.

Oui, elle irait chercher l'enfant, elle irait chercher la mère. Non parce qu'ils étaient la famille de son père, mais parce qu'elle était une Viking, une fille de chef. Ces deux innocents étaient victimes d'une injustice. Son devoir était d'intervenir.

Bientôt, Ermangarde viendrait la délivrer, comme elle lui avait promis. Ce serait alors à elle d'agir. Mais elle avait peur. Le souvenir du regard qu'un des hommes avait posé sur elle la fit frissonner. Un regard sale, qui l'avait détaillée de la tête aux pieds, accompagné d'une moue mêlant haine, mépris et envie. Dans les yeux du garde, Elka s'était découverte sous les traits d'une proie à abattre.

17

Hors le jour du Seigneur, seul l'orage pouvait tenir les paysans enfermés dans leurs fermes. La foudre ne pardonnait pas à celui qui voulait se tenir debout dans un pré. Le reste de la semaine, hommes et femmes sortaient aux premières heures de la journée, quels que soient la saison et le temps, pour rejoindre leurs champs et leurs vergers.

Tout au long de l'année, le travail s'enchaînait, labour, semence, récolte, cueillette, taille. En ce début d'été, beaucoup s'inquiétaient de la maturité précoce des céréales. Il était trop tôt pour commencer à couper, mais la crainte de voir survenir de la grêle qui détruirait les champs les tenaillait.

Au pied de la colline de la ronde, trois paysans partageaient leur inquiétude dans une discussion animée, lorsque le bruit du galop d'un cheval les fit taire. Ils plissèrent les yeux pour mieux observer qui éperonnait ce cheval de si bon matin au risque de le rendre incapable de travailler pour le reste de la journée. Ils virent l'animal et son cavalier traverser la prairie du vieux Tual puis s'engager sur la piste menant au village.

– C'est une femme, dit le plus âgé.

La cavalière passa en trombe devant le trio sans un bonjour.

– Elle a l'air pressée, dit le deuxième.

La poussière soulevée par la course folle du cheval se dispersa en un volumineux nuage.

– Elle aurait même le diable aux trousses qu'elle n'irait pas plus vite, dit le dernier.

Les paysans regardèrent un moment la silhouette rapetisser à mesure que la cavalière s'éloignait. Tous trois avaient reconnu Aboelle, la fille du vieux Tual. Sa précipitation les intriguait, mais ils se séparèrent sans évoquer le sujet davantage. Ils avaient le sourire. Les heures passaient plus vite lorsque l'esprit était occupé à résoudre une énigme.

Aboelle donnait des jambes sur le robuste cheval de la famille, déterminée à gagner le couvent le plus rapidement possible. Son père avait bien tenté de l'empêcher de partir pour garder l'enlèvement de Gaïle secret. Il connaissait sa fille aînée mieux que personne. Théosa était la bonté même, une femme d'une générosité extrême, courageuse et travailleuse. Mais Théosa était une mère. Et les mères, aussi dociles soient-elles, deviennent incontrôlables lorsqu'on touche à leur petit.

– Théosa est tenue prisonnière au couvent, avait-il argumenté. Savoir son fils dans les griffes de ce monstre d'Ermangarde alors qu'elle reste impuissante à l'aider va la rendre folle !

Aboelle n'avait pas cédé. Un jour ou l'autre, lorsque Théosa apprendrait la nouvelle concernant l'enlèvement de Gaïle, elle ne leur pardonnerait pas d'avoir gardé le secret. Gaïle était sa raison de vivre, le savoir heureux l'aidait à affronter toutes les humiliations imposées par la mère supérieure.

Tual avait fini par admettre que Théosa devait être informée. Mais il ne suffisait pas de vouloir lui parler pour y parvenir. La mère supérieure avait fixé des horaires de visite très restreints. À chacun de leurs passages, elle les faisait patienter, parfois plusieurs heures, au motif que Théosa était en pénitence. Ils s'estimaient heureux lorsqu'elle daignait enfin les laisser la rencontrer quelques minutes.

– Il te faudra un bon prétexte pour arriver ainsi aux matines, avait-il prévenu Aboelle, sinon la mère supérieure ne te laissera même pas franchir la porte.

Aboelle descendit de cheval et attacha les rênes à un arbre. Elle lui flatta l'encolure en guise de remerciement et d'excuse. L'animal avait transpiré et il n'était pas bon pour lui d'être laissé ainsi couvert d'écume. Mais la jeune femme ne pouvait se résoudre à perdre de précieux instants à le bouchonner. Elle se réjouit de le voir arracher une touffe d'herbe. Au moins n'avait-il pas perdu l'appétit !

Elle se dirigea vers la grande porte de bois.

Deux longues minutes après qu'elle eut frappé du heurtoir, le judas grillagé s'ouvrit. Une sœur du couvent la dévisagea sans aménité.

– C'est pourquoi ?

– Ma sœur, Dieu a guidé mes pas jusqu'à vous.

– On ne fait la charité aux indigents qu'après les vêpres. Repassez plus tard.

– Je ne suis pas une indigente. J'ai une requête à soumettre à la mère supérieure. Il en va du salut de mon âme.

Le volet du judas qui claqua mit fin à l'échange. Aboelle resta figée par la déception. Elle patienta pendant un temps qui lui sembla sans fin. C'est alors que la serrure de la lourde porte joua et que la sœur entrebâilla le battant pour la laisser entrer. Aboelle la suivit jusque dans le couvent et s'assit sur le banc de bois qu'elle lui indiquait. La petite pièce sentait la moisissure. Le froid humide et l'obscurité qui y régnaient faisaient oublier aux visiteurs que le soleil brillait de l'autre côté du mur.

Les mains serrées entre ses genoux, Aboelle pencha la tête et attendit. Longtemps.

La mère supérieure finit par entrer dans la pièce, la stature aussi imposante que sévère. Aboelle ne se départit pas de son attitude soumise et se tut jusqu'à ce que la religieuse prenne la parole.

– Alors, pourquoi m'as-tu fait déranger ?

– Ma mère, je vous remercie de m'avoir accueillie. J'ai un problème terrible. Chaque jour, je prie Notre Seigneur Jésus-Christ aux laudes et aux vêpres en compagnie de mon père. Mon père tient avec soin la croix de Notre Seigneur sur un coussin de lin, dans un coffre de bois. Mais il est parti hier vendre un agneau au bourg et n'est pas rentré. J'ai peur qu'il n'ait eu quelque empêchement. Et ce matin, me voilà dépourvue, car j'ignore comment ouvrir le coffre. J'en ai la clé, mais la serrure est cachée. Elle ne se dévoile qu'après une manipulation secrète. Je crains pour le salut de mon âme, car, depuis hier, je n'ai pu prier ni aux vêpres, ni aux complies, ni aux matines et ni aux laudes. Ma mère, j'ai peur que le diable ne pousse la porte de mon âme. Je vous supplie de m'aider.

– Et que veux-tu que je fasse ? interrogea la mère supérieure. Je n'ai point de croix à distribuer à tout va. La seule chose que je puisse faire pour toi, c'est t'autoriser à te rendre dans la chapelle avec les sœurs, c'est le lieu idéal pour prier.

– J'y ai pensé, ma mère, mais j'ai peur que mon enfant trouble les prières des sœurs avec ses pleurs. Et je sais que quelqu'un de ma famille, ma sœur qui vit en ce couvent, saurait m'expliquer comment ouvrir le coffre. Me laisseriez-vous échanger quelques mots avec elle ?

– Ta sœur ?

– Je suis la sœur de Théosa.

– Je vois. Tu es donc la fille-mère, la pécheresse au bâtard.

Aboelle ploya le cou et murmura, comme prise en faute.

– Nous avons recueilli l'enfant sur le marché.

– Cesse tes mensonges, tu n'as déjà que trop péché. Théosa a d'autres priorités. Elle fait pénitence, annonça la mère supérieure, tu devras attendre.

Sans un mot de plus, l'imposante femme de foi tourna les talons et quitta la pièce.

Aboelle ne fit pas un mouvement. Elle pensa au supplice de Théosa, condamnée une fois encore par la mère supérieure à implorer la Vierge, à genoux sur les dalles de pierre glacées, des heures durant, sans bouger ni manger, entre des nuits écourtées. Et dire qu'elle s'apprêtait à ajouter encore à son malheur ! Même si Théosa ne s'était pas plainte lors de leurs rares rencontres, Aboelle avait entendu dans son silence tout ce que sa sœur lui taisait. La cellule minuscule, la solitude, l'interdiction de parler ou de travailler au potager. Elle avait lu sur la pâleur de ses traits et les cernes noirs qui soulignaient ses yeux, sa fatigue et son manque de soleil. Privée de son fils, Théosa dépérissait entre les murs du couvent, sans qu'Aboelle puisse rien y faire.

Théosa entra dans la pièce trois heures plus tard, le dos voûté. Aboelle se précipita vers elle et lui prit les mains.

– Tes mains ! s'exclama-t-elle, abasourdie.

Rougies et crevassées, les mains de Théosa ressemblaient à celles d'une vieillarde après un hiver rigoureux. Théosa les retira brusquement pour les cacher derrière son dos.

– Ce n'est rien. J'ai passé les trois derniers jours à nettoyer le linge à la cendre dans les chaudrons d'eau bouillante avant de le rincer à l'eau de la rivière. Ça va aller.

– Tu as fait la lessive de tout le couvent ? se fâcha Aboelle. Cette mère supérieure est pire qu'un bourreau ! Tu as de la chance d'avoir encore l'usage de tes mains… Ma pauvre Théosa, j'ai si mal pour toi !

Théosa ne répondit pas tout de suite. Elle refusait de s'apitoyer sur son sort, mais en écoutant Aboelle lui parler, des larmes lui venaient aux yeux. Elle se reprit et rétorqua :

– Ne me plains pas. Regarde… la mère supérieure nous laisse discuter, sans témoin, c'est bien qu'elle n'est pas si mauvaise. Et puis je me sens coupable. Être ici à subir ces épreuves m'aide à expier mes péchés. J'ai fauté avec un homme, sans être mariée, un homme qui est un ennemi de mon peuple. Je dois faire pénitence…

– Tais-toi ! Arrête de répéter ce que cette femme te serine à longueur de journée. Ne te laisse pas faire, ne la laisse pas te manipuler ! Tu es une femme qui est amoureuse d'un homme qui veut t'épouser. Tu n'as pas offensé Dieu. L'amour ne peut pas offenser Dieu !

– Comment va Gaïle ?

La question prit Aboelle au dépourvu. Il était temps de révéler ce qu'il s'était passé. Elle ignorait comment s'y prendre, mais savait qu'il n'y avait pas de bonne manière pour le faire.

– Quoi ? Qu'est-ce qu'il y a ? Il lui est arrivé quelque chose ?

Aboelle n'osa pas regarder sa sœur dans les yeux tandis qu'elle lui racontait l'enlèvement. Dans le silence qui suivit ses paroles, elle releva la tête et ne reconnut pas Théosa. Sous son voile, ses traits s'étaient durcis, ses yeux brillaient, ses mâchoires s'étaient serrées. Elle incarnait la détermination. Mais le plus impressionnant était l'odeur que dégageait Théosa, la même que celle qu'Aboelle avait sentie le jour où la louve défendait la vie de son petit.

18

Fièrement dressé sur la motte de terre entourée de douves, le castel exposait ses défenses comme autant de motifs de découragement pour les éventuels assaillants. La tour se trouvait protégée par un premier rempart fait de troncs d'arbres solidement enchâssés dans le sol, et percé d'un accès à pont-levis. Les logements, ateliers et communs situés dans la cour basse s'adossaient à un second rempart. Même les chevaux avaient bénéficié des attentions sécuritaires du maître constructeur, avec des écuries à deux murailles. Trois puits approvisionnaient les lieux, tandis qu'une source, dont l'existence était tenue secrète, coulait au fond d'une cave de granit. Son intérêt était double : résister à l'assèchement des puits et à leur empoisonnement.

Sven et Finna quittèrent l'enceinte de la tour et traversèrent la cour basse, escortés par les gardes, en observant les dispositifs de défense. La population vivait sous la menace permanente d'une attaque. Les soldats serraient leurs armes, prêts à réagir au premier ordre. La rumeur s'était répandue très vite : Ermangarde recevait des Vikings, de ces créatures qui, depuis le père de leur père, venaient piller leurs églises et leur village. Plusieurs familles pleuraient leurs membres emmenés en esclavage et les morts qui avaient tenté de défendre leurs biens.

Les lavandières agenouillées au bord d'un bassin se levèrent, croisèrent leurs bras et leur lancèrent des regards hostiles. Elles n'étaient que les premières à réagir ainsi. Peu à peu, l'animation quotidienne que connaissait la cour basse se calmait. Chacun cessait ce qu'il était en train de faire pour dévisager les deux étrangers avec des regards haineux.

Bientôt, un silence pesant accompagna les pas de Sven et de Finna jusqu'à la seconde enceinte, bâtie en pierre et remblai. La haute porte de bois qui en défendait l'accès s'ouvrit devant eux.

– À partir de là, vous quittez le castel, vous n'êtes plus les hôtes d'Ermangarde, annonça l'un des gardes, plus rien ne vous protège.

Les deux compagnons avancèrent de quelques pas, inquiets de découvrir ce qui les attendait dehors. La porte se referma dans leur dos. Il n'y avait personne.

– On a de la chance, dit Sven, l'information de notre présence ici n'a peut-être pas franchi les limites du castel. Mais vu ce qu'il s'est passé quand on a traversé la cour, si les villageois l'apprennent, on ne fera pas de vieux os. On ferait bien de se cacher pour attendre Elka.

– Tu crois vraiment que cette folle va la libérer ? Elle a l'air capable de tout pour se venger.

– Mais si, elle va le faire. Et si elle ne le fait pas, il faudra bien qu'on…

Il s'interrompit, conscient de ne pouvoir compter que sur l'espoir, à défaut de certitude. La peur lui faisait monter les larmes aux yeux, alors qu'il devait rester fort. Il poussa un soupir et s'exclama :

– Quoi qu'il en soit, on l'attend.

Finna et Sven fouillèrent les alentours du regard. Le castel était cerné de champs de céréales, et de vergers, séparés par d'interminables haies qui serpentaient sans logique apparente. Cela ne suffirait pas à les dissimuler aux yeux des archers installés sur le chemin de ronde du rempart. La forêt se trouvait à la bonne distance pour observer les allées et venues du castel.

– On va se cacher dans les arbres ?

– Non, je préfère rester à proximité. Elka aura peut-être besoin de nous…

– Alors, il faut se glisser sous les haies, constata Finna.

Sven hocha la tête, résigné. Passer les prochaines heures allongé sur le sol sous un épais treillis d'épineux ne lui plaisait guère. Pire… pour ne pas attirer les soupçons, Sven et Finna devraient s'éloigner ostensiblement puis se glisser sous les taillis avant de revenir en rampant pour déjouer la surveillance des gardes. Mais il préférait être au plus près de l'entrée du castel. Qui sait dans quel état en sortirait Elka ? Il exposa son plan, que Finna approuva.

Ils passèrent l'heure suivante à effectuer l'aller-retour. La peau égratignée, les vêtements couverts de terre sèche, le visage transpirant bruni par la poussière du chemin, ils finirent par s'aplatir à une vingtaine de mètres de l'entrée du castel.

– Je me demande ce que je fais là, chuchota Sven. Dire que je pourrais être en train de me bâtir une petite maison au bord d'un lac tranquille au pays…

– C'est ça, se moqua Finna, c'est tout à fait ton tempérament de vivre comme un vieux pépère dans sa ferme solitaire.

– Et pourquoi pas ? s'insurgea Sven.

– N'oublie pas que je suis une scalde. Mon instinct ne me trompe pas : je sens qui a l'esprit assez aventureux pour faire une belle saga. Et si je n'avais pas décidé d'écrire celle d'Elka, tu aurais pu faire un bon sujet : « Sven, l'esclave qui voulait plus que la liberté. »

– Qu'est-ce que tu veux dire ?

– Rien d'autre que ce que j'ai dit. Et le jour où tu te décideras à l'avouer à Elka, j'aimerais autant être là.

Sven haussa les épaules.

– Tu dis n'importe quoi !

– Ah bon ? Imagine qu'Elka tombe amoureuse d'un autre… Comment réagirais-tu, hein ? Je serais curieuse de le savoir…

– Tais-toi, tu parles trop, et trop fort. On risque de se faire repérer.

Durant quelque temps, un silence propice aux pensées intérieures s'installa entre eux. Sven songea aux paroles de Finna. Voir Elka amoureuse d'un autre serait insupportable ! Le souvenir de la réaction qu'il avait eu dans le castel lui revint à l'esprit. Ce n'était pas les pensées d'un ami qui avaient agité Sven lorsque Elka criait, mais bien celles d'un amoureux. Et pourtant, il peinait à admettre ces sentiments si nouveaux pour lui. Le doute s'instillait dans l'avenir qu'il projetait. Et si Elka ne partageait pas ce ressenti ? S'il ne restait pour elle qu'un compagnon parmi d'autres, pourrait-il le supporter ?

Peu après, les deux amis recommencèrent à discuter en chuchotant. Ils s'interrompirent à l'instant où le grincement de la porte du rempart précéda son ouverture.

Elka se tenait debout, les poignets liés dans le dos, encadrée par deux gardes.

– T'es libre, princesse ! annonça le premier d'un ton narquois.

L'autre donna un violent coup de pied à Elka qui, précipitée vers l'avant, trébucha et tomba sans pouvoir amortir sa chute avec ses mains. Sa tête heurta le sol de terre.

Les deux gardes éclatèrent de rire et s'exclamèrent en refermant la porte du castel :

– Ne galope pas trop vite, princesse… Ermangarde t'a offert une heure, mais on saura bien te rattraper. Jolie comme tu es, on devrait bien s'amuser !

Elka se retourna sur le côté dès le verrou de la porte fermé. Les mains toujours liées, elle se releva péniblement. Des cheveux lui tombaient dans les yeux et se collaient au sang qui coulait d'une plaie située sur son front.

Lorsqu'elle entendit un mouvement derrière elle, elle sursauta, prête à mordre la personne qui s'approcherait d'elle en silence.

– C'est nous, Elka ! annonça Finna. On t'attendait.

Sven la prit dans ses bras, déclenchant un flot de larmes. Elka pleurait comme on inspire après avoir retenu sa respiration trop longtemps.

– Ça va aller, Elka, on est là, chuchota Sven en lui caressant vigoureusement le dos, on est avec toi.

– Il faut se cacher, tout de suite !

Le ton d'Elka dévoilait une urgence proche de la panique. La suite jaillit, entrecoupée de sanglots.

– Ils m'ont dit que j'étais une sale Viking, que je paierai pour les autres. Ils m'ont poussée dans l'escalier. Ils m'ont relevée en me tirant par les cheveux. Ils…

Elka s'interrompit pour essuyer son visage avec sa manche. Sven avait libéré ses poignets. Elle le remercia avec un triste sourire. Découvrir ses amis alors qu'elle s'attendait au pire avait fait céder le barrage de ses émotions.

Sven déchira un morceau de la chemise qu'Aboelle lui avait donnée, nettoya les grandes traînées rougeâtres qui défiguraient Elka et tamponna sa plaie pour faire cesser l'écoulement de sang. Il ressentait une haine d'une telle violence pour ceux qui lui avaient fait ça, qu'il aurait pu retourner en arrière rien que pour se venger. Mais Sven savait que la tentative serait vaine, et ne résoudrait rien. Une fois qu'Elka eut retrouvé visage humain, il suggéra sur un ton aussi neutre que possible :

– On y va ? On peut rejoindre la masure abandonnée de la forêt… ça m'étonnerait que quelqu'un vienne nous y chercher.

Il se mit en route, suivi par Finna et Elka. Très vite, cette dernière ralentit le pas, jusqu'à s'arrêter.

– On ne peut pas fuir. Il faut surveiller les accès du castel pour essayer de découvrir ce qu'il est advenu du bébé.

– Gaïle ? Mais pourquoi Ermangarde l'a-t-elle fait enlever ? demanda Finna.

– C'est le fils de Théosa. Et celui de mon père.

– Quoi ? s'exclama Sven. C'est ton frère !

Elka lui jeta un regard noir et, de sa voix tranchante, assena :

– Épargne-moi tes conclusions. Tu ferais mieux de réfléchir à la manière de le sortir d'ici.

Surpris par l'agressivité d'Elka, Sven se tut. Il ne comprenait pas sa réaction, mais connaissait suffisamment Elka pour savoir qu'il valait mieux la laisser se calmer avant de tenter d'en discuter.

Il se renfrogna et répondit :

– Je ne suis qu'un ex-esclave. Que la princesse décide par elle-même !

Elka ne releva pas l'ironie grinçante des propos de Sven.

– Il faut que j'aille chercher une information chez Tual. Mais il faut aussi que quelqu'un surveille le castel. Finna, tu restes ?

– Pas question que je te perde de vue. De toute façon, je te rappelle qu'un scalde ne doit être qu'un témoin. Je ne servirai à rien en restant ici.

– Et quand il s'agit de la vie d'un enfant, souligna Sven, il n'y a pas d'exception à la règle ?

Finna haussa les épaules, mal à l'aise. Une fois encore, l'éthique des scaldes la mettait en porte à faux.

– C'est comme ça, ce n'est pas moi qui ai choisi. Les scaldes sont comme une famille, avec leurs règles et leurs lois.

– Alors laisse tomber ta famille, dit Elka, parce que moi, j'ai besoin de pouvoir compter sur mes amis. Sven, tu restes ?

Sven se força à sourire. Il aurait mille fois préféré accompagner Elka. La laisser partir avec pour seule compagnie une scalde qui hésitait à intervenir quand il y en avait besoin l'inquiétait au plus haut point. Mais il n'avait pas le choix.

– Je serai à l'affût. Vous en avez pour combien de temps ?

– Je ne sais pas, répondit Elka. Je veux que Tual me dise où est enfermée sa fille. Je vais être obligée de ramener Théosa et son fils au pays en même temps que mon père. Quel égoïste, celui-là ! Il les a mis en danger…

– Ne parle pas comme ça de ton père, intervint Finna, c'est normal s'il veut…

– Je parle de mon père comme je veux ! Et puisque tu ne veux qu'assister au spectacle sans bouger le petit doigt, tu n'as pas à donner ton avis !

Finna se garda de rétorquer le moindre argument. Un coup d'œil à Sven lui confirma ce qu'elle pensait. Elka était à bout de nerfs. Tous deux ignoraient ce qu'il s'était passé pendant qu'ils avaient été séparés. Mais que ce soit la rencontre avec son père ou le traitement infligé par les gardes, la jeune Viking n'avait visiblement pas été épargnée.

Elka se pencha vers Sven pour lui chuchoter quelques mots à l'oreille tandis que Finna réhumectait le morceau de tissu pour nettoyer la plaie d'Elka. La coupure recommençait à saigner.

Le soin achevé, Elka annonça :

– On y va. À plus tard, Sven.

Le garçon observa les deux filles qui s'éloignaient. Comme il regrettait de ne pouvoir les suivre ! Une châtelaine folle, des gardes prêts à partir en chasse, un père à faire évader, un enfant et sa mère à retrouver et à enlever, et tout cela avant que le capitaine Ketil vienne s'échouer sur la plage… il y avait déjà bien assez d'obstacles sur le chemin du projet d'Elka pour qu'il y ajoute ses propres exigences !

Il soupira à l'idée de recommencer le manège de l'aller-retour sous les haies. Mais il n'avait pas le choix s'il souhaitait rester discret. À son tour, il s'éloigna au vu et au su des gardes du chemin de ronde. Dans sa tête continuait à résonner la voix d'Elka. « À plus tard, Sven. » Il s'accrochait à ces mots pour se convaincre que tout irait bien.

19

Dès qu'elle en eut l'occasion, Elka quitta la piste pour bifurquer dans la forêt. Elle s'était obligée à marcher calmement malgré l'angoisse qui l'étreignait. Elle refusait de laisser voir aux gardes combien ils l'avaient effrayée. Les soldats lui avaient donné une heure avant de se lancer à sa poursuite. Elle ne pouvait se permettre d'en gâcher une seule minute. Dès qu'elle fut hors de vue, elle se mit à courir, Finna sur ses talons. Coupant à travers champs, bondissant dans les taillis des sous-bois, elle se fiait à son sens de l'orientation pour la guider. Une autre forme de course de vitesse avait commencé : Ermangarde pouvait à tout moment faire déplacer la femme de Bjorn ou pire encore, la faire exécuter.

Arrivée à la ferme de Tual, Elka poussa la porte sans s'annoncer. Tual se tenait assis devant la table, un verre et une bouteille d'alcool presque vide posés face à lui.

Elka se pencha vers lui par-dessus la table.

– Sais-tu où Ermangarde retient ta fille prisonnière ?

– Tout ça, c'est la faute de ton père. C'est parce que ce diable de Viking est venu que la folle m'a enlevé ma fille.

L'haleine du vieil homme sentait le sucre et le miel. Il avait bu.

– Dis-moi où elle est, Tual.

– J'ai tout essayé, tout… J'ai caché ma fille pendant sa grossesse, j'ai caché son bâtard à sa naissance. Imagine ce que la folle aurait pu faire à l'enfant… Imagine… Et quand ton monstre de père est revenu, c'est à Théosa qu'elle s'est attaquée. Ma pauvre petite fille.

– Tual, où est Théosa ?

– Et maintenant, elle m'a pris Gaïle.

Tual leva la tête vers Elka qui lui posait inlassablement la même question. Il lui cracha ses paroles au visage comme il l'aurait fait d'un jet de salive méprisant.

– J'aurais voulu que Bjorn crève sur cette plage, qu'il soit bouffé par les loups et que la folle se serve de sa tête comme d'un trophée de chasse pour décorer les murs de sa chambre à coucher !

– Vas-tu enfin me dire où est ta fille ? hurla Elka.

Elle avait posé ses mains sur les deux poignets du vieil homme et les maintenait contre la table pour l'empêcher d'attraper son verre d'alcool.

– Je ne te dirai rien, tu es l'engeance du diable.

Elka lui jeta le contenu du verre au visage avec un cri rageur.

– Vieil obstiné ! Vas-tu te décider à me répondre ?

Finna sentit Elka prête à se jeter sur le vieillard pour le faire parler. Malgré le sentiment de culpabilité qu'elle ressentait à l'idée d'être une mauvaise scalde, Finna intervint. Elle se pencha par-dessus l'épaule du vieil homme, auquel l'alcool brûlait les yeux. Elle lui essuya le visage avec un chiffon et l'aida à se lever.

– Venez avec moi, Tual, proposa-t-elle d'une voix douce, on va nettoyer tout ça.

Le bruit fracassant de la porte cognant le mur les fit tous sursauter. Un nouveau cri résonna dans la pièce, un hurlement de douleur et de peur. Debout dans l'encadrement, Olof portait le corps d'Aboelle en travers de ses bras. Tual ne cessa de crier que lorsque l'air lui vint à manquer. Le vieil homme recula d'un pas, les deux mains pressées contre sa bouche.

– Elle respire, dit Olof. Ils l'ont frappée, ils ne l'ont pas tuée.

– Qu'est-ce qu'il s'est passé ? demanda Elka. Où l'as-tu trouvée, qu'est-ce qu'elle a ?

Comme étourdi par toutes ces questions, Olof tendit les bras pour confier la jeune femme à sa sœur.

– Prends-la, je dois aller cueillir des plantes pour la soigner.

Elka et Finna connaissaient le don d'Olof en matière de plantes médicinales. Mais alors qu'elles aidaient le garçon à installer la jeune évanouie sur la table, Tual attrapa un coffret de bois et le déposa près du seau d'eau.

– J'ai tout ce qu'il faut.

Il prit une poignée de feuilles séchées et l'émietta dans la bouilloire accrochée à la crémaillère, où de l'eau frémissait. Il ajouta deux bûches pour raviver le feu. En attendant que l'infusion soit prête, il observa Olof.

Le géant allait et venait entre la table et la porte, tel un ours en cage. Il s'immobilisa un instant pour poser sa main sur celle, inerte, d'Aboelle. Le buste animé d'un mouvement fébrile d'avant en arrière, il n'entendit pas la question de Tual :

– Qui a fait ça ?

Tual saisit la manche d'Olof et répéta plus fort :

– Qui a fait ça ?

Hagard, Olof se tourna vers lui et balbutia.

– Deux, ils étaient deux. Ils la frappaient. J'ai lancé des cailloux pour les arrêter :

– Qui étaient ces deux-là ? Des Vikings ?

Olof resta silencieux.

– As-tu reconnu des Vikings ? reformula Elka.

Olof secoua la tête en guise de non.

– Des hommes d'armes d'Ermangarde ?

Un nouveau non, muet.

– C'étaient des hommes qui travaillaient dans les champs, dit Olof.

Une grimace de haine déforma le visage de Tual. Il était prêt à partir tuer ces villageois qui avaient porté la main sur sa fille. La rumeur avait dû se répandre, selon laquelle il aidait des Vikings à s'introduire dans le pays. Les malheurs que ce peuple ne cessait de lui apporter ne seraient donc jamais finis ?

– Ils ne travaillent plus, maintenant, précisa Olof, ils ne travailleront plus avant longtemps.

Un instant, une vague de respect submergea Tual. Le géant avait défendu et vengé sa fille.

Aboelle souffrait de nombreuses contusions liées aux coups qu'elle avait reçus sur son dos, ses jambes et ses bras, sans aucune blessure grave. C'était le choc d'un poing sur sa tête qui l'avait étourdie. Au troisième passage d'un linge humide sur son visage, elle reprit connaissance. Elle se redressa aussitôt, très pâle, et parla en hâte :

– Ils m'ont frappée sur le chemin du retour, mais j'ai vu Théosa. Elle est au couvent et je lui ai dit pour Gaïle. Elle va s'enfuir, j'en suis sûre. Elle ne laissera pas son fils dans les mains d'Ermangarde.

– Alors, il n'y a pas de temps à perdre, rétorqua Elka. On va la chercher, on récupère l'enfant, on fait évader mon père et on part.

Un rire amer lui répondit. Tual approchait un bol de tisane de la bouche de sa fille et riait comme on pleure.

– C'est ça ton plan ? Ermangarde tient la population de ce village sous sa coupe depuis seize ans, par la terreur. Et toi, tu veux remporter la lutte contre elle en quelques jours ? Elle tuera tes amis. Elle tuera ma fille et mon petit-fils. Et elle nous gardera en vie pour qu'on passe le reste de notre existence à les pleurer. Tous.

Elka sentit son cœur se serrer. Elle comprenait la réaction de Tual. Ses paroles faisaient écho à ses doutes, si envahissants qu'elle avait du mal à réfléchir. La situation était quasi désespérée. Son propre père l'avait rejetée au profit d'un fils d'une mère étrangère. Pourquoi s'obstinait-elle à poursuivre son but, alors qu'il ne fallait plus désormais se contenter de ramener son père, mais également la femme et l'enfant ? Cela n'avait pas de sens.

Finna posa une main sur la sienne et lui demanda :

– À quoi penses-tu, Elka ?

– Je pense que si je n'essaie pas, murmura-t-elle, je saurai toute ma vie que j'ai été lâche.

Sa voix se fit plus forte pour interpeller le vieil homme :

– Cesse tes gémissements, Tual. Tu as fait ce que tu jugeais être le mieux pour protéger les tiens. C'est à mon tour. Il n'y a ni barreaux à la fenêtre de la prison de mon père ni chaînes qui le retiennent aux murs. J'irai le délivrer, et j'en ferai autant pour ta fille et ton petit-fils.

– Tu es comme ton père, une égoïste sans cœur. Que crois-tu qu'il adviendra d'Aboelle et de moi si d'aventure tu réussis à partir ? Ermangarde se vengera sur nous. Faudra-t-il que nous partions aussi ? Que nous quittions notre pays ? Que nous laissions cette maison où j'ai passé ma vie ? Tout ça pour que ton père retrouve la sienne… Tu juges que c'est la bonne chose à faire, Elka, mais tu te trompes.

Elka ne sut que répondre, elle n'avait pas songé à ceux qui resteraient derrière eux. Mais il était trop tard pour s'encombrer de ces tristes pensées.

– Il n'y a plus de temps à perdre. Je vais dans cet endroit que vous appelez « couvent ».

– Et les gardes ? demanda Finna. Ils doivent avoir commencé leur chasse.

– Je pars pour le couvent, répéta Elka.

– Alors, je viens avec toi, dit Finna.

– Je t'accompagne aussi, annonça Aboelle.

Elle se leva de la table et manqua de tomber, victime d'un nouvel étourdissement.

Les bras d'Olof se resserrèrent sur elle.

– Il n'y a qu'un cheval, remarqua Elka, tu nous retarderais. Reste auprès de ton père, je pars avec Finna.

– Attends ! Tu auras besoin de vêtements pour Théosa. Elle porte la tenue de bure des sœurs.

Aboelle expliqua à Finna où trouver une robe. Elka l'enfila par-dessus ses propres vêtements.

Puis Finna et Elka se mirent en route.

Le silence revint dans la petite maison, à peine troublé par le bruit des pas d'Aboelle. Elle s'était remise rapidement et, malgré les douleurs qu'elle ressentait dans tout son corps, elle allait et venait d'un bout à l'autre de la pièce. Olof ne la quittait pas des yeux.

– La peur a mangé ta lumière, dit-il après un moment.

– Qu'est-ce que tu racontes, Olof ?

– Je dis ce que je vois. Tu as perdu ta lumière. Viens avec moi.

Il l'attrapa par la main et la tira vers la porte. Aboelle lui opposa une maigre résistance, avant de céder. Qu'elle soit dedans ou dehors… l'attente ne serait pas plus pénible, et elle échapperait au regard inquiet de son père.

Le géant la conduisit dans la forêt. Il la guida jusqu'aux ruines de la louve. La mère et le louveteau étaient là, couchés en travers de l'entrée de la cave. Un grognement les avertit de ne pas approcher davantage. Mais la femelle ne se sentait pas menacée. Dès qu'ils s'immobilisèrent, elle continua à lécher le petit qui jouait à lui mordiller la queue.

Olof entreprit d'empiler des pierres en un équilibre qui semblait instable et qui pourtant conférait à l'étrange sculpture l'allure d'un rêve.

Aboelle sentit l'émotion lui nouer la gorge. Elle repensa à sa sœur, au bébé, à toute sa famille détruite par cette histoire. Olof attrapa sa main et la serra entre les siennes.

– Une louve retrouve toujours son bébé.

– Ma sœur n'est pas une louve, Olof.

– Toutes les mères sont des louves.

L'animal acheva la toilette de son petit puis, d'un coup de patte, lui intima l'ordre de regagner leur tanière. Elle s'y engouffra à son tour, après un dernier regard sur ses visiteurs.

Olof et Aboelle firent demi-tour. Ils traversèrent les bois et entrèrent dans la cour au moment où Tual, une nouvelle bouteille à la main, surgissait de la maison.

– Retire tes sales pattes de ma fille ! hurla-t-il en titubant vers eux. J'ai déjà une fille perdue à cause d'un foutu Viking. Tu ne toucheras pas la seconde !

– Bjorn va sauver Théosa, annonça Olof.

– C'est ça… Et comment il fera, depuis sa prison ? Il va devenir fantôme ?

– Elka a dit qu'il n'y avait pas de barreaux et pas de chaînes.

– Et alors, il va s'envoler par la fenêtre ? On a des ailes chez votre peuple ?

– Non. On apprend à escalader les falaises pour récolter les œufs des oiseaux de l'océan. Le pays n'est pas plat comme celui d'ici.

– Ça suffit les mensonges, touche pas à ma fille, je t'ai dit !

Tual s'approcha, la main qui ne tenait pas la bouteille d'alcool levée comme prête à frapper. Il enchaîna trois pas malhabiles et trébucha au quatrième. Aboelle lâcha le bras d'Olof pour se précipiter à son secours.

– Je m'en occupe. Va dans la grange, Olof. Il ne se calmera pas s'il continue à te voir.

– Je veux rester avec toi.

– Je te promets de ne pas bouger d'ici.

Un meuglement de vache s'invita dans le dialogue. Olof se tourna vers la grange, derrière laquelle pâturait l'animal.

– Je vais traire la vache, et je reviens.

Aboelle s'agenouilla aux côtés de son père, attrapa son bras pour le passer par-dessus ses épaules et l'aida à se relever puis à marcher jusqu'à la maison.

L'alcool avait plongé Tual dans une brume de grisaille d'où n'émergeaient que de sinistres pensées.

– Ne m'abandonne pas, Aboelle. Ermangarde va tuer Théosa et Gaïle. Tu es tout ce qui me reste. Ne me laisse pas pour ce sale Viking.

– Olof n'est pas un sale Viking.

– Il est comme les autres ! Il ne veut qu'une chose de toi… tu ne le comprendras que lorsque tu mettras au monde un nouveau bâtard !

– Tais-toi, père ! Olof n'est pas comme ça. Bjorn non plus.

– Ils sont tous les mêmes, vikings ou pas. Chasse-le !

– C'est trop tard, père.

– Il t'a séduite ? Je vais le tuer !

– Non, père, il ne m'a pas touchée.

– Alors quoi ?

– C'est lui. Il n'est pas comme les autres. C'est lui pour la vie, tu comprends ?

Tual s'arracha à l'emprise de sa fille avec une rage qu'elle ne lui connaissait pas. Il s'effondra sur l'unique chaise munie d'accoudoirs et plongea son regard dans le tas de cendres désormais tièdes de la cheminée. Il maudissait ces Vikings qui lui volaient ses filles.

20

Dans la chambre d'invités du castel, le temps s'écoulait lentement. Ida frotta ses poignets endoloris. Ragnö avait exigé qu'elle passe le reste de la nuit entravée. Il en avait fait de même pour Krill, afin que le borgne ne se porte pas à son secours. Depuis que le soleil était levé, tous deux avaient été libérés, mais Ragnö leur avait confisqué leurs armes. Le chef d'expédition ne voulait courir aucun risque. Pourtant, Ida n'avait pas l'intention de lui fausser compagnie. Elle avait obtenu de Ragnö une promesse, celle de demander à Ermangarde d'ajouter Elka à la rançon. Même si elle doutait qu'il tienne parole, elle comptait bien l'exiger par elle-même. Ragnö ne pouvait se passer d'une traduction, il était contraint de la laisser assister à l'entrevue avec la châtelaine.

Lorsque le domestique frappa à la porte pour les conduire à Ermangarde, Ida sentit son cœur s'emballer. Le moment de la vengeance approchait et cette perspective lui donnait des frissons d'excitation. Elle rêvait depuis si longtemps de cet instant où Elka serait à sa merci qu'elle peinait à tromper son impatience. Comme il serait bon d'entendre Elka la supplier de l'épargner !

Les Vikings suivirent l'homme de confiance de la châtelaine dans un large escalier de bois. Il était décoré de curieux tableaux aux représentations disparates, dont le seul lien était la technique utilisée. Ida n'aurait su dire de quoi il s'agissait. Les pigments dans les œuvres vikings différaient de cette matière fibreuse qui recouvrait les toiles.

– Qu'est-ce que c'est ? demanda Ragnö en approchant sa main d'un tableau représentant un moulin à vent.

– N'y touchez surtout pas ! ordonna le domestique.

Ragnö ne comprit pas les paroles, mais décela une telle menace dans le ton qu'il suspendit son geste. Ida lui traduisit les explications.

– Dame Ermangarde y tient beaucoup.

Les yeux de Ragnö brillèrent de convoitise.

– Pourquoi lui est-il si précieux ? Sont-ce des fils d'or que l'artiste a utilisés en guise de peinture ?

– Il n'a pas de valeur marchande, Viking, il n'est précieux que pour la dame du castel. Lorsque l'on se marie et qu'un premier héritier arrive, puis toutes les dix années, les hommes confectionnent un tableau grâce aux cheveux de leurs proches. Celui-ci a été fait par le seigneur du castel de la Ronde avant qu'il ne soit enlevé avec son fils par les Vikings.

Ragnö grimaça, dégoûté. Un tableau de cheveux ? Pas étonnant que les Vikings remportent aisément la victoire lors des batailles contre les habitants d'ici. Quelle sorte de rustre fallait-il être pour imaginer couper les cheveux des siens afin d'en faire un dessin !

Il se garda bien de partager ses pensées et suivit le domestique jusqu'à la salle d'audience. Ermangarde les y attendait, assise sur un austère fauteuil de bois.

– Je n'aime pas les Vikings, annonça-t-elle en préambule, mais toi, Ragnö, tu as l'air un peu plus intelligent que les habituelles brutes sanguinaires qui débarquent sur nos côtes. Alors, tu seras content d'apprendre que j'ai rassemblé la rançon. Une partie en or, une partie en objets de valeur.

– Je ne veux pas d'objets, répondit-il, seuls l'or et l'argent m'intéressent.

Ermangarde esquissa un sourire en entendant Ida lui traduire son refus.

– Ne parle pas trop vite… je suis sûre que tu ne feras plus la fine bouche quand tu découvriras ce que je t'ai réservé. D'abord, une épée, pour commencer.

Elle sortit une magnifique épée qu'elle tenait cachée derrière son siège. Ida, Krill et le marin admirèrent l'arme, de si belle facture, mais à leur grande surprise, Ragnö tiqua devant l'objet.

– Je te vois réagir, commenta la châtelaine. Peut-être l'as-tu reconnue ?

Ragnö répondit par l'affirmative, d'un hochement de tête. Il prit l'épée, la soupesa, vérifia son tranchant.

– C'est l'épée de Bjorn, dit-il.

– C'était l'épée de Bjorn, elle est à toi, désormais.

Ragnö leva le menton et affirma bien fort :

– Elle est à moi, désormais.

Le sourire d'Ermangarde s'épanouit tandis que Ragnö glissait l'arme dans sa ceinture.

– Sais-tu que Bjorn est là-haut, dans ma prison ?

– Je l'ai appris, oui.

– Je suis surprise… Bjorn est un chef de village. Ne devrais-tu pas m'attaquer pour le libérer ? Tu reviendrais couvert de gloire sur tes terres, et Bjorn saurait sûrement t'en récompenser.

– Les choses ne sont pas si simples, dame Ermangarde, répondit Ragnö. Mon peuple viking fait régner une justice. Vous accusez les ancêtres de Bjorn d'avoir réduit en esclavage votre fils et votre mari et vous le faites payer aujourd'hui à Bjorn, le descendant. C'est une démarche de justice.

– Et si je le tuais ? Ferais-tu toujours preuve de mansuétude à l'égard de ma décision ?

– Faites-le ! s'écria Ida avant même que Ragnö ne puisse parler, tuez-le pour vous venger et donnez-moi sa fille pour que j'en fasse autant avec elle !

Surprise, Ermangarde observa Ida. Elle reconnut sur la moitié intacte de son visage la même haine qui l'animait. Sans lui répondre, elle se tourna vers le domestique.

– Qu'on m'apporte le coffre.

Ragnö repoussa Ida qui s'était avancée en même temps qu'elle parlait. Son attitude l'avait exaspéré, et il comptait bien remettre la jeune fille à sa place dès la rencontre achevée. Ida le savait bien, mais elle ne regrettait pas ses paroles impulsives. Elle n'avait plus besoin de Ragnö pour demander qu'Elka lui soit livrée.

Pendant ce temps de réflexion, le domestique alla chercher l'objet posé sur le bord de la cheminée et l'installa sur les genoux d'Ermangarde. Cette dernière le tourna et souleva le couvercle afin que les quatre Vikings découvrent son contenu précieux. De l'or.

– C'est insuffisant, annonça Ragnö. Vous vous moquez de nous, je veux le complément.

– C'est insuffisant, traduisit Ida. Donne-nous Elka, et je m'en contenterai.

En reconnaissant le mot « Elka » dans la bouche d'Ida, Ragnö comprit que celle-ci trahissait ses paroles. Il frappa sa joue brûlée d'une claque brutale. Ida cria de douleur tandis que Krill s'avançait, trop tard, pour la défendre.

– Tu as juré de traduire mes paroles. N'as-tu même plus assez d'honneur pour tenir ta promesse de Viking ?

Devant la colère de Ragnö, Ida reconnut qu'elle avait été trop loin. Elle traduisit les paroles devant Ermangarde qui semblait amusée par le conflit qui les animait.

– Je n'ai qu'une seule chose à ajouter, répondit la châtelaine. Je m'en vais le quérir de ce pas. Après quoi, soit vous partez avec l'épée, le coffre et le complément, soit je vous enferme et j'exige une rançon de vos hommes pour vous libérer. Car sache, jeune Ragnö, que je suis moi aussi très douée à ce petit jeu !

Ermangarde sortit, laissant pénétrer une dizaine de gardes qui se positionnèrent tout autour de la pièce. Le message était clair.

Ragnö comprit où se situait son intérêt.

– On prend ce qu'elle nous donne, et on s'en va. On recommencera ailleurs pour étoffer nos prises.

– Je veux Elka, intervint Ida. Tu ne lui as même pas demandé.

– Tu t'en es chargée toi-même, et par deux fois. Cela suffit. À la prochaine tentative, je te transperce d'un coup d'épée.

Le marin s'approcha de Krill et le visa de son couteau. La menace de Ragnö n'était pas que des mots. Un silence glacé s'installa tandis que tous attendaient.

Ermangarde revint peu après dans la pièce, tenant un petit enfant par le bras. Malgré sa position inconfortable, le garçonnet était silencieux. Il regardait les Vikings avec de grands yeux inquiets. La châtelaine souleva l'enfant et le projeta vers Ida, qui le prit dans ses bras.

– Voilà un jeune esclave pour toi, Ragnö, un orphelin qui ne manquera à personne. Je suis sûre que tu sauras en faire bon usage.

– Je n'ai pas prévu de ramener d'esclave, encore moins un enfant esclave, se défendit Ragnö.

– Je te l'ai dit, Viking, c'est ma dernière offre ! Réfléchis bien ! Et crois-moi, cet enfant est ce que j'ai de plus précieux pour le moment.

D'un geste, Ermangarde incita les gardes à faire un pas.

L'enfant serra le cou d'Ida de ses petits bras et y nicha son visage tout contre la peau brûlée de son cou. Ida le sentit se recroqueviller contre elle, comme si tout son corps l'appelait à l'aide.

– On ne peut pas l'emmener ! murmura Ida à l'intention de Ragnö. C'est encore un bébé, il a sûrement une mère quelque part !

Pour toute réponse, elle obtint un haussement d'épaules. Elle changea aussitôt d'approche :

– Ouvre les yeux, Ragnö, il est trop jeune pour valoir quelque chose, ajouta-t-elle, tu n'en tireras même pas ce que tu auras dépensé pour le nourrir et l'habiller.

L'échange se déroulait en langue viking, pourtant, Ermangarde sembla en comprendre la teneur.

– Tu aurais préféré que je t'offre Elka ? demanda-t-elle.

– Oui, je sais que vous la retenez prisonnière, là-haut, répondit Ida.

– Mais tu te trompes…

– Vous mentez ! Je l'ai entendue, dans un cachot, avec son père. Je reconnaîtrais sa voix n'importe où !

Ermangarde éclata de rire.

– Elka est partie depuis un moment, avant même que nous commencions à discuter ensemble.

– Je ne vous crois pas. Vous vouliez vous venger sur elle. Mais vous pouvez me la confier, Ermangarde, je vous assure que vous n'aurez pas à le regretter. Livrez-la moi.

– Puisque je te dis qu'elle n'est plus là…

– Vous mentez…

– Viens donc vérifier par toi-même !

Ermangarde se leva et lui fit signe de la suivre. Ida traduisit rapidement l'échange et grimpa dans les escaliers sur les talons de la châtelaine. Elle semblait avoir oublié l'enfant qu'elle tenait encore dans les bras. Elle le confia à Krill sur le dernier palier.

Lorsque les gardes ouvrirent la porte de la geôle, la première personne qu'elle aperçut fut l'homme au visage dissimulé par un masque de fer. Instinctivement, elle porta sa main à son propre visage. Cela lui rappelait les interminables semaines qu'elle avait passées avec des bandages couvrant toute sa tête, avec la douleur et cette torturante sensation d'étouffement qu'elle avait endurées. Pour éviter qu'elle ne touche sa peau brûlée pendant ses périodes d'inconscience, on lui avait attaché les bras, et quand elle s'éveillait entravée, une peur panique s'emparait d'elle.

Bjorn s'avança au centre de la cellule. Il fut saisi de stupeur face au visage brûlé d'Ida. Elka lui avait décrit la scène de la bagarre, il en découvrait les conséquences.

– Que viens-tu chercher là, Ida ? demanda-t-il après s'être repris.

– Elka. Ta fille m'a volé mon statut, mon père, mon visage.

– Elka est partie, mais elle m'a tout raconté. Elle a fait des choix, tu as fait les tiens, et ce n'était pas les bons. Il n'est pas trop tard pour changer.

Ida ne l'écoutait plus. Il n'y avait nulle trace d'Elka dans la cellule et cette découverte l'écrasait de découragement. Elle n'en fit rien paraître.

– Je la trouverai, Bjorn, et je la tuerai.

Ida provoqua le Viking du regard. L'homme ne bougea pas. Il ne doutait pas de la volonté d'Ida d'accomplir cette promesse. Mais il n'y avait rien qu'il puisse faire pour la faire changer d'avis.

Ida lui tourna le dos pour sortir du cachot. Juste avant d'en franchir la porte, elle marqua un instant d'hésitation et demanda à Ermangarde :

– Pourquoi traitez-vous ainsi vos prisonniers ?

– Bjorn n'est pas mal traité…

– Je ne parle pas de lui. Il pourrait être pendu par les oreilles que cela ne me gênerait pas. Mais qu'a fait l'autre homme pour mériter d'être enchaîné au mur et d'avoir ainsi la tête enserrée dans un masque de fer ?

– Baudoin ? C'est un voleur qui dépouillait mes hommes lorsqu'ils revenaient après avoir perçu ce que les villageois me devaient. Cet idiot s'empressait de tout redistribuer aux pauvres. Il agissait avec une écharpe enroulée autour de la tête, dont n'émergeait que son regard. Le lâche ! En cachant son visage, il croyait rester à l'abri d'une arrestation. Il se trompait. Alors, pour qu'il se sente ici comme chez lui, je lui ai confectionné une écharpe de fer.

– Torturer quelqu'un ne sert qu'à créer chez lui l'envie de se venger.

– Tu as peut-être raison, tu sembles parler en connaissance de cause. C'est peut-être à toi que je devrais confier cette écharpe de fer pour cacher cet horrible visage.

Un fou rire secoua soudainement Ermangarde, lui donnant l'attitude d'une folle. Entre deux hoquets de rire, elle proposa :

– Je te vends le masque et les chaînes, si tu m'en donnes assez.

Interloquée, Ida observa Ermangarde qui, tout aussi brutalement, avait repris son sérieux. Elle croisa le regard du prisonnier, qui attendait sa réponse sans supplique ni appel à la pitié. La noblesse qu'elle perçut de lui l'incita à un geste qu'elle n'aurait jamais pensé faire pour un inconnu. Son instinct avait pris les commandes, après avoir bâillonné sa raison.

Elle souleva le tablier qu'elle portait et ôta une broche que lui avait offerte son père. C'était le dernier objet de valeur qu'elle avait en sa possession.

Ermangarde prit le bijou et le détailla. Finement ciselé, alliant l'or et le rubis, il représentait un aigle en plein envol. La châtelaine le fixa sur sa robe en approuvant d'un hochement de tête.

– Garde ! Va chercher le forgeron.

Le garde s'exécuta et ramena l'artisan dans la prison. Quelques minutes plus tard, les coups de marteau sur le métal résonnèrent entre les murs de bois sans parvenir à étouffer les gémissements de douleur du prisonnier. Bientôt, le forgeron jeta au sol le masque et les chaînes à côté des clous qu'il avait ôtés. Les cheveux poisseux du prisonnier recouvraient en partie son long visage osseux, noir de crasse. Baudoin passa la langue sur ses lèvres craquelées et ses mains sur ses joues couvertes d'une barbe à la pousse contrariée.

Il ne jeta pas un regard vers sa tortionnaire. Il dévisageait Ida, tel un enfant devant une créature venue tout droit du pays des dieux. Les émotions qui se bousculaient en lui le rendaient muet. Il aurait aimé crier sa reconnaissance, hurler ses remerciements. Mais les pensées qui lui venaient à l'esprit formaient un tourbillon de questions : qui était cette inconnue qui s'était mise en danger pour le soulager ? Elle se tenait droite, forte, menton dressé. Elle ressemblait à la cavalière imaginaire qui avait si souvent chevauché à ses côtés pendant ses rêves.

Imperturbable, Ida ramassa le masque ; et sortit derrière Ermangarde.

Durant le laps de temps où les gardes refermaient la porte, l'enfant que portait Krill tendit les bras vers Ida. Elle l'attrapa et, d'un geste réflexe, l'aida à se jucher à cheval sur sa hanche. Il reposa sa tête sur son épaule dans un mouvement d'abandon. Ses doigts caressèrent les reliefs de la joue mutilée comme certains enfants le font avec des morceaux de tissus doux pour trouver le sommeil. Ce geste fit frémir Ida. Elle avait soudain le sentiment que ce petit n'était pas un enfant inconnu, un esclave bon marché, un orphelin misérable. Elle tenait dans ses bras la vie d'un être humain qui lui accordait sa confiance, et cette situation créait en elle une étrange sensation de fragilité.

Les gardes s'écartèrent pour la laisser s'engager dans les escaliers. Ida surmonta la faiblesse qu'elle avait ressentie à cause de l'enfant et raffermit sa volonté. D'une voix intérieure, elle se répéta que seule Elka comptait.

Ermangarde l'attendait sur le palier inférieur.

– Je suis ce que je suis, mais je sais reconnaître les femmes qui en valent la peine. Tu es courageuse, Ida, et tu mérites de savoir. J'ai enfermé la femme de Bjorn dans le couvent.

– Le couvent ?

– Ce bâtiment accolé à l'église. Des femmes y sont réunies pour prier. Il est à peu près certain qu'Elka viendra y rôder. Et voici le meilleur des poignards pour la tuer.

Ida accepta l'arme et hocha la tête en reconnaissant le signe gravé sur le manche. L'arme avait appartenu à Bjorn, elle serait parfaite pour tuer la fille de son ancien propriétaire. Ida remercia la châtelaine en s'inclinant devant elle puis regagna le groupe des Vikings.

Dans la grande salle déserte où crépitait un feu, Ermangarde se tenait debout devant la fenêtre, le tableau de cheveux à la main. Elle ne s'autorisait à le décrocher du mur qu'à quelques rares moments, particulièrement marquants. Elle suivit du regard les quatre Vikings tandis qu'ils traversaient la cour basse, encadrés par ses gardes. Sans lâcher l'enfant, Ida obliqua vers le puits et y jeta le masque de fer. Ermangarde n'en ressentit aucun dépit. Le voleur était passé au second plan. Tout était en place pour que ses objectifs soient bientôt atteints. Les Vikings emmenaient le fils de Bjorn, qui deviendrait esclave au sein de son propre peuple. Ida empêcherait Elka d'intervenir pour libérer Théosa. Et privé de sa femme, de ses enfants et de sa liberté, Bjorn crèverait de désespoir à petit feu, jusqu'à mourir tout à fait lorsqu'il aurait la tête blanchie par les années.

Ermangarde caressa du bout des doigts les cheveux qui formaient le moulin. Sa vengeance était complète.

21

Le couvent était aisé à localiser : mitoyen de l'église et de son grand clocher, il s'étendait sur un vaste rectangle cerné d'un haut mur d'enceinte. Elka et Finna descendirent de leur monture à un jet de pierre de ce rempart.

– On l'attache ? demanda Finna.

– Non, il pourrait nous faire repérer. Avec Théosa, il sera plus facile de passer inaperçues en allant à pied, à travers champs.

Elka accompagna sa réponse d'une grande claque sur l'arrière-train de l'animal. Le cheval se mit aussitôt au galop. Il regagnerait instinctivement la ferme.

– Avant de libérer Théosa, il faudrait déjà entrer dans le couvent. C'est bizarre ce « couvent », une maison spéciale pour que les femmes prient leur dieu unique, alors qu'il y a aussi « l'église ». Si j'ai bien compris, c'est aussi une maison qui sert à la même chose sauf qu'elle est ouverte à tous et qu'on ne peut pas y dormir.

– Je ne suis pas sûre que Théosa prie grand monde, répondit Finna. Pour elle, on dirait plutôt une prison !

D'un signe de la main, Elka invita Finna à la suivre. Elles firent le tour complet du bâtiment et revinrent essoufflées à leur point de départ. Il n'existait pas d'autre accès que la grande porte équipée de son judas grillagé. Les fenêtres du bâtiment étaient situées en hauteur, tendues de papier huilé et bien trop étroites pour que l'on parvienne à s'y glisser.

– Allons voir ce qu'il se passe là-dedans, proposa Elka.

À l'aplomb de l'une des ouvertures, Finna s'appuya face au mur, les pieds écartés de la largeur de son bassin. Elka l'escalada jusqu'à se tenir debout sur ses épaules. Même ainsi, elle devait se hisser sur les pointes de pieds pour espionner à l'intérieur.

– Qu'est-ce que tu vois ? chuchota Finna.

– Chut… répondit Elka.

La fenêtre s'ouvrait sur le réfectoire. Elka vit entrer une procession de sœurs, les visages encadrés par un voile de lin, parmi lesquels elle crut reconnaître Théosa. La ressemblance avec Aboelle, bien que marquée, ne suffisait pas à l'identifier, d'autant que toutes les femmes avançaient tête baissée. La mère supérieure désigna l'une d'entre elles pour lire la Bible, debout sur une estrade, en face de la longue tablée où le couvert était dressé. Alors que la supposée Théosa s'approchait d'un des bancs pour s'y asseoir, la mère supérieure leva la baguette de noisetier qu'elle tenait à la main et lui bloqua le passage.

– Qu'as-tu à te ruer ainsi vers la table, Théosa ? l'interpella-t-elle d'une voix forte. Veux-tu ajouter la gourmandise à la longue liste de tes péchés ?

Elka, désormais certaine de l'identité de Théosa, vit les lèvres de cette dernière remuer, sans entendre ce qu'elle disait.

– Assoyez-vous, mes filles, ordonna la mère supérieure tout en retenant Théosa par le bras. Toi, tu resteras à genoux derrière le banc et tu consommeras ce repas sans l'aide de tes mains. Puisque tu n'es pas capable de maîtriser tes instincts impurs, tu mangeras comme un animal : à quatre pattes, en lapant ta soupe. Et maintenant, mes filles, nourrissons nos corps pour mieux nourrir notre foi.

La sœur sur l'estrade commença sa lecture d'un texte en une langue qu'Elka ne comprenait pas. Les autres attrapèrent leur cuillère et, têtes penchées vers leur assiette, engloutirent leurs soupes.

Théosa resta debout. À la voir déglutir à maintes reprises, Elka supposa qu'elle était affamée. L'odeur et le bruit des couverts raclant les bols devaient attiser son appétit. Pourtant, elle ne se plia pas à l'humiliation que la mère supérieure lui imposait. Sa fierté se payait au prix d'une nouvelle période de jeûne.

Emplie de colère devant ce spectacle d'injustice, Elka redescendit et entraîna Finna un peu plus loin en racontant tout ce dont elle avait été témoin.

– Ce n'était sûrement pas la première fois, dit Finna. La privation de nourriture est un moyen pour briser la résistance. Théosa n'a pas encore craqué.

Malgré sa volonté de rester indifférente à l'épouse de son père, Elka ressentit un mélange de pitié et d'admiration pour cette femme. Elle était enfermée là depuis des mois, sans espoir d'en sortir. Et pourtant, elle n'avait pas baissé la garde.

– On ferait bien de la tirer de là avant qu'elle se laisse mourir de faim.

– J'ai une idée pour entrer, proposa Finna, on pourrait sonner et prendre en otage celle qui nous ouvrira.

– À travers un judas grillagé, ironisa Elka, ta saga se terminerait trop tôt… Ton héroïne se verrait condamnée à la pendaison pour outrage aux religieuses. J'ai une meilleure idée. Le seul moyen d'accès, c'est cette grande tour placée entre l'église et le couvent, là où sonnent leurs grelots géants.

– Ils appellent ça des cloches.

– Eh bien, si je grimpe jusqu'aux cloches, je pourrai descendre à l'intérieur de la tour. Là, il y aura peut-être une porte qui s'ouvre vers le couvent des femmes.

Finna lui jeta un regard horrifié.

– Tu n'y penses pas sérieusement ?

– La tour est en pierres. Ce sera plus facile à escalader qu'une falaise.

– C'est trop dangereux, tenta de la dissuader Finna. Si tu glisses, tu meurs.

– Cette fois, ça te fera une belle fin pour ta saga.

– Une saga dans laquelle l'héroïne meurt avant d'avoir accompli son projet, c'est une saga ratée. Refaisons le tour du bâtiment, quelque chose nous a peut-être échappé.

Elka se mit en route, et Finna crut l'avoir convaincue. Elle comprit son erreur en voyant la Viking se placer face au mur, à l'aplomb du clocher. En quelques gestes, Elka s'éleva de deux mètres. Elle adressa un signe rassurant à Finna.

– Je n'en ai pas pour longtemps.

L'escalade ne présentait pas de difficulté technique. Les prises étaient nombreuses, les pierres sèches. Une ou deux fois, le mortier s'effrita sous ses pieds, l'obligeant à rétablir son équilibre. La hauteur était impressionnante, même pour une habituée. Elka se remémora le temps où elle allait piller les nids des oiseaux de falaises, tandis que son père la tenait encordée depuis le sommet. Les choses n'étaient pas si différentes, sauf qu'ici aucune sécurité ne l'empêcherait de chuter. L'angoisse du faux pas la crispait, et la double épaisseur de vêtements qu'elle portait entravait ses mouvements. Lorsqu'elle enjamba enfin le parapet situé au niveau des cloches, Elka tremblait, épuisée. Elle se laissa tomber sur le plancher, faisant rouler un des pots de terre qui étaient entreposés là. Le pot rebondit sur les échelles de meunier qui donnaient accès au clocher, dans un vacarme qui fit pâlir Elka. Avec ça, elle serait forcément repérée.

Elle patienta une grosse demi-heure, sans que personne ne s'inquiète de monter voir ce qu'il se passait. Rassurée, elle dévala les escaliers.

Ce fut quand elle arriva tout en bas que deux sœurs l'encadrèrent par surprise en l'attrapant par les bras. La mère supérieure surgit d'une encoignure.

– Ainsi donc, c'était vrai… Une voleuse qui passe par le clocher ! N'as-tu donc pas conscience du sacrilège que tu commets là, fille de mauvaise foi ?

– J'étais juste curieuse de voir ce qu'il se passait.

– Ah, s'exclama la mère supérieure, tu as un drôle d'accent ! Ne serais-tu pas l'une de ces Vikings qui nous ont causé tant de torts ?

– Je ne voulais pas faire de mal.

– Quoi que tu veuilles, cela n'a pas d'importance. C'est par la volonté de Dieu que tu es là. Le Très Haut t'envoie à moi, pauvre jeune fille en perdition, prête à toutes les horreurs pour rapporter quelque chose de valeur à ton peuple de sauvages. Tu es fille de l'enfer et Dieu compte sur moi pour te remettre sur le chemin du paradis. Qu'il en soit ainsi. Pour commencer, au cachot ! Ligotez-la !

Les deux sœurs lièrent les poignets d'Elka dans son dos à l'aide des cordelettes qui ceignaient leur robe de bure à la taille. Le carillon des cloches les fit sursauter. La mère supérieure les libéra d'un geste de la main, comme on balaie la poussière sur une table.

– Filez ! Ne ratez pas le temps de la prière. Je m'occupe de cette pécheresse. Elle apprendra la soumission nécessaire au salut de son âme.

La baguette de noisetier siffla dans l'air et, sans qu'Elka ne l'ait vue venir, lui arracha un cri : la mère supérieure l'avait cinglée au niveau des reins, d'un coup si violent qu'il lui semblait avoir reçu une brûlure au fer rouge.

Tandis qu'Elka reprenait sa respiration, la femme la poussa dans le dos du bout de sa verge et la guida jusqu'à un escalier étroit descendant au sous-sol. Elka marqua une hésitation et se retourna.

Elle crut apercevoir une ombre, mais douta aussitôt de ses sens. Plus rien ne bougeait, et la pénombre était trop profonde pour que l'on parvienne à distinguer quelque chose.

– Allez, avance ! lui dit la mère supérieure en la poussant. Tu t'arrêteras devant la porte au pied de l'escalier.

Elka s'exécuta et patienta, tous ses sens à l'affût, tandis que la mère supérieure choisissait une clé sur son imposant trousseau. Il n'y avait aucune échappatoire. La porte, de la hauteur d'un enfant de six ou sept ans, s'ouvrit en grinçant et une exhalaison de moisi la saisit à la gorge.

– Rentre là-dedans et réfléchis à tes péchés. Ce soir, si tu te repens, je t'apporterai à boire.

D'une main posée sur son cou, la mère supérieure tenta d'obliger Elka à s'incliner. Cette dernière résista, décidée à ne pas se faire enfermer. Elle n'eut pas besoin de lutter. Un bruit de choc, et la mère supérieure s'effondra.

Théosa, un chandelier dans la main, venait d'assommer sa tortionnaire. Sans s'occuper d'Elka, elle fouillait déjà dans les poches de la femme évanouie, et se releva le trousseau de clés à la main.

– Aide-moi ! ordonna-t-elle à Elka en détachant ses liens. Il faut la bâillonner et la boucler là-dedans. Ça nous donnera une ou deux heures.

Elka et Théosa attrapèrent chacune un poignet et tirèrent le corps inerte à l'intérieur de la petite cellule humide. Le plafond était si bas qu'elles ne pouvaient se tenir debout.

– Tu as déjà été enfermée ici ? demanda Elka.

Théosa ne répondit pas.

– Dire que je venais t'aider à t'évader, et que c'est toi qui viens de me sauver. Tu es bien Théosa, n'est-ce pas ?

Fébrile, la femme releva la tête, méfiante.

– Qui es-tu ?

– Je suis Elka, la fille de Bjorn.

Le rire qui jaillit entre les lèvres de Théosa ressemblait au cri d'une folle.

– Je ne te crois pas. C'est Ermangarde qui t'envoie, c'est ça ? Après avoir enfermé mon mari, après avoir enlevé mon enfant, après m'avoir enterrée vivante dans cet enfer, elle veut me faire croire que tout est arrangé, pour mieux se délecter de mon désespoir quand je serai tombée dans son piège ?

– Non, je suis vraiment Elka.

– Prouve-le-moi.

Elka remonta sa manche et montra les trois bracelets qui ceignaient son poignet. Faits d'un seul tenant, sans soudure, ils étaient trop petits pour être retirés.

– Voilà les bracelets de mon lignage. Je les porte depuis que je suis enfant. J'ai grandi avec, je ne peux plus les enlever.

Théosa hocha la tête. Elle avait reconnu les bracelets que Bjorn lui avait décrits. Ses poings, qu'elle tenait en l'air pour mieux se défendre, retombèrent inertes le long de son corps. Elle sembla se recroqueviller sur elle-même et grimaça ces mots, plus qu'elle ne les prononça :

– Elle a enlevé mon tout-petit, elle a volé mon bébé. Cette femme est un monstre. Mon Gaïle… Est-il seulement en vie ?

– Viens, dit Elka, pour le chercher il faut sortir d'ici.

La femme la suivit docilement.

– J'ai tout fait pour me faire pardonner, je me suis laissée enfermer ici, j'ai subi les caprices de la mère supérieure. Sans les autres sœurs, je serais morte de faim et de froid, c'est grâce à elles que je suis encore là. Ce sont des anges de bonté. Elles m'ont nourrie et réchauffée, et pourtant, cela les privait.

Toutes deux débouchèrent en haut des escaliers. Elka empêcha Théosa d'avancer, le temps de vérifier le couloir. Mais Théosa ôta le bras qui lui barrait le passage. Elle déployait une force qu'Elka n'aurait pas soupçonnée.

– Laisse-moi passer ! Désormais, je ne suis plus la femme de Bjorn, je ne suis plus la fille de Tual, je ne suis pas la sujette d'Ermangarde. Je ne suis que la mère de Gaïle, et j'arracherai le cœur d'un seul coup de dents à celui qui lui fera du mal.

Théosa était transfigurée. Elka avait déjà vu une femme de son village se transformer lorsque ses enfants avaient disparu dans une tempête. Devenue folle, elle abattait des arbres entiers, comme si du sang de dragon circulait dans ses veines. Personne n'allait lui cherchait noise, chacun la respectait pour cela.

Mais Elka avait besoin que Théosa garde sa raison, au moins jusqu'à ce qu'elle retrouve Bjorn.

– Je t'ai apporté des vêtements, dit-elle.

Elka ôta la robe qu'elle avait enfilée par-dessus la sienne.

Théosa la passa au-dessus de sa tenue de bure.

– N'oublie pas d'enlever ton voile, lui recommanda Elka, il te trahira dès qu'on posera le pied dehors.

Théosa arracha son voile avec un regard de défi. Elle avait la tête rasée.

22

Devant la grande porte au judas qui servait d'accès au couvent, Finna ne tenait plus en place. Elle avait préparé un prétexte au cas où quelqu'un la surprendrait là. À petits pas rapides, elle enchaînait les allers-retours entre les bornes de pierre qui encadraient la porte, angoissée à l'idée des dangers auxquels Elka s'exposait. Elle songea que l'ignorance de ce qu'il se passait était encore pire que la participation à l'action. Qu'elle soit scalde n'y changeait rien. Elle aurait souhaité être capable d'escalader elle aussi ce clocher. Elle aurait voulu être là où les choses se passaient. Pourquoi devait-elle toujours se censurer ? C'était injuste qu'elle doive sacrifier ses envies d'agir à ce rôle de scalde, qui finissait par lui peser.

Lorsque le judas s'ouvrit, Finna tenta de se composer un visage calme et balbutia qu'elle avait perdu son chemin. Elle ignorait si elle serait capable de leurrer la gardienne. Quel soulagement quand Elka l'interrompit !

– Tais-toi Finna, dis-moi plutôt si la voie est libre.

La porte s'ouvrit, laissant passer les deux fugitives.

– Tu as réussi ! Qu'est-ce qu'il s'est passé ? demanda Finna.

– Aide-moi, répondit Elka, Théosa est trop faible.

La Viking soutenait la mère de Gaïle pour marcher. Finna se figea une seconde devant le crâne chauve de la femme. Celle-ci avait l'allure d'une de ces bannies que les Vikings chassent des villages après une décision de justice du *Thing*. Pourtant, malgré son absence de cheveux, Finna l'identifia aisément : Théosa ressemblait à Aboelle, avec une quinzaine d'années de plus. La scalde glissa ses épaules sous son bras et la souleva comme Elka le faisait de l'autre côté.

– On va se mettre à l'abri dans le bois le plus proche, on réfléchira à la suite là-bas, indiqua Elka.

Toutes trois avancèrent à travers champs, trébuchant sur les mottes de terre que les plantes dissimulaient, droit vers la forêt.

– Qu'est-ce qu'il s'est passé dans le couvent ? redemanda Finna.

Elka lui raconta le déroulé des faits.

– Je ne sais pas combien de temps cette horrible femme restera inconsciente, conclut-elle. On n'avait rien sous la main pour la bâillonner. Tout ce que j'espère, c'est que les sœurs la laisseront brailler un moment avant d'aller la libérer ! J'imagine qu'elle se précipitera chez Ermangarde pour l'informer de l'évasion de sa protégée. Si seulement on avait gardé le cheval, on aurait pu rentrer chez Tual…

– Non, intervient Théosa dans un souffle, pas chez mon père.

– Il pourrait nous cacher, rétorqua Finna. Il y a la forêt avec cette maison abandonnée.

– Non, pas me cacher, pas attendre, je dois trouver Gaïle.

Essoufflée, Théosa parlait avec des phrases hachées, mais son ton était déterminé.

– Tu n'es pas en état d'aller chercher Gaïle, répondit Elka, c'est à peine si tu parviens à tenir debout.

– Je veux trouver Gaïle, maintenant, seule s'il le faut.

Pour prouver qu'elle en était capable, Théosa se dégagea de l'aide des deux filles et força le pas. Sa démarche ressemblait à celle d'un homme ivre, à la fois chancelante et heurtée, au bord du déséquilibre. Elka haussa les épaules. L'urgence était d'atteindre les arbres, il serait temps de discuter de ce qu'elles feraient après… si Théosa parvenait jusque-là.

Les capacités de récupération et la détermination de la mère de Gaïle surprirent les deux Vikings. La pause dans les bois ne dura que le temps nécessaire pour manger les galettes de céréales que Finna avait emportées et pour boire quelques gorgées d'eau.

Elka coupa deux longues et fines branches d'arbre qu'elle relia avec une ficelle presque à leur sommet. Elle fixa trois autres branches en travers de ce triangle et y entrelaça des fougères jusqu'à obtenir un travois. Théosa refusa de s'installer sur cette remorque rudimentaire que Finna et Elka proposaient de tirer derrière elles. Elle se leva et se mit en route, imitée par les deux Vikings. Théosa marchait par la seule force de sa volonté. Elle lançait en avant une jambe après l'autre, elle serrait les dents, pas après pas. Deux fois déjà, son corps l'avait trahie et, sans le réflexe d'Elka et de Finna, elle se serait écroulée au sol. Elle avait accepté l'aide des deux Vikings le temps de se stabiliser, puis s'était remise en route sans mot dire.

Lorsque toutes les trois s'approchèrent du castel, Elka ordonna une pause. Elle ne reconnaissait pas les lieux. Quand elle et Finna avaient quitté Sven, l'endroit était désert. Les choses avaient rapidement évolué.

Sur le chemin, de nombreuses personnes allaient et venaient, installées dans des chariots tirés par des chevaux, équipées de carriole à bras, ou encore à pied, un panier au creux du coude. Théosa, le crâne caché sous un fichu déchiré dans sa robe de bure, leur expliqua que c'était un après-midi de marché, une fois par semaine, ce qui attirait beaucoup de villageois d'ici, et parfois même des régions voisines.

La nouvelle contraria Elka.

– Il faut attendre la nuit, il y a trop de monde.

– Attendez si vous voulez, répondit Théosa, moi, j'y vais.

Aucun argument n'eut raison de l'inflexibilité de Théosa. Elle surgit des fourrés pour rejoindre le chemin, trébucha et se retrouva à quatre pattes par terre.

Une jeune femme arrêta sa carriole pour lui demander si elle avait besoin d'aide.

Théosa déclina son offre, tandis que Finna et Elka se plaçaient de part et d'autre pour la relever. La femme passa son chemin, rassurée par le travois qu'Elka tirait derrière elle

La marche reprit, têtes baissées, mâchoires serrées tant la peur de se faire identifier inquiétait Elka. Finna ne semblait pas effrayée. Elle ne se départait plus d'un étrange sourire, presque onirique.

– Qu'est-ce qui te réjouit autant ? s'énerva Elka. Il n'y a vraiment pas de quoi sourire.

– Je pense à ma saga. Ceux qui m'écouteront la raconter vont apprécier ce moment. Une mère prête à tout pour sauver son fils, y compris à s'écrouler d'épuisement, c'est beau !

– Mère ou pas mère, ce n'est pas le problème. Ce que cette femme risque de faire, c'est d'être repérée. Et alors ce sera, retour au couvent, direction le cachot. Fin de la saga.

– Mais quel rabat-joie tu fais, Elka ! Tu n'es pas impressionnée par Théosa ?

– Avance, au lieu de parler.

Elka avait clos la conversation, refusant d'avouer son admiration devant ce que Théosa était capable de faire pour son fils. Cette attitude la renvoyait au souvenir qu'elle avait de sa propre mère, décédée quelques années auparavant lors de la grande épidémie. Sa mère aurait-elle fait autant de sacrifices si Elka avait été menacée ? La jeune fille ne pouvait s'empêcher d'en douter.

La chute brutale de Théosa l'arracha à ses pensées. Cette fois, la mère de Gaïle avait atteint le bout de ses forces. Elle gisait, inconsciente, au milieu de la piste. Un homme arrêta son cheval, pestant contre ces gens qui buvaient plus que de raison et qui empoisonnaient la vie des autres.

Finna et Elka lui adressèrent un signe entendu et l'homme passa son chemin. Elles installèrent Théosa sur le travois, la recouvrirent d'un tissu, puis se relayèrent pour tirer la charge. Avec les robes qu'Aboelle leur avait données, on pouvait les prendre pour deux filles de ferme venues vendre leur chargement au castel.

Bientôt, elles aperçurent la grande porte d'entrée devant laquelle elles avaient laissé Sven. Les alentours n'avaient plus rien à voir. De part et d'autre du chemin, des groupes de paysans s'étaient installés pour manger et discuter. Des personnes s'engouffraient par les portes ouvertes, observées d'un rapide coup d'œil par les deux gardes de faction.

Hésitantes, elles s'écartèrent à leur tour du chemin et fouillèrent les lieux du regard. Sven n'était visible nulle part.

– Où peut-il être ? demanda Elka.

– Tu t'inquiètes pour lui ? souligna Finna. On dirait que tu tiens à lui…

– Mais non, je ne m'inquiète pas pour lui, enfin si, mais comme je le ferais pour toi. Et puis quelle importance, tu poses des questions idiotes !

Finna sourit devant la réaction embarrassée d'Elka. Ce qu'elle soupçonnait se confirmait : l'héroïne de sa saga tenait beaucoup à Sven, mais refusait de se l'avouer !

– Arrête de m'observer avec ton air d'inventer des histoires, s'énerva Elka. Sven n'est sûrement pas très loin. Il a peut-être suivi les ravisseurs de Gaïle. Il reviendra ici plus tard. En attendant, je vais chercher une corde et un grappin.

– Pour quoi faire ?

Le regard d'Elka se porta au sommet de la tour.

– Ah non ! Ne me dis pas que tu vas recommencer…

– Si je veux libérer mon père, je n'ai pas d'autre solution.

– Mais c'est la tour du castel, il y a foule, et tu serais exposée au vu et au su de tous. Sans compter que les hommes de garde et Ermangarde y habitent et que ses murs de bois doivent glisser bien plus que de la pierre.

– L'accès par l'intérieur est encore plus dangereux : il y a sans doute des gardes postés à tous les étages. Et puis, pourquoi t'en mêles-tu ? Je croyais qu'un scalde n'avait pas à donner son avis ?

– C'est vrai, mais…

– Reste avec Théosa, l'interrompit Elka, il faut que j'aille chercher un grappin si je veux que mon père redescende rapidement de son cachot.

– Pas question ! Déjà que je n'ai rien vu de ce qu'il se passait dans le couvent, si maintenant je rate le castel, c'est toute ma saga qui s'écroule !

– J'y vais.

– Non, Elka, je ne veux pas que…

Finna cessa de parler au milieu de sa phrase. Sa compagne d'aventure s'était déjà intégrée à un groupe de paysannes qui se dirigeait vers la porte d'accès au castel. De rage, la scalde imagina comment elle ponctuerait ce passage lors des soirées d'hiver. Elle dépeindrait Elka sous les traits d'une princesse viking qui conservait sa mauvaise habitude de n'en faire qu'à sa tête !

Un mouvement de Théosa attira son attention. La femme reprenait connaissance.

– Comment te sens-tu, Théosa ?

– Mieux. J'ai soif.

– Mon outre est vide, je vais te chercher de l'eau.

Finna s'éloigna pour aller remplir son outre à la source qu'elle avait repérée en amont. Lorsqu'elle revint, elle jura : Théosa avait disparu.

23

Les paysannes franchirent la porte du rempart sans attirer l'attention du garde. Dissimulée au milieu du groupe, Elka avança jusque dans la cour. Le marché avait transformé les lieux en une place très animée. Elle se laissa porter par la foule qui progressait d'étal en étal.

Malgré ses efforts pour se fondre parmi les acheteurs, elle remarquait de fréquents regards curieux lancés dans sa direction. Sa tenue, prêtée par Aboelle, correspondait à ce que les femmes d'ici portaient les jours ordinaires. Mais elle savait que les étrangers se repèrent à de multiples petits signes, quasi indistincts, qu'un simple coup d'œil suffit pourtant à remarquer. En ces lieux, Elka était l'étrangère.

Elle allongea le pas pour dépasser les écuries, sans trouver le matériel qu'elle cherchait. Elle fouilla chaque étal du regard, à l'affût d'un bout de corde et d'un crochet de métal qu'elle puisse transformer en grappin. Mais alors qu'elle atteignait l'extrémité de la cour basse, elle n'avait toujours pas débusqué le nécessaire. Une femme, munie d'un gros panier, se plaça sur sa trajectoire. Quand Elka tenta de la contourner, la femme se déporta à son tour, lui bloquant le passage.

Elka sentit un frisson glacé parcourir son dos, comprenant qu'on l'avait repérée. Son prénom, prononcé dans un murmure à peine audible, l'incita à relever la tête, qu'elle avait gardée obstinément baissée.

La femme portait un panier empli de linge sous un bras et son visage était entouré d'un voile de lavandière. Elka mit quelques instants à reconnaître ses traits creusés.

– Théosa ? s'étonna-t-elle.

D'un signe de tête, Théosa l'invita à la suivre, vers la sortie.

– Qu'est-ce que tu fais ici ?

– J'ai ce qu'il te faut, mais je ne tiendrai pas debout longtemps.

Déjà, Théosa vacillait. Elka la soulagea du panier, qu'elle coinça sur sa hanche. Il lui parut étrangement lourd.

Elles franchirent la porte du rempart de la cour basse sans encombre pour sortir du castel. D'un coup d'œil, elles repérèrent Finna à peu de distance de là. Elle avait allumé un petit feu et posé un tissu à terre, imitant ainsi les groupes qui s'étaient installés aux alentours.

– Sven est là ! murmura Elka avec soulagement.

Elle accéléra le pas, sans lâcher le bras de Théosa ni son panier.

– Asseyez-vous autour du feu, suggéra Finna à voix basse, il ne faut pas se faire remarquer. J'ai déjà assez attiré les regards comme ça. Les gens se demandaient ce que je faisais là, sans sac, ni carriole, ni ouvrage pour m'occuper. Heureusement que Sven est arrivé… On se fait passer pour des amoureux qui se sont donné rendez-vous au marché.

Théosa se laissa tomber à ses côtés tandis qu'Elka posait le panier de linge en évidence.

– Théosa, je te présente Sven, un ami. Tu as des nouvelles, Sven ?

– Je sais où est l'enfant.

Théosa lui agrippa le bras avec une telle force qu'il grimaça.

– Parle dans ma langue, je te prie, je ne suis pas sûre de tout comprendre de la tienne. Tu parles de mon fils ?

Sven acquiesça et poursuivit son récit.

– Peu de temps après votre départ, j'ai vu Ida et Ragnö, accompagnés de Krill et d'un autre marin que je ne connais pas. Ils emportaient le bébé avec eux.

– Ida et Ragnö ? s'écria Elka stupéfaite.

Quelques regards curieux se tournèrent dans sa direction. Elle baissa aussitôt d'un ton pour demander :

– Qu'est-ce qu'ils font là ?

– Qui sont Ida et Ragnö ? interrogea Théosa.

– Des gens de notre peuple, répondit Finna.

– Je les ai suivis, mais très vite ils se sont séparés, Ida d'un côté, le reste du groupe de l'autre. J'ai continué à pister le groupe de Ragnö. Ce sont eux qui ont le petit. Ils ont rejoint leur camp sur une petite plage à une heure de marche environ. Leur *langskip* est amarré, l'équipage entier a débarqué, mais il n'y a pas de feu, pas de bruit, comme s'ils cherchaient à ne pas être repérés. À mon avis, ils ne vont pas rester. Il ne faut pas qu'on tarde si on veut récupérer l'enfant.

Théosa se releva.

– Dis-moi où, et je vais le chercher.

Elka l'obligea à se rasseoir en tirant sur son bras.

– Ça suffit, Théosa, tu nous as déjà assez mis en danger comme ça ! Tu risques de nous faire repérer… Regarde-toi, tu ne tiens plus sur tes jambes.

– J'ai été bien assez forte pour te procurer de la corde et deux barres de fer, dit-elle en dévoilant ses trouvailles cachées dans le panier de linge volé au castel.

Elka marqua son assentiment d'un mouvement de tête. Elle était surprise que Théosa ait réussi là où elle avait échoué.

– Je vois… et je te remercie. Mais cette fois, tu dois me faire confiance. J'irai chercher ton fils dès que la nuit sera tombée.

– Non, tout de suite.

– Je connais les Vikings. Ils auront déployé des guetteurs. Tu seras repérée avant même d'entendre l'océan gronder. Pour avoir une chance de réussir, il faut attendre la nuit. Et comme je parle la langue, ce sera plus facile de me glisser parmi eux pour récupérer Gaïle.

– Mais s'ils l'emmenaient en bateau avant la nuit, s'ils l'emportaient loin de moi ? Je veux être là. Je veux pouvoir les suivre.

– En nageant jusqu'aux terres vikings ? demanda Elka. Allons, Théosa, tu vois bien que tu n'as plus les idées claires. Pour sauver ton fils, tu risques de prendre des décisions qui menaceront sa vie. Laisse-moi faire. Pour moi, ce n'est rien d'autre qu'un devoir à accomplir. Je saurai conserver la tête froide pour le ramener ici.

Théosa garda le silence un instant puis ôta la main qu'Elka n'avait pas enlevée de son bras.

– Je ne veux pas que tu y ailles, Elka. Tu es la fille de Bjorn. Pour moi, tu n'es pas qu'un devoir. S'il t'arrive quelque chose, je m'en voudrai toute ma vie.

Les paroles de Théosa remuèrent Elka au plus profond d'elle-même. À aucun moment depuis qu'elle l'avait rencontrée dans le couvent la jeune Viking n'avait perçu la villageoise comme un membre de sa famille. Théosa n'était pour elle qu'une chose précieuse que Bjorn exigeait de récupérer avant de repartir, une femme qui, avec son fils, avait remplacé Olof et Elka dans le cœur de leur père. Et pourtant, elles étaient désormais unies par les liens du lignage. Cette perspective lui permit de trouver l'argument qui saurait la convaincre.

– Fais-moi confiance, Théosa. Gaïle est le fils de Bjorn, il est aussi mon frère. Je serai prudente.

Les cris des gardes venus du castel stoppèrent la discussion.

– Place ! Laissez place à dame Ermangarde !

À peine le temps d'échanger un regard que déjà Elka s'était levée et avait attrapé le panier.

– On s'éloigne ! Elle pourrait nous reconnaître.

Finna aida Théosa à se mettre debout et suivit Elka. Sven s'apprêtait à leur emboîter le pas lorsqu'il réalisa qu'un feu aussi subitement abandonné risquait d'intriguer tous les paysans installés à proximité. Trois femmes pouvaient s'écarter sans que cela ne soit surprenant. Il n'y avait ni latrines ni cabane à pot de chambre pour leur permettre de se soulager à l'abri du regard des hommes. Mais qu'un homme les accompagne, et le doute ne tarderait pas à germer dans les esprits.

Sven posa une nouvelle branche sur le tas de braises. Déjà, les gardes franchissaient la porte du rempart et repoussaient les quelques paysans qui ne s'étaient pas écartés assez vite. D'un coup d'œil, Sven chercha les trois filles. Elles avaient disparu, probablement cachées par des haies.

Il observa discrètement Ermangarde. Elle surgit juste derrière ses gardes, juchée en amazone sur un étalon racé. Splendidement vêtue d'une robe de lin brodée et d'une pelisse d'hermine, elle retenait sa monture, le menton fièrement dressé. Mais l'ancien esclave ne remarqua rien de sa magnificence. Son regard restait fixé sur le bouclier accroché à l'arrière de sa selle, décoré du blason de la famille du castel de la Ronde. Une chose différait du blason qui ornait le drapeau du castel : dans le quart inférieur, à côté du lion, en dessous du chêne, était représenté un cercle formé de petits ronds entourant une minuscule étoile en son centre.

D'un geste réflexe, Sven plaqua sa main sur la manche de sa tunique. Le souffle lui manquait. Il venait de reconnaître l'exacte copie du tatouage qu'il portait sur son bras.

Ermangarde galopa sur la piste et s'éloigna bien vite.

Sven s'approcha d'un homme qui mangeait seul, au milieu de quatre chèvres qu'il avait accrochées à un pieu.

– Sais-tu ce que représentent les ronds, sur le blason d'Ermangarde ?

L'homme haussa les épaules.

– On voit bien qu't'es pas d'ici, toi ! C'est la ronde des fées, là-haut, sur la colline. Il n'y a que les boucliers des hommes de la famille qui peuvent l'afficher. Paraît même que le seigneur le portait en tatouage avant que… Enfin, tu vois.

– Je vois, oui, je vois, balbutia Sven.

Il retourna auprès de son feu et s'accroupit. Il approcha son doigt d'une braise et le retira lorsque la morsure de la brûlure devint intolérable. La douleur lui confirmait que le moment qu'il venait de vivre était bien réel. La conclusion qui s'imposait l'était tout autant : comme son père, il portait le tatouage de la ronde. Il était le fils d'Ermangarde.

Saisi d'un haut-le-cœur, il vomit par terre.

– Recouvre-moi ça de terre sans traîner, s'écria l'homme qui l'avait renseigné, mes chèvres attirent déjà assez les mouches, sans que tu t'y mettes aussi !

24

Ida marchait à grandes enjambées, le sourire aux lèvres. Elle se sentait fière. Quel succès ! Elle avait réussi à manipuler Ragnö, sans qu'il ne se doute de rien, et sans faire usage de ses charmes comme elle en avait l'habitude avant l'accident. Lorsque le petit groupe avait quitté le castel, il s'était dirigé droit vers la plage où ils avaient installé le camp. Ida avait eu du mal à trouver un prétexte pour s'échapper afin de rejoindre le couvent. La première étape avait été d'instiller le doute, au moment même où ils quittaient le castel.

– Vous avez vu les soldats postés en surveillance ? Ils savent sûrement qu'on transporte une belle petite somme en or. Plus qu'ils ne pourront gagner en cinq cents ans de service auprès de leur châtelaine !

Après quoi, elle avait attendu que l'information jetée négligemment fasse son chemin dans les esprits. Le marin avait été le premier à réagir.

– À leur place, je me glisserais dehors et je nous attaquerais pour tout récupérer !

– J'en ferais autant, avait confirmé Ida.

À nouveau, le sujet avait fermenté dans les têtes.

– Ils n'oseraient pas aller à l'encontre d'une décision d'Ermangarde, avait rétorqué Ragnö.

– Ils savent bien qu'Ermangarde ne le saura jamais ! Ce n'est pas nous qui allons retourner la voir pour les dénoncer… à supposer qu'on vive encore. Et nous ne sommes que quatre, ils auront facilement le dessus.

Ida avait retenu un sourire de satisfaction. Le marin avait énoncé ce qu'elle s'apprêtait elle-même à dire. Elle avait donc poursuivi :

– En tout cas, ne comptez pas sur moi pour surveiller vos arrières ! Je ne profiterai pas du butin, alors je ne vais pas risquer ma vie pour ça…

– Ce n'est pas toi qui décides, s'était énervé Ragnö, et s'il y a une vie à risquer, j'aime autant que ce soit la tienne. Tu vas vérifier que personne ne nous suit, c'est un ordre.

– Je vais le faire, avait annoncé Krill.

Un instant de panique avait submergé Ida. Si Ragnö acceptait la proposition de Krill, c'en était fini de la stratégie d'Ida. Heureusement, Ragnö l'avait déclinée.

– Non, toi, tu restes avec nous, en guise d'otage. Et si Ida nous refait un coup tordu, tu feras tes prières…

Ida avait protesté pour la forme. Puis, elle avait fait semblant d'accepter. Après avoir refusé de se détacher de ses bras, l'enfant avait fini par se réfugier dans ceux de Krill. Un sentiment de malaise avait saisi Ida à l'idée de trahir ainsi la confiance que l'enfant plaçait instinctivement en elle. Mais, elle se morigéna intérieurement : elle avait d'autres priorités que cet orphelin.

Le groupe prit de l'avance, tandis qu'elle restait à l'arrêt. Dès qu'elle fut hors de portée de vue, elle fit demi-tour et marcha droit vers la colline de la ronde des fées, en direction du couvent…

Le clocher de l'église constituait un point de repère idéal pour s'orienter. Ermangarde lui avait affirmé qu'elle trouverait Théosa et Elka dans le bâtiment mitoyen, où vivaient des religieuses. Ida avait déjà laissé échapper sa tortionnaire. Elle ne ferait pas la même erreur une seconde fois.

À plusieurs reprises, Ida avait croisé des villageois qui travaillaient en bordure de champs ou qui parcouraient le chemin en sens inverse du sien. Elle baissait alors la tête pour éviter tout contact. À nouveau, elle aperçut un homme qui traînait ses sabots sur le sol de terre. Tant qu'elle s'en trouva éloignée, il sembla ne pas la quitter des yeux, probablement intrigué par son identité. Mais lorsqu'il la croisa, il eut la même réaction que tous les autres avant lui. Il tourna la tête et fit mine de se concentrer sur le paysage alentour. L'horreur du spectacle qu'offrait le visage d'Ida le dissuada de prononcer le moindre salut.

Ida changea d'attitude. Tête haute et menton en avant, la Viking ignora l'insulte et continua à marcher comme si de rien n'était. Sa destinée ne faisait pas mystère : homme ou femme, garçon ou fille, tous ceux qu'elle rencontrerait désormais réagiraient comme ces inconnus, à l'instar d'un bien portant face à un pestiféré.

Elka devrait payer pour ça, et pour tout le reste.

La réaction de l'homme avait balayé le sentiment de fierté qui l'habitait. De sombres pensées prirent racine en son esprit, et Ida se trouva devant la porte du couvent sans avoir vu le temps passer. Le bâtiment était impénétrable : murs hauts, lourde porte de bois, un judas grillagé pour observer les visiteurs. Il n'était pas question de perdre de précieuses minutes à tenter d'entrer discrètement. Elle sonna la cloche et enserra de ses doigts le grillage du judas.

Une sœur ouvrit le petit volet de bois qui en protégeait l'accès. D'abord méfiante, elle eut un mouvement de recul en voyant Ida et hurla aussitôt de douleur. La Viking avait crocheté ses narines de ses doigts et la tenait plaquée contre le judas.

– Y a-t-il une Viking, ici ? lui demanda-t-elle.

Terrorisée, la sœur répondit instinctivement en amorçant un signe de tête puis, bloquée par la prise d'Ida, expliqua :

– Je ne sais pas. L'une d'entre nous s'est enfuie. Notre mère supérieure nous a toutes rassemblées dans le cloître central.

– Comment s'appelle celle qui est partie ?

– Théosa. C'est Théosa qui a disparu.

Une étincelle d'espoir réchauffa Ida. La chance lui souriait. La femme pour laquelle Bjorn avait monté son expédition portait ce prénom. Elka ne devait pas être loin.

– Ouvre-moi !

– Le verrou est hors de portée. Je ne peux pas si vous ne me libérez pas.

– Regarde bien mon visage, ordonna Ida en approchant sa tête du judas. Si tu ne m'ouvres pas tout de suite, je jure sur ton Dieu et sur les miens que je ferai la même chose au tien.

Elle lâcha le nez de la sœur et retint sa respiration quelques secondes. Un soupir ponctua le bruit du loquet quittant sa prison de métal. La peur avait eu raison de la conscience de la sœur.

– Mène-moi au cloître !

La sœur précéda Ida dans un large couloir. Une petite pièce humide s'ouvrait sur un côté, dont la porte indiquait « parloir ». D'autres pièces s'étiraient en enfilade, toutes reliées au couloir par des fenêtres intérieures. Les deux femmes traversèrent une vaste salle meublée de longues tables de bois entourées de bancs, puis débouchèrent sous la galerie couverte qui faisait le tour du bâtiment au centre duquel se trouvait le cloître.

Les sœurs se tenaient agenouillées au sol sur de fines baguettes de bois qui leur cisaillaient la peau. Debout devant elles, tournant le dos à Ida, la mère supérieure les tançait d'une voix lente et posée. Elle frappait doucement sa jambe avec une mince tige de noisetier. L'instrument lui servait à punir les sœurs récalcitrantes.

– Priez, mes filles, priez, car nous ne sommes pas seules devant les épreuves que Dieu nous impose. Que Dieu vous donne la force morale de dénoncer celle qui a aidé Théosa à s'enfuir. C'est par la faute de cette pécheresse que vous souffrez aujourd'hui. Vous expiez ses fautes qui ont sali notre couvent. Confessez l'aide que vous lui avez apportée, et Dieu saura vous pardonner.

Après cette tirade, un silence ponctué de gémissements occupa l'espace du cloître. Beaucoup des femmes présentes avaient soutenu Théosa, qui en lui donnant un morceau de pain, qui en lui fournissant un bâton pour ôter le linge des bassines d'eau bouillante sans devoir y plonger les mains, qui en l'empêchant de tomber de son banc alors qu'elle s'évanouissait de fatigue à la messe. Persécutée par la mère supérieure, Théosa devait sa survie à beaucoup d'entre elles.

Aucune ne dit mot.

La mère supérieure les toisait sans dissimuler la colère grandissante qui déformait ses traits. Lorsqu'elle sentit une main se poser sur son épaule, elle se retourna, furieuse, et manqua de lâcher sa tige de noisetier en découvrant le visage ravagé d'Ida.

– As-tu vu une Viking ici, vieille femme ? demanda Ida.

La mère supérieure s'était reprise et affichait désormais une mine hautaine et méprisante.

– Qui es-tu, et comment es-tu entrée ?

La sœur qui avait ouvert à Ida s'était reculée dans l'ombre de la galerie, convaincue qu'elle aurait bientôt à payer le prix de son geste.

Ida attrapa le poignet de la mère supérieure, le remonta derrière son dos jusqu'à ce que la douleur l'oblige à lâcher sa baguette. Ida se saisit de l'objet, zébra l'air en écoutant le sifflement puis appliqua la pointe sous le menton de la mère supérieure.

– Tu me réponds, sinon…

La femme exprimait un tel dégoût qu'Ida aurait pu la cogner rien que pour l'obliger à fermer les yeux.

– Le diable lui-même a imprimé sa marque sur ton visage, dit la mère supérieure. Tu as connu les feux de l'enfer. Tu peux me frapper, mais je ne dirai rien, car je ne parle pas au malin.

– Je répète ma question une dernière fois : y avait-il une Viking ici ?

La mère supérieure pinça les lèvres, décidée à ne pas prononcer un mot.

D'un petit mouvement, Ida regarda les femmes agenouillées derrière elle. L'une d'entre elles hocha imperceptiblement la tête. Il y avait bien une Viking au couvent.

– Est-elle partie ?

À nouveau, le même signe.

– Avec Théosa ?

Un oui.

Folle de rage, Ida poussa la mère supérieure en arrière. La femme trébucha sur deux ou trois pas et bascula dans le seau posé à côté du puits. Elle ne parvint pas à se relever, ses hanches restant coincées dans le baquet de bois.

Ida tourna les talons, traversa le réfectoire, longea le couloir et sortit du couvent.

Alors qu'elle s'en éloignait, elle entendait encore les hurlements de la mère supérieure :

– Cessez de prier ! Venez m'aider à sortir de là !

La situation n'amusa pas Ida. La frustration lui donnait envie de crier, elle aussi. Elle avait été à deux doigts de rattraper Elka et voilà que cette dernière, telle une anguille lui filait entre les doigts.

Les talons d'Ida martelaient le sol à chacun de ses pas. Que Ragnö l'accepte ou non, elle quitterait le camp avec Krill. À eux deux, ils ratisseraient le pays jusqu'à lui mettre la main dessus. Et gare à ceux qui se placeraient en travers de son chemin.

25

Les alentours du castel se vidaient peu à peu. La foule encore nombreuse battait le sol de la cour basse en allant et venant devant les étalages, mais tendait à s'éclaircir. Quelques marchands, qui avaient fait une longue marche le matin, remballaient déjà leurs étals. À trois heures à pied de la ronde des fées, moins de deux avec une carriole à cheval, se tiendrait le lendemain l'une des plus grandes foires du mois. Beaucoup préféraient donc manquer quelques ventes pour se mettre en route et disposer du choix de leur emplacement.

Sven avait patienté près du feu jusqu'à ce que son voisin regagne la cour du castel. Il avait alors éteint le brasier et s'était dirigé vers les bois, supposant qu'Elka, Finna et Théosa s'y étaient mises à l'abri.

Oubliant toute prudence, il traversa les champs sans se préoccuper de se cacher. Un homme s'éloignant de la piste risquait d'attirer l'attention, mais Sven avait d'autres soucis en tête. Ermangarde occupait toutes ses pensées. Comment accepter d'avoir un monstre de haine en guise de mère ? Sven frotta son bras à l'endroit de son tatouage. Il avait envie d'effacer cette trace de son histoire dont son père lui avait appris à être fier. La ronde de points le reliait à sa mère de sang. Mais Ermangarde avait basculé dans la folie lorsque son enfant lui avait été enlevé. Qui sait s'il ne risquait pas d'être envahi lui aussi par le mal ?

– Sven !

Le chuchotement le sortit brutalement de ses pensées. Dissimulée dans les fougères du sous-bois, Elka lui fit signe de la rejoindre. Sven se retourna et fouilla les alentours du regard. Personne ne semblait l'avoir suivi. Il se décida et avança à grands pas jusqu'à la forêt.

– Tu en as mis du temps ! s'exclama Elka… J'étais prête à aller te chercher.

Sven ne réagit pas.

– Je n'arrive plus à tenir Théosa, poursuivit Elka. Elle veut absolument partir, sans attendre la nuit.

– Ah oui, répondit Sven.

– Je me demande même s'il ne faudrait pas la ligoter. J'ai peur qu'elle nous file entre les doigts et qu'elle fasse tout rater.

– Ah oui.

Elka scruta le visage de l'ancien esclave. Sven affichait un air hébété, comme s'il avait été drogué.

– Tu as entendu ce que j'ai dit ? lui demanda-t-elle.

– Théosa, elle veut partir.

La réponse, débitée comme un enfant ânonnerait une leçon mal apprise, inquiéta Elka.

– Qu'est-ce qu'il t'arrive, Sven ? Il s'est passé quelque chose ?

Sven la regarda en silence. Les mots se précipitaient à ses lèvres sans qu'il ne se décide à parler. Il songeait à ce qu'Elka penserait de lui s'il lui dévoilait la vérité. Elle avait accepté d'être amie avec un esclave. Il espérait qu'un jour elle l'aimerait davantage que d'amitié. Mais elle ne le ferait probablement pas sachant qu'il est le fils d'une meurtrière folle retenant son père dans un cachot ! La honte le submergea, lui donnant la nausée. Il se retourna brutalement pour cracher la bile qui lui remontait le long de la gorge.

– Nous sommes amis, Elka. Mais pour moi, c'est plus que ça. Le problème, c'est que… Je veux dire que… Il faut que je le dise.

Elka resta interloquée. Dans le regard de Sven, elle avait lu une telle détresse qui accompagnait cet étrange aveu qu'elle s'approcha spontanément de lui pour le prendre par les épaules.

– Sven, dis-moi ce qu'il se passe.

D'un coup de manche, le garçon essuya sa bouche puis se redressa.

– Ce n'est rien. J'ai dû manger quelque chose qu'il ne fallait pas. Ça va déjà mieux. Qu'est-ce que tu me disais à propos de Théosa ?

Elka ne fut pas dupe de son changement d'attitude. Sven lui cachait quelque chose, c'était l'évidence. Son désarroi la touchait plus que ce qu'elle aurait pu imaginer. Il était l'ami sûr et solide qui l'avait accompagnée fidèlement dans les pires moments. Elle se rendait compte qu'elle n'envisageait pas l'avenir sans lui. Qu'est-ce qui pouvait bien le perturber au point qu'il n'ose pas lui en parler ? Elle décida de jouer son petit jeu, comme si de rien n'était. Quand viendrait le moment propice, elle tenterait d'en savoir plus.

– Théosa refuse de rentrer chez son père, expliqua-t-elle. Elle refuse aussi d'attendre la nuit. J'ai peur qu'elle parte directement vers le camp de Ragnö.

Tous deux s'enfoncèrent dans la forêt. À peu de distance de là, ils aperçurent Théosa. Échevelée, elle marchait à reculons, entraînant Finna qui la tenait par le bras. Elka se précipita pour l'arrêter.

Sven s'interposa.

– Ça ne sert à rien. Aucun de tes arguments ne fera le poids face à la menace qui pèse sur son fils. La peur qu'elle ressent pour lui devient folie. Même à trois, on ne parviendra pas à la retenir.

Elka soupira. Sven avait raison, la lutte était perdue d'avance. Elle se planta face à Théosa et, les yeux fixés dans les siens, déclara :

– On va aller vers le camp de Ragnö. Une fois là-bas, on restera à distance, pour observer ce qui se passe. Si tu prends la moindre initiative qui nous mette en danger, je n'hésiterai pas à te ligoter et à te bâillonner, pour notre bien à tous. Tu as compris ?

Théosa secoua la tête très vite, pressée de se mettre en route.

Elle respecta scrupuleusement les consignes tout au long du trajet et accepta même de se laisser lier les mains, tenues par une cordelette par Finna, lorsqu'ils s'approchèrent de la plage.

Couchés sur les rochers qui affleuraient la dune, ils observèrent longtemps les allées et venues sur le camp viking. Il n'y avait pas de trace d'enfant. Théosa poussa un gémissement vite interrompu par la main de Sven posée sur sa bouche. Les quatre compagnons se replièrent à l'abri d'un champ de céréales. Des larmes coulaient en silence sur les joues de Théosa.

Finna, le cœur ébranlé, enlaça ses épaules pour la consoler.

– Arrête de pleurer ! dit Elka. Je n'irai pas chercher mon père avant d'avoir fouillé le camp de fond en comble pour lui ramener son fils. Alors, ravale tes larmes et laisse-moi me reposer en attendant que la nuit vienne.

Les yeux de Théosa se levèrent dans sa direction. À nouveau y brillait une petite lueur d'espoir.

*
**

Au deuxième étage du castel, alors que la nuit commençait à tomber, l'un des gardes qui effectuaient les rondes de surveillance resserra ses doigts sur le manche de sa lance. Le frou-frou d'un tissu glissant le long des murs annonçait l'arrivée d'une personne sur le palier. L'homme reconnut Ermangarde sans en être surpris. La châtelaine avait pour habitude d'errer dans les étages avant de se coucher et pendant ses insomnies au milieu de la nuit. Cela faisait bien des années qu'elle n'avait pas dormi plus de trois heures d'affilée.

Ermangarde longea le corridor, éclairant de sa bougie le garde, qui inclina la tête sur son passage. Sans répondre à ce salut silencieux, elle poussa la dernière porte du couloir et s'engouffra dans la pièce.

Elle y venait chaque nuit, et les lieux avaient fini par prendre l'odeur de cire et de mèche brûlée. De nombreux trophées décoraient les murs de ce qui avait été la chambre de son mari : une tête de renard, lèvres retroussées sur les crocs menaçants, celle d'un sanglier aux petits yeux brillants et aux défenses agressives ; d'autres animaux avaient gardé leur corps entier, comme le faucon préféré du maître, plusieurs belettes, et un loup particulièrement grand. Dans un coin de la salle, la silhouette d'un ours évoquait celle d'un homme en embuscade. Par la force de l'habitude, Ermangarde ne se laissait plus prendre au piège.

Elle marcha jusqu'au tableau qui ornait le mur à gauche de la fenêtre close. Son mari y figurait debout, n'offrant qu'un quart de son visage au spectateur. Il tournait presque le dos à sa femme, occupé à contempler ses terres situées en arrière-plan. À voir l'inclinaison de la tête, il observait le sommet de la colline, là où se dressaient les pierres de la ronde des fées.

Sur sa tenue d'apparat, ces mêmes pierres figuraient, brodées au coin inférieur gauche de ses armoiries. Un cercle de petits points noirs entourant une étoile, qu'arboraient tous les hommes de la famille, sur leurs boucliers, leurs armures, leurs étendards mais également sur leur propre corps. Ermangarde se souvenait encore des hurlements interminables de son bébé lorsque son mari le lui avait tatoué sur le haut du bras.

Elle attrapa le médaillon qu'elle portait autour du cou, l'ouvrit, et toucha du bout des doigts la mèche de fin duvet qui s'y trouvait enfermée. Elle songea que si son enfant était encore vivant il devait avoir sa taille d'homme désormais. À quoi pouvait-il bien ressembler ? Le visage d'un bébé ne renseigne pas toujours sur celui de l'adulte qu'il deviendra, d'autant plus quand son souvenir s'est effacé au fil des années.

Comme chaque nuit, Ermangarde traversa la pièce et se pencha au-dessus du berceau de bois. Elle déplia la couverture de laine, dont les trous formés par les mites trahissaient l'ancienneté, la secoua soigneusement, puis la replia pour la reposer à l'identique. Avec sa main, elle glissa l'étoffe entre le matelas et le bois du berceau, comme le ferait une mère pour border son enfant alors que vient la fraîcheur de la nuit.

Mais ce n'était pas un nourrisson prêt à s'endormir qui occupait son esprit. Ermangarde repensait à l'enfant de Bjorn qu'elle avait offert à Ragnö au titre de la rançon sans même lui dire de qui il s'agissait. Elle espérait tirer satisfaction de l'idée qu'il deviendrait esclave parmi les siens. Pourtant, cette vengeance lui laissait un petit goût amer. L'enfant n'avait pas pleuré dans ses bras. Il s'était tu, résigné, comme s'il avait compris qu'elle ne lui serait d'aucune aide. Son silence tournait désormais dans sa tête, telle une mélodie qui lui échappait.

Ermangarde caressa la dentelle fine du voile grisâtre fixé au sommet du berceau. Les villageois la croyaient dure et cruelle. Ils se trompaient, ne voyant d'elle que l'armure de haine dont elle s'était entourée pour survivre à son malheur. Mais que sa haine se fissure, et il n'en sortirait que des larmes.

Elle relâcha le voile de dentelle et serra les poings. Elle n'avait plus le choix que de continuer à être ce qu'elle donnait à voir. À la moindre faiblesse, elle serait attaquée, rejetée, tuée peut-être. Et que feraient les gardes ? Elle ignorait s'ils lui seraient fidèles. Dehors, les quelques soldats sur le qui-vive discutaient à voix basse. D'autres peut-être jouaient encore aux dés, aux cartes. La plupart dormaient, fatigués par leur journée.

Elle leva la tête vers le plafond, dont les intervalles entre les poutres avaient été peints par l'artiste qui avait réalisé le tableau. Deux étages plus haut, Bjorn subissait probablement la même tyrannie des souvenirs, de pensées et de regrets, qui colorait d'un gris sombre chacune des nuits passées loin de sa famille.

Ermangarde grimaça. Cette nuit-là, cette simple idée de savoir Bjorn aussi désespéré qu'elle ne soulageait plus son malheur. Elle se sentait seule. Elle était seule. Pour toujours.

26

La nuit était tombée alors que le soleil se noyait dans l'océan. Ida se sentait fourbue. Elle avait parcouru la distance séparant le couvent de la plage à grands pas, n'hésitant pas à enchaîner les détours pour éviter de croiser les personnes qui marchaient sur la piste. À pied, à cheval ou juchés sur des carrioles, les marchands avançaient l'œil aux aguets. Ils craignaient probablement quelque attaque de maraudeurs attirés par leur chargement. Ida savait qu'elle ne passerait pas inaperçue et qu'elle pourrait être assimilée à une menace.

Elle se sentit soulagée en respirant les embruns venus de la mer. Enfin, elle y était !

Installée sur la branche haute d'un chêne suffisamment élevée pour lui permettre de voir par-dessus la dune qui longeait la petite plage, elle repéra très vite les deux Vikings qui montaient la garde.

Autour du feu, les outres d'alcool étaient sorties. Les marins de l'expédition de Ragnö en emplissaient leurs cornes, les vidant à la ronde en quelques gorgées vite avalées, avant de recommencer.

Ida patienta encore un moment. L'alcool était le meilleur de ses alliés. Il saurait transformer les hommes vifs et attentifs en quelques bestiaux concentrés sur leur boisson.

Ce ne fut qu'une fois à proximité du camp qu'Ida repéra Krill. Il se tenait à l'écart et serait facile à approcher, à condition de déjouer l'attention des gardes.

Elle jeta un caillou loin d'elle, déclenchant aussitôt une vive réaction des deux hommes. Visiblement, ils avaient reçu pour consigne de ne pas boire et s'étaient décidés à la respecter. La nuit n'aidait pas à l'étude du terrain. Ida avait beau plisser les yeux, elle ne repéra pas de coulée entre les rochers ou de zone aux herbes suffisamment hautes pour la protéger des regards.

À défaut de trouver une solution par la terre, elle se déshabilla, forma un ballot avec ses vêtements et s'avança dans la mer. Ragnö avait oublié de poster un garde pour parer les attaques en provenance de l'océan.

L'eau était froide. Ida longea la plage, à la limite de perdre pied, ses habits portés juste au-dessus de la surface. Les vagues venaient lécher son cou avant de libérer ses épaules puis, quelques secondes après, revenaient à l'assaut. La jeune fille rejoignit la plage à la hauteur du *langskip*. Après avoir renfilé ses habits, elle avança courbée en deux et se laissa tomber aux côtés de Krill.

Le borgne sursauta, avant de soupirer de soulagement.

– Enfin ! J'étais inquiet : Ragnö a prévu de lever l'ancre cette nuit, à la prochaine marée. Si tu n'étais pas rentrée…

– Je vais avoir besoin de toi, répondit Ida. Je suis allée au couvent, mais Elka en était repartie. Mais je sais ce qu'elle va faire, comme si je l'entendais penser : elle va vouloir libérer son père. Si je vais au castel, je lui mettrai la main dessus. Il faut que tu m'aides, je ne peux assurer la surveillance du castel à moi toute seule.

– Arrête Ida ! L'envie de vengeance qui te dévore achèvera de te détruire. Tu as déjà sacrifié à Ragnö ta part de butin et plusieurs années de ta vie en esclavage, tu as entaché l'honneur de ton nom… Il est temps de revenir à la raison.

Depuis le plus jeune âge d'Ida, l'homme borgne avait agi avec elle comme un père, toujours présent, se tenant discrètement dans son sillage. Elle ne doutait pas qu'il s'exprimait dans son intérêt. Et une aussi longue tirade, qui ne lui ressemblait pas, trahissait une véritable angoisse à son égard.

– Je ne peux plus me regarder dans un miroir sans me dégoûter moi-même, dit Ida. Si je renonce à ma vengeance, ce ne sera plus seulement mon visage qui me fera grimacer, mais ma couardise.

– Il faut du courage pour renoncer. Bien plus de courage que pour se venger.

– Je ne veux pas renoncer. M'aideras-tu, Krill ?

L'homme soupira et fit un signe de la tête vers le camp. Les occupants fêtaient la victoire. Le coffre du trésor trônait à côté du grand feu qu'ils avaient allumé. Tous buvaient à la ronde, chantaient, riaient. Dans quelques heures, aux premières lueurs de l'aube, ils repartiraient un peu plus loin rançonner un autre village. Cette perspective confortait leur propre estime dans leur capacité à ruser et à rapporter une fortune au pays.

– Ragnö aura besoin de tous ses rameurs. Ils me surveillent. Si je me lève, je n'irai pas bien loin.

– Ils ne t'ont ni ligoté ni assommé.

– Parce que je m'occupais du jeune esclave. Ils n'aiment pas entendre ses pleurs. Je l'avais installé dans le *langskip*, mais tout à l'heure, Ragnö est venu le chercher. Depuis…

Ida perçut alors les cris de l'enfant auxquels elle n'avait pas porté attention jusque-là. Une vague de culpabilité la déstabilisa. L'enfant lui avait fait confiance, et elle l'avait abandonné. Auprès du feu, l'un des hommes menaça de le frapper s'il continuait à pleurer. L'enfant hurla plus fort et la claque que lui assena le Viking le fit rouler sur lui-même. Le geste heurta Ida comme l'aurait fait un coup de fouet sur son propre corps. Elle serra ses mâchoires et ses poings en observant ce qu'il se passait.

L'homme attrapa l'enfant comme on le fait d'un paquetage et le leva au bout de son bras tendu vers le ciel.

– Alors Ragnö, vas-tu enfin nous dire pourquoi tu nous as ramené ça ?

– C'est simple, lui répondit le jeune chef viking en riant, les gens d'ici nous prennent pour des sauvages, alors je me suis dit qu'on pourrait le manger.

L'éclat de rire fut général. L'homme laissa retomber son bras et jeta l'enfant à terre aux pieds de Ragnö.

– Restons sérieux. Le gamin va coûter cher à nourrir avant qu'il soit assez grand pour rapporter quelque chose. On devrait le laisser ici.

Ida avait profité de l'échange pour se rapprocher. Elle se pencha vers l'enfant, qui se précipita dans ses bras, elle essuya la morve qui inondait ses lèvres de sa propre main, qu'elle nettoya sur la tunique du Viking qui avait maltraité l'enfant. L'homme lui arracha presque le bras.

– Bas les pattes, sorcière ! Ne me touche pas !

– Tiens, tiens, te revoilà, Ida, s'étonna Ragnö. J'ai cru que tu avais fui pour éviter de me payer tes dettes.

– J'ai protégé tes arrières, comme je m'y étais engagée.

– Bien sûr. En aurais-tu profité pour trouver celle que tu cherchais ?

Ida haussa les épaules sans répondre. Elle se pencha au-dessus du feu pour arracher un lambeau de viande du cochon rôti que les hommes se partageaient pour la soirée. Elle tendit le morceau à l'enfant, qui se jeta dessus, affamé.

– Vous auriez pu le nourrir, protesta-t-elle.

– À quoi bon ? Il n'aura pas besoin d'avoir le ventre plein pour l'usage auquel je le destine.

Malgré tout l'alcool avalé, les hommes relevèrent la tête, intrigués. Le premier lança une hypothèse :

– Il servira de projectile pour un concours de chute depuis le haut de la colline ?

Les rires se calmèrent à la suggestion suivante :

– Tu veux le transformer en appât pour la pêche ?

– On l'égorgera à la proue du *langskip* pour chasser les mauvais esprits ?

Chacun y allait de sa proposition cruelle pour amuser le groupe.

Ida s'était assise, l'enfant installé entre ses jambes croisées. Elle se réjouissait qu'il ne comprenne pas les paroles des Vikings. Même s'il ne s'agissait que de plaisanteries, il y avait de quoi effrayer un homme d'âge mûr. Alors, pour un enfant… Le petit ne pleurait plus. Il tenait le bord de la tunique d'Ida dans son poing crispé.

– Tu devrais le libérer, Ragnö, intervint Ida, tu n'en tireras rien.

– Au contraire, il va nous être très utile. As-tu une idée de la raison pour laquelle je n'ai pas obtenu davantage d'or dans la rançon ?

Le silence s'installa sur le camp, laissant les crépitements du feu comme seule réponse à la question.

– Pour persuader un peuple de nous verser une rançon, il faut être à la hauteur de notre réputation de cruauté. Un enfant mort fera un excellent moyen d'effrayer les villageois. J'amènerai sa tête au prochain village.

– Un Viking ne tue pas les enfants, rétorqua Ida.

– Cet enfant n'est l'enfant de personne. Je suis viking, et je le tuerai.

– Tu n'as pas le droit ! Il fait partie de la rançon versée par Ermangarde. Il faudrait que tous les membres de l'expédition soient d'accord pour le sacrifier. Ce n'est pas mon cas !

– Tu as raison, Ida, répondit Ragnö d'un ton mielleux et avec un demi-sourire, il faut que tous ceux qui partageront le butin soient d'accord. Mais je te rappelle que tu as renoncé à ta part pour courir derrière ta vengeance, et Krill en a fait autant.

Sa voix prit un ton cérémonieux alors qu'il posait la question :

– Qui s'oppose à ce que je tue l'enfant pour obtenir plus d'or au prochain village ?

Ida observa les visages éclairés par les flammes. Les regards devenaient fuyants. Les hommes restaient muets et immobiles, attendant de voir comment les autres allaient réagir. La perspective d'ôter la vie à un jeune enfant, même s'il était un esclave, les mettait mal à l'aise. Mais Ragnö était leur chef, et la seule personne à s'opposer à son projet était la sorcière. Aucun homme ne se manifesta.

L'enfant lâcha la tunique pour glisser sa main dans celle d'Ida. Avait-il compris que son sort se jouait en ce moment ? La révolte grondait dans l'esprit d'Ida. Elle avait vu des hommes mourir, des femmes être bannies, des esclaves s'effondrer sous les coups, mais toujours pour les punir d'avoir contrevenu à une règle de la société. L'enfant n'avait rien fait. S'en prendre à un innocent incapable de se défendre constituait une injustice contre laquelle Ida ne pouvait s'empêcher de se dresser. Elle s'exprima d'une voix forte :

– Seuls les dieux peuvent disposer de la vie des hommes.

– Ha ! s'esclaffa Ragnö, c'est toi qui dis ça ? Toi qui as poignardé un homme juste parce que sa tête ne revenait pas à ton fiancé ? Toi qui cherches Elka pour la tuer ? Regarde-toi, Ida, tu n'as aucune leçon à nous donner ! Tu es défigurée, tu es fille d'esclave, tu deviendras esclave toi-même à supposer qu'un maître ait suffisamment pitié de toi pour t'acheter. Tu n'auras pas assez d'une vie pour te sauver… Laisse tomber cet enfant et apporte-le moi !

Ida se leva brusquement, lâchant la main de l'enfant.

– Je t'interdis de le toucher !

À son tour, Ragnö se redressa, menaçant. Krill en fit autant et se rapprocha, imité par les marins installés autour du feu. Les mains se crispaient sur les armes, la tension se lisait dans les regards.

Ida tourna les talons, tirant l'enfant derrière elle.

– Ligotez le borgne, ordonna Ragnö d'une voix suffisamment forte pour qu'Ida l'entende, si la sorcière ne revient pas, c'est lui qui fera son temps d'esclavage à sa place… À condition que je daigne le laisser vivre jusque-là !

Les hommes s'exécutèrent sans que Krill n'oppose de résistance. Une seule chose lui importait : Ida. Une fois ses chevilles et poignets liés, un des marins lui faucha les deux jambes d'un coup de pied. Le borgne tomba lourdement à terre, sans un cri. Bientôt, tout le monde s'était réinstallé autour du foyer. Les conversations et les tours d'alcool réchauffèrent l'assemblée. Les blagues et les rires fusaient.

Seul Krill restait silencieux. Ida, sa fille de cœur, s'était montrée telle qu'il la connaissait : inflexible. Mais privée de ses charmes, elle ne pouvait plus dissimuler sa vraie nature derrière des manœuvres de séduction. Pour survivre, il ne lui restait qu'une solution, partir et ne jamais revenir. Dans le secret de son âme, Krill pria les dieux pour qu'il en soit ainsi.

27

Ida écrasait la main de l'enfant dans la sienne en martelant rageusement le sol. Comment avait-elle pu être assez stupide pour défendre ce gamin ? Cet enfant n'était rien pour elle ! À cause de sa mièvrerie, elle devrait désormais accomplir sa vengeance sans l'aide de Krill. Et celui-ci risquait d'être réduit en esclavage à sa place !

Arrivée près du *langskip*, elle souleva l'enfant par-dessus bord et l'installa à l'intérieur contre la coque.

– Tu restes là !

Le ton n'appelait pas la contestation. Malgré l'obscurité l'enfant se recroquevilla aussitôt à l'endroit indiqué.

Ida s'en alla pendant qu'elle en avait encore le courage. Elle marcha à grandes enjambées vers la dune d'herbes et de roches qui séparait la plage des terres et des champs. Malgré ses efforts pour s'en abstraire, une pensée obsédante neutralisait sa capacité à réfléchir au meilleur moyen de trouver Elka. Elle avait abandonné l'enfant. Ragnö remettrait la main sur lui dès que les marins auraient fini de cuver leur vin. Elle l'avait condamné à mort.

Elle obliqua à travers champs pour rejoindre la piste. La pénombre ne facilitait pas son orientation, mais le bruit de l'océan lui permettait de se situer. Elle espérait atteindre le castel sans se perdre. Le sommet de la ronde des fées formait une masse légèrement plus sombre qui la guiderait lorsque l'océan serait trop loin pour qu'elle l'entende. Il lui semblait que le bruit du vent venu des hauteurs lui murmurait :

– L'enfant… l'enfant… l'enfant…

Ida posa ses mains contre ses oreilles et allongea encore le pas. Les pierres qui la faisaient trébucher ne suffirent pas à la ralentir. Elle courait plus qu'elle ne marchait. Elle ne vit pas le fossé peu profond et envahi d'herbes sauvages, qui séparait le champ de la piste. Un faux pas, et elle se retrouva agenouillée sur le sol humide.

Sa main empoigna une motte de terre souple, parsemée de petits cailloux. Ida la lança contre le bord du talus avec un gémissement de rage. Elle en prit une deuxième et recommença, trois fois, cinq fois, dix fois, sans réussir à se calmer.

Les mâchoires comprimées l'une contre l'autre, elle escalada les parois de terre meuble et se remit en chemin. Non, elle n'abandonnerait pas l'enfant. Non, elle ne laisserait pas Ragnö lui faire du mal. Dans son dos, le vent caressa la colline de la ronde des fées avec la douceur d'un flocon de neige. Ida revenait sur ses pas. Elle retournait vers le camp des Vikings.

Elka courut courbée sur une dizaine de mètres et se laissa à nouveau tomber, à plat ventre sur le sol. D'un mouvement instinctif, elle tourna la tête vers l'arrière. Mais la nuit était là et l'obscurité l'empêchait de voir Sven devant le bosquet où elle l'avait laissé. Elle supposa qu'il était toujours là-bas, en bordure de la lande, guettant son retour.

Il n'avait pas été simple de le convaincre de ne pas l'accompagner. Elka secoua la tête en y repensant. Sven avait beau ne plus être son esclave, il conservait cette manie de se croire indispensable. Son attitude devenait bizarre depuis quelque temps. Elle avait finalement obtenu de tenter sa chance en premier, Sven se tenant prêt à venir à la rescousse au cas où quelque chose tournerait mal.

Finna et Théosa attendaient dans la forêt. Au grand soulagement d'Elka, Théosa avait fini par sombrer dans un sommeil agité, ce qui avait permis à la jeune Viking de s'éclipser discrètement. Le plan était très simple : infiltrer le camp viking en comptant sur l'état d'ébriété des marins pour ne pas être repérée, rechercher le fils de Théosa, et le ramener à sa mère. Il restait à savoir si Gaïle était toujours entre les mains de Ragnö…

Elka s'appuya sur ses mains et redressa son buste. Elle distinguait des silhouettes autour du feu et le bruit de conversations et de rires parvenait jusqu'à elle, mêlé à celui des vagues de l'océan. Elle courut une vingtaine de mètres supplémentaires et s'aplatit à terre. Personne n'avait bougé, pas même l'homme, assis sur un rocher à hauteur du *langskip*, chargé de la protection du camp.

Elle poursuivit son avancée, mais hésita longuement à traverser l'espace découvert surveillé par le garde. Elle finit par opter pour un grand détour l'obligeant à grimper sur le mur rocailleux qui encadrait la baie. La pierre humide ne facilitait pas sa progression et les pointes rocheuses acérées n'épargnaient pas sa peau. Elka réussit cependant à franchir l'obstacle et se trouva là où les vagues recouvraient les galets, à l'extrémité de la plage. Toujours penchée, elle continua, tous ses sens aux aguets, et se coula sous le bord du *langskip*. La lumière que le feu projetait alentour risquait de la dévoiler. Il lui fallait redoubler de prudence.

Mais ce qui l'inquiétait davantage se résumait à une simple question : où aller ? Gaïle se trouvait là, quelque part, mais Elka n'en voyait pas la trace. Contrairement à ce qu'elle avait affirmé à Théosa, elle savait qu'elle serait repérée à la première seconde où elle tenterait de se mêler aux hommes sur la plage.

Elle sursauta brusquement en entendant babiller un enfant, si près qu'il lui semblait sentir son souffle sur sa joue. Un piège ! Un enfant terrorisé ne gazouillerait pas ainsi. La voix était étonnamment claire, trop pour être crédible. S'il ne s'agissait pas d'un piège, alors c'était une illusion. Se pourrait-il que les fées… Elka avait écouté tant de récits de scalde, dans lesquels les fées menaient les hommes à leur perte dans le seul objectif de se venger des dieux, qu'elle recula silencieusement, veillant à ne pas faire crisser les galets sous ses pas.

Une inflexion dans la voix retint son attention. Le babillage devenait mélodieux, un enchaînement de notes qu'elle reconnaissait pour avoir souvent entendu son père le lui chanter. Elka se figea. Les fées de ce pays ne chanteraient pas une berceuse viking. La voix devenait murmure, tandis qu'Elka revenait sur ses pas, le cœur battant, et s'approchait du *langskip*.

– Gaïle ?

Une minuscule silhouette émergea de dessous un banc de rame.

– Gaïle, c'est toi ?

L'enfant se redressa, son visage à quelques centimètres de celui d'Elka.

– Viens, bonhomme ! Je suis venue te chercher.

Sans un mot, le garçon enlaça son cou et se laissa emporter.

Elka courait, penchée vers l'avant, les muscles du dos tendus pour résister au poids de l'enfant qu'elle serrait dans ses bras. Elle s'orienta vers le bosquet où elle avait laissé Sven. Une silhouette l'accueillit avec ces mots :

– Je me doutais que tu finirais par revenir chercher ton esclave.

– Ida ?

Elka avait reconnu la voix de la fille d'Ingvald, mais la nuit l'empêchait d'identifier son visage.

– Ça fait des semaines que je te piste, dit Ida, redresse-toi que je te voie bien avant de te tuer.

Elka se releva, dévoilant la présence de Gaïle.

– Pose l'enfant, ordonna Ida, j'ai attendu ma vengeance trop longtemps pour patienter davantage.

– Où est Sven ?

– Je l'ai aidé à s'endormir un peu plus loin. Maintenant, pose l'enfant, on va se battre.

– Qu'est-ce que tu lui as fait ? Est-ce qu'il va bien ?

– Pose l'enfant et bats-toi !

– Je dois emmener Gaïle, lui répondit Elka, si je le laisse ici, Ragnö en fera un esclave, ou pire, il s'en débarrassera.

– Et alors ? Depuis quand tu te préoccupes d'autre chose que de ton nombril ?

– C'est le fils de mon père.

Elle tenait Gaïle serré dans ses bras, décidée à ne pas céder. Ida s'approcha jusqu'à presque la toucher. Elka retint sa respiration au moment où elle distingua ses traits. Elle tendit sa main vers la peau parcheminée.

– C'est la brûlure que…

Ida frappa son bras violemment pour l'écarter.

– Ne me touche pas ! Tu m'as volé ma beauté, tu m'as volé ma vie, tu me l'as même volé, lui.

Elle désigna l'enfant d'un coup de menton.

– Maintenant, tu dois payer.

La haine qui résonnait dans ses paroles rendit soudain la menace concrète. Elka comprit qu'Ida exigeait réellement un combat à mort.

– Tu es tombée dans la fosse à feu en m'attaquant, Ida, je n'y suis pour…

– Tais-toi ! Pose l'enfant, et bats-toi !

Ida avait élevé la voix. Pourtant, les gardes ne l'entendirent pas. Sur le camp, les hommes semblaient avoir franchi un autre palier dans leur ivresse. Ils s'interpellaient en criant, s'invectivaient et s'insultaient. Ils se défiaient pour des combats à mains nues dont les vainqueurs ressortiraient auréolés de gloire.

Profitant de la situation, Ida sortit le poignard qu'elle portait glissé dans son dos. Une nouvelle fois, Elka écarquilla les yeux, hésitant à en reconnaître les gravures malgré la pénombre.

– C'est le poignard de mon père ! Où l'as-tu pris ?

– Pose cet enfant, sors ton arme et bats-toi !

Elka jeta un œil vers le camp. Les échauffourées avaient commencé. Il n'y avait plus de temps à perdre. Le cœur battant, elle hésitait sur la conduite à tenir. Une petite voix lui susurrait qu'Ida l'avait provoquée et qu'une Viking ne fuit pas l'affrontement, question d'honneur.

Que lui importait d'abandonner Gaïle ? Si elle mourait, elle n'aurait plus besoin de lui pour convaincre son père de rentrer au pays.

Elle s'agenouilla pour le poser à terre, mais Gaïle ne se laissait pas faire. Ses mains accrochées l'une à l'autre autour du cou d'Elka refusaient de céder. Elle dut l'obliger à les détacher.

– Sois sage, garçon, assieds-toi là, et n'en bouge pas.

Ida se tenait déjà en position d'attaque quand Elka prit place devant elle. Les deux adversaires pointaient leurs lames vers l'avant, prêtes à tendre le bras pour asséner un coup fatal. Elles s'évaluaient du regard en esquissant quelques pas, telle une danse destinée aux dieux.

Aucune ne porta attention à Gaïle qui se releva en silence et marcha vers elles. Lorsque Ida bondit sur Elka, il s'interposa. Elle n'eut pas le temps de retenir son mouvement. La lame entama le crâne de l'enfant, y laissant un sillon de sang.

Elka lâcha son arme et le prit dans ses bras.

– Gaïle ! Pourquoi tu as fait ça, petit ? Gaïle, réponds-moi !

Dans sa voix résonnait l'urgence de celle qui veut empêcher un homme de partir vers un autre monde. Des frissons glacés parcouraient son corps tout entier. Ses poumons refusaient de s'emplir et de se vider. Elle tentait d'inspirer, d'expirer, en une mélodie de sanglots intérieurs. L'enfant ne lui répondait pas.

La vérité lui donna envie de hurler. Comme tout semblait clair désormais ! Gaïle n'était pas qu'un outil pour lui permettre d'honorer sa promesse. Il n'était pas que le garçon qui l'avait remplacée dans le cœur de son père. Il était aussi son frère. Un frère qu'elle avait refusé de protéger.

Un cri de désespoir jaillit dans la nuit. Elka mit quelques secondes à réaliser que c'était elle qui criait.

Depuis le camp, la réaction ne tarda pas. Au milieu des ricanements des bagarreurs, la voix égrillarde de Ragnö appela dans la nuit.

– Ida ! C'est toi qui gueules comme ça ? Reviens vite, je veux jouer à la poupée avec toi !

Des rires appuyèrent sa demande, sans qu'Ida ne réagisse.

Cette dernière se tenait debout, le regard fixé sur l'enfant évanoui.

– Est-ce qu'il…

– Il vit, répondit Elka, et je dois le mettre à l'abri. C'est mon frère, tu comprends, c'est mon frère.

Entendre ses propres mots affermit sa décision.

– Ne me tourne pas le dos, lui conseilla Ida. Si tu refuses de faire honneur à ton sang viking, je serai en droit de te poignarder dans ta fuite, comme mon père l'a fait pour le tien.

– Je dois mettre Gaïle à l'abri, répéta-t-elle.

Ida trembla de rage, sa main crispée sur le poignard. Elle ne laisserait pas Elka s'enfuir ainsi. Elle leva la main, prête à frapper. L'enfant commença alors à babiller. Il avait repris connaissance.

Ida laissa sa main retomber. L'innocent gazouillement de l'enfant brisait la vague de haine qui l'habitait.

– Je te suivrai, Elka, je ne te quitterai pas. Et dès que cet enfant sera à l'abri, nous réglerons nos comptes.

À quelques mètres de là, Sven se redressait en frottant sa tête avec force gémissements. Ida l'avait frappé d'un coup de bâton par-derrière lorsqu'elle l'avait surpris en revenant vers le camp.

– Viens ! lui ordonna Elka sans même s'inquiéter de sa santé.

Sven s'apprêta à protester, mais n'en fit rien. Il venait de voir les traînées sombres qui coulaient sur le visage de Gaïle. Malgré l'obscurité, il comprit que l'enfant était blessé.

– Qu'est-ce qu'il s'est passé ?

Il pointa son menton en direction du camp.

– Et qu'est-ce qu'ils font là-bas ?

Puis, il se tourna vers Ida.

– Et c'est qui celle-là...

Il s'interrompit en découvrant son visage, surpris de reconnaître Ida autant que de constater les dégâts que le feu avait occasionnés sur elle.

Ida s'approcha tout près de lui et, d'un ton provocant, lui demanda :

– Je ne te plais pas, esclave ?

Sven n'eut pas le loisir de répondre. Ida se retourna brusquement en entendant un hurlement de douleur venu du camp.

– Krill ! hurla-t-elle en identifiant la voix de son vieux compagnon de route.

Elka et Sven échangèrent un regard muet. Sans plus s'occuper d'eux, Ida se précipitait vers le camp. Quelque chose avait dû se passer, quelque chose de grave. Car le camp était devenu subitement très calme, enfermé dans l'un de ces silences de mauvais augure.

Sven ôta sa tunique, entoura la tête de Gaïle avec et le prit dans les bras. Elka et lui se dirigèrent aussi vite qu'il leur était possible vers la forêt où les attendaient Finna et Théosa. Quoi qu'il se soit passé au camp, mieux valait fuir sans traîner.

Au même moment, Ida surgit dans la lumière du feu de camp des Vikings. Elle s'immobilisa, sans parvenir à croiser le regard d'un des marins. Ils fuyaient la confrontation. Les hommes, silencieux, entouraient Ragnö qui se tenait debout au-dessus de Krill, un couteau ensanglanté à la main.

– Il l'a bien cherché ! se défendit le jeune chef d'expédition.

Ida se jeta à genoux à côté de celui qu'elle considérait comme un père.

– Krill, il t'a blessé ?

Le borgne, encore ligoté, se tenait recroquevillé sur la plaie que Ragnö lui avait infligée au niveau du ventre. La blessure avait dégrisé tous les marins. Beaucoup d'entre eux connaissaient Krill depuis leur naissance. D'autres avaient partagé des expéditions avec lui. Même si son alliance avec Ida le plaçait du mauvais côté du pouvoir, le voir frappé alors qu'il était incapable de se défendre créait une atmosphère de sidération.

Ida prit Krill dans ses bras.

– Qu'est-ce qu'il s'est passé ? exigea-t-elle de savoir.

L'un des hommes fit un pas vers elle tandis qu'elle cisaillait les liens de Krill.

– Il a dit à Ragnö que les vrais Vikings ne s'attaquaient pas aux enfants. Il a dit que c'était la seule raison pour laquelle il n'avait pas frappé Ragnö depuis tout ce temps, parce qu'il n'était qu'un gamin. Alors, Ragnö a dit que les gamins aimaient bien jouer à la poupée, et qu'il allait lui montrer comme il savait bien jouer à la poupée. Et il t'a appelée. Tu n'es pas venue et il l'a frappé.

Ida, la bouche déformée par une grimace de dégoût, se retourna vers Ragnö.

– Tu as frappé un homme ligoté ?

– Il m'a insulté !

– Vous buviez… vous buviez tous… cite-moi un seul homme que tu n'as pas insulté pendant une veillée ! Et pourtant, aucun d'entre eux ne t'a poignardé !

Ragnö frappa Ida sur sa joue brûlée.

– Tais-toi, sorcière… Tais-toi où je t'en fais autant !

Ida bascula au sol sous la violence du choc. Krill en profita pour lui chuchoter :

– Pars ! Ragnö est fou. Va-t'en !

Ida secoua la tête. Elka pouvait bien lui échapper. Sa vengeance n'avait soudain plus aucune importance. La haine était reléguée à l'arrière-plan par un sentiment bien plus puissant. Elle aimait Krill comme on aime un père. Une seule chose comptait désormais : sauver sa vie.

28

Les braises rougeoyaient dans l'âtre de la petite maison sans que personne ne songe à rajouter une bûche. Une heure auparavant, après s'être tourné et retourné dans son lit, Tual avait renoncé à s'endormir et avait quitté sa chambre. Il avait eu la surprise de découvrir Olof, assis à cheval sur un petit banc, penché sur une sculpture de bois. Le vieil homme avait relancé le feu puis s'était installé sur une chaise près du foyer. Tous deux n'avaient pas échangé un mot. Depuis, Tual enchaînait des périodes de somnolence avec des phases de réflexion durant lesquelles il ruminait le malheur qui s'était abattu sur sa famille. À force de travail, il avait réussi à consolider le toit de la maison, à creuser un puits tout proche. Bêtes et hommes ne souffraient pas de la famine. Il avait même pu dépenser de l'argent au-delà des stricts besoins vitaux pour acheter du tissu afin de coudre des robes et des chemises. Ses filles avaient tout pour être heureuses, ici. Jusqu'à ce que ce monstre de Viking débarque et fasse tourner la tête de sa petite Théosa. Et maintenant, Gaïle, son innocent petit-fils, était menacé.

Aboelle avait interrompu le fil de ses pensées en se redressant de la paillasse sur laquelle elle s'était allongée. Son visage couvert d'hématomes faisait grimacer son père. Elle non plus ne parvenait pas à dormir. Elle rajouta de l'eau dans la marmite accrochée à la crémaillère et nourrit le feu. Quand l'eau frémit, elle en emplit la bouilloire et y plongea une poignée de feuilles de tilleul séchées. Une fois prête, elle versa la tisane dans trois bols, qu'elle agrémenta d'une cuillerée de miel.

– Tenez, dit-elle en plaçant un bol dans les mains des deux hommes, buvez.

Elle-même tira une autre chaise devant la cheminée pour siroter sa boisson.

Depuis qu'elle s'était levée, Olof ne l'avait pas quittée des yeux. Le grand sourire qui illuminait son visage s'élargit encore lorsqu'il attrapa le bol. Il but le liquide bouillant en quelques gorgées, posa le récipient vide à terre et reprit sa gouge en main.

Il caressa le manche de bois de l'outil poli par l'usage et appuya légèrement la pulpe de son pouce au bout de la tige de métal.

– C'est mon grand-père qui me l'a donné, dit-il. C'est un bon outil. Grand-père disait qu'avec un bon outil je ferais de belles choses. Qu'il savait que je ferais de belles choses.

– Je suis certaine qu'il avait raison, répondit Aboelle d'une voix douce.

Olof hocha la tête et reprit sa sculpture. À ses pieds s'amoncelaient écorces et copeaux de bois. La bûche qu'il avait choisie se transformait sous ses doigts sans qu'il ne soit encore possible de reconnaître ce qu'il sculptait.

– J'ai tellement peur… murmura la jeune femme.

Tual releva les yeux vers elle. Il connaissait trop cette même peur pour parvenir à la rassurer.

– Elka a dit qu'elle les sauverait. Elka les sauvera, répondit Olof.

Aboelle aurait aimé avoir la même confiance aveugle qu'Olof avait en sa sœur. Mais le doute la taraudait. Il n'y avait rien de pire que de savoir Théosa et Gaïle menacés sans pouvoir agir.

Une demi-heure passa ainsi. L'inquiétude continuait à étreindre Aboelle, mais la jeune femme trouvait un étrange apaisement à regarder Olof travailler. Ses mains larges et puissantes s'activaient avec précision en des mouvements calmes et maîtrisés. La répétition des gestes s'apparentait à une ritournelle, leur régularité, à une prière.

Le calme de la pièce fut soudain fracassé par l'arrivée de Théosa, suivie d'Elka, Sven et Finna. Théosa portait Gaïle dans les bras, et sans même un regard pour Tual et Aboelle, elle l'installa sur la table. Elle arracha le fichu qu'elle portait sur la tête et en plongea un coin dans le seau d'eau. Déroulant délicatement la tunique de Sven, elle mit à nu la tête de son fils tandis qu'il émergeait doucement de sa somnolence.

Aboelle s'approcha aussitôt pour lui prêter main-forte, l'aider à nettoyer la plaie.

Tual n'avait pas bougé. Bouche bée, il ne détachait pas son regard de sa fille aînée. Il finit par murmurer :

– Tes beaux cheveux… Elles t'ont rasée… Elles ont osé te faire ça !

Théosa sembla enfin prendre conscience de son existence. Avec l'aide d'Aboelle, elle avait nettoyé le sang. La blessure n'était que superficielle. Elle leva la tête vers son père :

– Les cheveux, ce n'est rien, père. Elles n'ont pas eu l'essentiel.

Mais Tual ne l'écoutait pas. Il secouait la tête de gauche à droite, le regard fixé sur le crâne chauve de sa fille, comme s'il refusait de croire ce qu'il voyait.

Ce ne fut que lorsque Gaïle reprit connaissance qu'il sortit enfin de cet état second. L'enfant se frotta les yeux, puis tendit ses mains vers sa mère.

Les yeux humides, Théosa le serra contre elle. Son fils ne l'avait pas oubliée. Son geste déclencha un sursaut d'angoisse chez Tual.

– Il ne faut pas rester là ! C'est ici que les gardes viendront nous chercher, ou les villageois, ou même les Vikings. Il faut partir se cacher.

– As-tu peur ? demanda Olof.

– Oui, j'ai peur. Je croyais être pauvre mais j'ai deux filles, j'ai un petit-fils, et j'ai peur de perdre ce trésor.

– Il y a la maison cassée dans la forêt, répondit Olof.

– Cette ruine ? Elle est dangereuse, il y a des loups qui traînent autour.

– La louve me connaît, elle ne nous fera rien.

– Qu'en sais-tu ?

– Je sais entendre ce que les animaux nous disent. La louve ne nous fera rien.

Olof se leva du banc et posa le morceau de bois sculpté sur le bord de la fenêtre. Tual reconnut la tête de son vieux cheval, façonnée par les doigts agiles du grand Viking. Bizarrement, il croyait ce qu'Olof lui disait. Le Viking savait comprendre les animaux, comme il savait montrer leur âme au travers d'un simple bout de bois. Cet homme était différent des autres, à bien des égards. Et ce qu'il en voyait lui plaisait.

– D'accord, dit Tual.

Elka, Sven et Finna déclinèrent l'invitation. Une partie de la nuit s'était déjà écoulée et il ne restait que peu de temps d'obscurité pour aller au castel tenter de libérer Bjorn. Tous trois avaient commencé leurs préparatifs. Finna avait récupéré une couverture de fourrure que Sven imbibait d'huile provenant des réservoirs des lampes. La pièce se trouva bientôt empuantie par l'odeur de poisson. Tual n'était pas assez riche pour acheter de quoi s'éclairer. Il utilisait ce que l'océan lui offrait.

Elka récapitulait le plan des heures à venir.

– Ne sortez pas de la forêt tant qu'on est au castel. Il nous reste vingt-quatre heures avant l'arrivée du *langskip*. Nous nous retrouverons à la tombée de la nuit sur la plage… En espérant que Ragnö aura déguerpi d'ici là. Si nous ne sommes pas là, ne nous attendez pas. Embarquez, et fuyez. Tu as compris, Olof ?

Le géant hocha gravement la tête.

– Oui, tu vas libérer papa Bjorn et tu reviens. Moi, j'emmène les gentils au capitaine Ketil.

– C'est ça. Et tu ne nous attends pas. Quoi qu'il se passe, on se débrouillera !

Aboelle lava le linge utilisé pour nettoyer la plaie de Gaïle tandis que sa sœur terminait le pansement. Elle fronçait les sourcils en une mimique inquiète.

– Qui viendra à ta rescousse, Elka, si tu te fais prendre et que nous partions sans vous attendre ?

– Ne t'inquiète pas pour ça, répondit la Viking.

Sven releva sa manche et fit jouer les discrets muscles de son bras.

– Mais oui, je suis là pour ça ! Avec tous ces muscles, la garde entière de la châtelaine n'y suffira pas !

La plaisanterie arracha un sourire à l'assemblée et mit fin à l'échange.

Elka le remercia d'un regard admiratif. Sven avait su trouver comment répondre, sans dramatiser.

Désormais tout à fait conscient, Gaïle descendit de la table et esquissa quelques pas hésitants avant de retrouver son équilibre.

Lorsque le groupe quitta la maison il refusa d'être porté et glissa sa main dans celle d'Olof pour avancer.

Tual sortit le dernier et se dirigea vers la grange.

– Où vas-tu, père ? demanda Aboelle.

– Je dois traire la vache. Et tout à l'heure, je la sortirai pour la laisser paître.

Les deux sœurs échangèrent un regard. Malgré tout ce qui avait été dit, Tual semblait ne pas comprendre qu'il s'apprêtait à quitter les lieux pour toujours.

– Nous allons libérer la vache, et ton cheval.

– Le cheval a une plaie à l'encolure. Il faut l'enduire de sève de chêne tous les soirs. Il faut penser à…

Un profond désarroi saisit tout à coup le vieil homme tandis qu'il prenait conscience de ce qu'il s'apprêtait à faire. Il retourna sur ses pas, ouvrit la porte de la petite maison désormais vide de ses occupants.

– Qui s'occupera des semailles ? Et les pommes ? Qui ira les ramasser et les presser si je ne suis pas là ?

Aboelle entoura ses épaules de son bras sans répondre. Des larmes silencieuses coulaient sur les joues ridées de son père.

– C'est chez moi, ici.

Tual portait un nouveau regard sur ces lieux qui l'avaient vu naître, grandir et fonder une famille. Il pensait à cette vie qu'il croyait immuable. Et pourtant l'endroit resterait probablement vide à jamais. La nature recouvrirait les bâtiments de broussailles puis d'arbres. Bientôt, il n'y aurait plus ici que des ruines abandonnées, comme une ultime trace de son existence.

Le cœur serré, il referma la porte, la claquant contre le chambranle. Puis, il traversa la cour d'un pas déterminé et libéra les bêtes.

Le groupe se sépara en chuchotant. La nuit était calme et leur donnait le sentiment que la terre entière pouvait les entendre. Ils se mirent en marche, vers la forêt pour Tual, sa famille et Olof, vers le castel pour les autres. Dans la cour il ne restait que la vache et le cheval, surpris d'avoir été tirés de la grange alors que l'aube ne se dessinait pas encore dans le ciel obscurci de la nuit.

Une fois à l'abri des arbres, Gaïle demanda à être porté par sa mère. Olof prit la main d'Aboelle dans la sienne.

– Quand tu étais loin de moi, il me manquait un morceau.

Aboelle tourna son visage souriant vers le Viking.

– Moi aussi, Olof, tu m'as manqué.

– Je veux que tu sois avec moi.

– Je le veux aussi.

– Je veux que tu sois avec moi toute la vie.

– Je le veux aussi. Toute la vie.

Stupéfait, Olof s'immobilisa. Il n'était pas certain d'avoir bien compris, et l'espoir qu'Aboelle accepte de se marier avec lui faisait battre son cœur proche de l'explosion.

– C'est vrai ?

Aboelle leva la tête vers lui et lui confirma sa réponse d'un baiser.

La joie d'Olof se manifesta aussitôt. Il se mit à danser entre les arbres, avec la spontanéité d'un enfant. Gaïle s'agita dans les bras de sa mère jusqu'à ce qu'elle accepte de le poser à terre. Il courut vers Olof, attrapa la main que le Viking lui tendait, et dansa avec lui.

Aboelle serra la main de sa sœur dans la sienne.

En cette seconde, plus rien ne comptait que l'homme géant et le petit garçon qui dansaient, tels des créatures façonnées par les dieux pour enchanter le monde des hommes.

En cette seconde, Aboelle et Théosa se sentaient heureuses.

29

Sven et Elka marchaient en ligne derrière Finna. Leurs visages noircis par de la cendre se fondaient dans l'obscurité de la nuit. Pour une fois, la scalde avait pris la tête du petit groupe. Elka devait conserver ses forces et son énergie pour l'opération d'évasion. Finna assurait donc la surveillance de leur progression, veillant à détecter d'éventuelles présences humaines ou des obstacles imprévus. Sven protégeait leurs arrières et portait les cordes, le grappin et deux longs pieux taillés en pointe qu'ils avaient pris dans la grange de Tual.

À mi-chemin, Elka trébucha sur une pierre. Sven se précipita pour l'aider à se relever en lui attrapant le bras. Elle le repoussa brutalement.

– Eh, protesta-t-il, je veux seulement t'aider.

– Mais je n'ai pas besoin de toi.

La réponse avait jailli avec la fulgurance de la spontanéité.

– Tu n'as peut-être pas besoin de moi, rétorqua-t-il, mais moi j'ai besoin de toi. Alors, laisse-moi t'aider.

Elle se releva sans saisir la main qu'il lui tendait.

Les trois compagnons reprirent leur progression. Sven avait la gorge serrée. Elka repoussait chacun des gestes qui les rapprochaient, même les plus anodins. Et pourtant, Sven ne pouvait s'empêcher d'avoir envie d'être à ses côtés, de la toucher. Il avait pris conscience de la place qu'Elka occupait dans sa vie d'aujourd'hui et dans celle, espérée, de demain. Mais à mesure que ses sentiments faisaient jour, Elka s'éloignait, sans même qu'il ne lui en ait parlé. Il ne comprenait pas pourquoi elle le rejetait ainsi.

Leur marche se déroula en silence, sans encombre jusqu'aux remparts du castel. Les gardes discutaient entre eux et ils n'eurent pas de mal à déjouer leur attention. Ils se collèrent presque à la palissade pour y installer leur matériel. D'un coup de poignard, Elka forma une fente dans la fourrure imprégnée d'huile et y glissa sa tête. Après quoi, Sven l'aida à enrouler autour de sa taille la corde avec le grappin que Théosa avait volé au castel et qu'il avait récupéré dans le sous-bois.

Enfin, ils édifièrent un amoncellement de bois sec et de paille à distance, à gauche de la double porte du rempart.

La phase la plus longue de leurs préparatifs consista à planter les deux pieux de part et d'autre de la porte du rempart. Il était impossible de taper dessus à coups de masse sans se faire repérer.

Ce fut donc à la main que Finna et Sven creusèrent jusqu'à obtenir deux trous étroits suffisamment profonds pour que les piquets y résistent à une forte pression.

Quand ils eurent terminé, Finna s'éloigna et se dissimula dans une haie voisine. Elka se positionna à droite de la porte. Sven alluma le tas de brindilles et s'esquiva aussitôt.

Très vite, le feu prit de l'ampleur et les gardes donnèrent l'alerte. Dès que les premiers hommes sortirent constater les dégâts, Elka en profita pour se glisser dans la cour. Sans perdre une seconde, elle la traversa en longeant les bâtiments jusqu'aux douves. Sa fourrure serrée autour d'elle leurrait l'odorat des chiens. Ces derniers s'agitaient, aboyaient, mais les hommes attribuèrent ces réactions de nervosité à la présence toute proche d'un feu. Elka se glissa alors dans l'eau, sans bruit, et traversa cette eau croupie jusqu'au pied du donjon. D'une main, elle s'assura que la corde était bien accrochée autour de sa taille. Et malgré le poids du cordage mouillé, presque équivalent à la moitié du sien, elle entreprit l'escalade de la tour.

Les premiers mètres, sur la partie de pierre, ne lui causèrent pas de difficultés. Les prises nombreuses facilitaient l'ascension. Il en alla tout autrement lorsqu'elle atteignit les étages formés par des planches de bois. Des échardes lui déchiraient la peau tandis que ses pieds dérapaient sur les surfaces usées par les pluies. Pourtant, elle ne douta pas qu'elle arriverait au sommet, portée par une nécessité qui la dépassait. Après avoir libéré Aboelle et Gaïle, elle en ferait autant pour son père et les ramènerait tous trois au pays. Alors, elle aurait rempli ses obligations et elle ne devrait plus rien à cette famille. Elle pourrait enfin vivre comme elle en avait envie, libre.

Juchés en haut d'un arbre situé dans la forêt voisine, Sven et Finna la suivaient du regard avec difficulté. Ils tentaient de ne pas perdre des yeux la sombre silhouette d'Elka qui se fondait dans la couleur foncée du bois. À chaque instant de sa progression, Sven tressaillait tant il appréhendait de la voir tomber. Lorsque la grimpeuse arriva à l'aplomb de la fenêtre, Finna retint son souffle. Cette phase de l'escalade s'annonçait comme la plus périlleuse. La scalde fut soulagée de voir la facilité avec laquelle Elka se rétablit sur l'appui de la fenêtre. À n'en point douter, l'un des prisonniers l'avait aidée.

Finna se concentra sur les émotions qu'elle venait de ressentir, réjouie à l'idée de bientôt pouvoir les partager avec un auditoire attentif. Inquiétude, angoisse, soulagement… à croire qu'Elka s'ingéniait à faire de sa vie une saga sans ellipse ! Durant un court moment, Finna songea avec amertume à l'injustice de la situation : Elka avait sa vie propre, tandis qu'elle, la scalde, devait se contenter de grappiller les émotions des autres pour colorer la sienne. Elle se reprit rapidement. Ce n'était pas le moment de penser à tout ça.

À côté d'elle, Sven déglutit bruyamment. Il n'avait qu'une crainte : qu'Ermangarde se montre pour empêcher l'évasion. Que ferait-il, alors ? Se sentait-il prêt à lutter contre sa propre mère ? Cette idée le rendait malade. Les jambes serrées autour de la branche sur laquelle il s'était assis, il pensa à son père. Pour une fois, il aurait aimé que les légendes vikings soient vraies. Il aurait aimé que son père puisse revenir du royaume des morts pour aider Ermangarde à retrouver la raison. Mais il savait que ce n'était pas possible.

Accrochée du bout des doigts aux planches de bois mal équarries, Elka n'osait pas détacher l'une de ses mains pour attraper le bas de la fenêtre. C'est alors qu'une poigne solide s'arrima à son bras et commença à la soulever vers l'ouverture. Elka accompagna aussitôt le mouvement et se retrouva très vite debout dans la cellule.

Son père relâcha son emprise et lui sourit.

– Alors, comme ça, tu as réussi ? Tu es une digne fille du lignage… Et pour mon fils ?

– Si tu veux parler de Gaïle, il est avec sa mère, prêt à embarquer sur le *langskip* qui s'échouera demain soir sur la plage.

Le sourire de Bjorn s'élargit tandis qu'Elka ressentit une pointe de jalousie. Elle ne s'appesantit pas davantage.

– J'ai une corde, dit-elle. Il faut y aller, maintenant.

Aidés par Baudoin, ils coincèrent les barres métalliques qui faisaient office de grappin entre les poutres du sol, après avoir soulevé sans difficulté les planches mal clouées qui servaient de plancher.

– Passe le premier, ordonna Bjorn à Baudoin.

Surpris, ce dernier ne s'en laissa pas prier. Il attrapa la corde et sans bruit commença à dévaler la tour.

– À toi, père, dit-elle lorsqu'il y eut à nouveau du mou sur la corde.

– Passe la première, je te suis.

– Tu veux revoir ton fils, n'est-ce pas ? Alors descends !

Bjorn hocha la tête, admiratif devant la détermination de sa fille. Il enjamba la fenêtre et entreprit de dévaler le long de la corde aussi rapidement que possible.

Dans le couloir, des bruits de voix retentirent. Elka n'attendit pas que son père ait repris pied sur le sol pour s'engager à son tour. Elle avait presque rejoint la partie en pierre quand quelqu'un l'interpella depuis la fenêtre du cachot :

– J'ai tout de suite compris, quand j'ai été prévenue pour l'incendie…

Ermangarde se tenait au-dessus d'elle, ses longs cheveux encadrant son visage.

– Je dois reconnaître que tu es courageuse, Elka. Dommage qu'on ne puisse pas toujours gagner.

Elka, qui n'avait pas ralenti, releva la tête et aperçut l'éclat brillant d'une lame. Ermangarde avait entrepris de cisailler la corde. La Viking dévala encore plus rapidement malgré la douleur terrible qu'occasionnait le frottement des fibres sur ses mains.

– Je le fais pour mon fils et pour mon mari, dit la châtelaine.

Un brusque espoir anima Elka d'une vigueur nouvelle. Si elle parvenait à faire parler Ermangarde, elle retarderait le moment où la corde céderait.

– Crois-tu que ton mari et ton fils seraient heureux de savoir que tu les utilises comme alibi pour faire le mal ?

– Qu'ils soient heureux ou malheureux n'aurait pas tellement d'importance, pourvu qu'ils soient vivants.

La chute survint brutalement. Elka n'eut pas le temps de crier que déjà elle s'écrasait aux pieds de son père. La corde la fouetta avec force en retombant à terre.

À la seconde où Ermangarde était apparue dans l'encadrement de la fenêtre, Sven était descendu de l'arbre pour courir vers le castel, sans se préoccuper d'être vu. Finna lui emboîta le pas, inquiète :

– Elka est sûrement blessée, notre plan ne marchera pas.

– On fait comme on a prévu.

– S'ils se font arrêter, on sera plus utiles en restant libres.

– S'ils se font arrêter, la folle les tuera.

– Mais…

– Tais-toi, cours, on avisera.

Hors d'haleine, les deux compagnons rejoignirent la porte du rempart et aperçurent les hommes qui revenaient en courant vers le castel. Dissimulé tout contre les palissades de bois, Sven attacha la corde qu'il avait cachée au pied d'un des pieux et se tint prêt. Il se tourna pour dire à Finna de se mettre à l'abri. En vain, la scalde avait disparu.

En état de choc, Elka ne ressentit pas de douleurs les premières secondes après sa chute. Il lui semblait être en état d'apesanteur, dans ce monde qui soudain prenait une allure étrange. Puis tout s'effaça, le monde redevint ce qu'il était et la souffrance explosa en elle. Elka avait mal, tellement mal qu'elle aurait préféré rester couchée, immobile sur le sol, au risque de tomber dans les mains d'Ermangarde. Son père l'obligea à se relever, la hissant par un bras qu'il passa autour de son cou, sans tenir compte de ses supplications. Dans l'eau des douves, elle manqua de s'évanouir. Elle n'avait plus le réflexe de nager et, sans l'aide des deux prisonniers, n'aurait pu atteindre l'autre rive.

Les hommes de la garde, qui étaient partis pour éteindre le feu étaient encore trop loin pour empêcher les fugitifs de traverser la cour basse. Cependant, ceux qui étaient postés sur les remparts leur décochaient des flèches sans répit. Dans un état second, Elka ne s'en rendit pas compte.

Les trois fugitifs franchirent la double porte des remparts au moment où les hommes s'en approchaient. D'un seul cri, les soldats sortirent leurs armes et se lancèrent à leur poursuite.

Mais alors qu'ils couraient leurs épées à la main, ils tombèrent brutalement en une masse grouillante de bras et de jambes. Aucun d'entre eux n'avait aperçu la corde que Sven avait brusquement tendue derrière les fugitifs en guise de piège.

Une galopade incita les hommes à relever la tête. Ils virent tous les chevaux de la garde tirés derrière l'étalon du chef, que montait une jeune fille.

Sven s'exclama stupéfait :

– Finna ?

La scalde était déjà sur lui et Sven s'agrippa à la crinière d'un des chevaux pour se hisser sur son dos. Quelques secondes après, il souleva Elka, avec l'aide de Bjorn, et la maintint couchée en travers de l'animal pour lui éviter de glisser. Bjorn et Baudouin suivirent peu après. Les gardes les poursuivirent à pied avant de vite renoncer. Privés de leurs montures, ils étaient incapables de soutenir le rythme de la course. Une fois toutes leurs flèches lancées, ils se regardèrent silencieux puis se tournèrent vers le castel. Ils avaient échoué et baissèrent la tête.

En haut de la tour, la silhouette se découpant dans la fenêtre du castel, Ermangarde observait les lieux du désastre.

– Bravo, Elka, murmura-t-elle. Tu t'en sors bien, pour cette fois.

Elle pinça les lèvres de dépit. La force n'avait pas fait le poids devant la capacité de la jeune Viking à user de la ruse. Mais elle saurait elle aussi user des mêmes armes. Où qu'ils aillent, Bjorn et sa fille ne se trouveraient pas à l'abri de sa vengeance.

30

Les rayons du soleil matinal déclenchèrent chez Ragnö une grimace accompagnée de grognements. Le jeune chef d'expédition était de mauvaise humeur et la barre douloureuse qui lui comprimait le crâne n'y était pas pour rien. Chez lui, après les soirs de fête, sa mère préparait toujours une tisane de plante qui diluait les souffrances jusqu'à les faire disparaître tout à fait. Mais ici, personne ne se préoccupait de sa santé, et si certains de ses hommes avaient pensé à emporter ce type de breuvage, aucun ne lui avait proposé d'en partager quelques gorgées.

Le regard qu'il jeta alentour aggrava encore son énervement. Ida, cette hideuse sorcière qu'il craignait sans oser se l'avouer, se tenait debout, penchée au-dessus de l'homme borgne, occupée à rouler la longue bande de tissu qu'elle utiliserait pour entourer sa plaie. L'homme avait perdu beaucoup de sang et la pâleur de son visage n'augurait rien de bon. Il allait probablement mourir sur cette plage, sans même avoir l'honneur de tomber au combat.

Ragnö se sentit soudain oppressé à l'idée qu'on puisse le lui reprocher. Ce n'était pourtant pas sa faute si Ida s'était jouée de lui depuis le début de l'expédition et qu'il avait dû finir par sévir ! Il haussa les épaules en imaginant les arguments qu'il mettrait en avant pour justifier son geste. Ragnö avait bu. Les blessures et les meurtres commis sous l'emprise de l'alcool n'étaient pas punis comme les autres par l'assemblée des hommes sages. Dans tous les cas, même s'il était reconnu coupable, cette petite incartade ne lui coûterait pas bien cher : Krill n'avait pas de famille, le prix de sang s'en trouverait limité.

Ragnö attrapa son crâne entre ses mains. La douleur lui faisait grincer les dents. Il avait besoin de se vider la tête pour la soulager. Il s'approcha d'Ida.

– Tu vois ce qui est arrivé à cause de toi ? Tu n'as cessé de mentir, de contester mes ordres, et ça, devant mes hommes. La folie a dû brûler ta raison comme le feu l'a fait de ton visage ! Tu n'es qu'une femme. Une femelle. Je suis un homme. Un futur chef. J'espère que tu as compris la leçon ! Tu ramperas à mes pieds, désormais, comme l'esclave que tu es devenue.

Durant quelques secondes, Ida continua à rouler la bande de tissu. Il lui fallait ce temps pour dompter la révolte qui grondait en elle. Si elle s'était écoutée, elle se serait jetée sur Ragnö et aurait à son tour transpercé sa panse d'un coup de lame. Mais avant de sombrer dans l'inconscience, Krill lui avait fait jurer sur les dieux qu'elle ne se laisserait plus emporter par la passion. Elle devait donc se maîtriser pour en appeler à la mansuétude du chef à l'égard du blessé.

– Tu n'auras plus de problèmes avec moi, Ragnö.

Pour prononcer ces mots, elle s'était tournée vers lui tout en conservant la tête baissée en signe de soumission. Cette réaction, aussi surprenante qu'inespérée, emplit Ragnö d'un sentiment de puissance. Il avait envie d'humilier Ida, de la fouler aux pieds, et ce fut d'un ton plein de morgue qu'il exigea :

– Dis-moi, sorcière, qu'est-ce que tu as fait de l'enfant ?

– L'enfant ? répéta Ida en mimant la surprise, j'ignore où il se trouve. Peut-être a-t-il profité de la nuit pour s'enfuir ?

Ragnö comprima son crâne douloureux entre ses mains.

– Tu mens. Une fois encore, tu mens, car ta langue ne sait que tromper. Dis-moi où est l'enfant, sinon, tu le regretteras.

Ida se releva, tête baissée, buste penché, en un signe évident de reddition. Elle sentait son cœur battre à tout rompre, convaincue que Ragnö ne supporterait pas d'être à nouveau offensé par un refus de dire la vérité. Pourtant, elle n'envisageait pas de révéler qu'Elka avait emporté le bébé. L'enfant avait le droit de vivre.

– Parle ! cria Ragnö.

Ida resta silencieuse.

D'un geste vif, Ragnö attrapa Ida par la longue tresse de ses cheveux et la tira jusqu'au feu. Il lui faucha les jambes d'un coup de pied et elle se retrouva à genoux au sol. La poigne de fer rapprocha le visage des braises qui rougeoyaient. La panique envahit Ida tandis que la chaleur se faisait vive.

– Parle, hurla Ragnö, ou je te brûle l'autre moitié du visage !

Les marins s'étaient réveillés. Ils observaient la scène en un silence atterré. Leur chef avait visiblement perdu l'esprit. Et le voir en conflit avec Ida les mettait mal à l'aise. Ils craignaient que la sorcière n'attire le malheur sur leur expédition. D'anciennes superstitions leur revenaient en tête. Des *langskip* coulés par des esprits malins. Des *drangr*, ces fantômes vikings, venus voler le butin des pillages. Des hommes jeunes réduits à l'état de vieillards impotents par une maladie fulgurante. Il ne faisait pas bon de provoquer les dieux.

Aussi, quand une flèche se planta en un sifflement inattendu dans la main de Ragnö, l'obligeant à lâcher les cheveux d'Ida, aucun d'entre eux ne réagit. Stupéfaits, ils découvrirent que le camp était encerclé par une dizaine d'hommes qui, tous, à une exception près, avaient une flèche encochée sur la corde d'un arc bandé.

Ragnö tourna sur lui-même, bouche bée, peinant à croire ce qu'il se passait. Il soutenait sa main blessée de son autre main, et son front se couvrait de transpiration sous l'effet de la douleur.

– Qui es-tu ? demanda-t-il à celui qui se tenait légèrement en retrait, juché sur un cheval bai, et qui ne portait pas d'arc.

L'homme serra les jambes pour faire avancer la monture de quelques pas.

– Je suis ce que tu es : le chef d'un groupe de bandits. Et comme toi, j'aime à ne pas trop me fatiguer pour rapporter un bon butin à la maison. Alors, dis-moi, où caches-tu le tien ?

– Nous n'avons pas encore combattu… comment veux-tu que nous ayons déjà amassé un trésor ?

Un cri ponctua la réponse de Ragnö. L'un des marins avait tenté d'attraper la hache posée à ses pieds. Une flèche avait interrompu son mouvement, traversant son bras de part en part.

Ida en profita pour s'éloigner lentement du feu. C'était dans un état second qu'elle assistait à la scène, encore sidérée par la terreur de ce qu'elle venait de vivre. L'horrible peur qui l'avait envahie alors qu'elle avait vu les braises s'approcher de son visage ne l'avait pas quittée. L'estomac retourné, elle avait envie de vomir et peinait à retrouver une respiration moins heurtée.

Le chef des bandits scruta le camp. Son regard s'arrêta sur Ida.

– Si tu n'as pas d'or, alors, donne-moi cette fille et puis le cheval là-bas, et nous vous laisserons.

Stupéfaite, Ida le vit la désigner du bout d'une arme étrange, entre le poignard et l'épée. À nouveau, la peur la saisit. Cet homme la voulait comme prise de guerre, probablement à cause de son visage brûlé qu'il pourrait exhiber. Elle se raisonna rapidement : Ragnö ne saurait accepter. Un Viking n'abandonne pas les siens et les défend au prix de sa propre vie. Elle se tourna vers lui. Ragnö lui adressa un sourire mauvais et répondit au bandit :

– Emmène-les, le cheval et la fille. Et prends son compagnon blessé aussi. Mais promets-moi de bien traiter l'animal, il le mérite. Je repars avec mes hommes. À la prochaine flèche, nous sortirons nos armes.

Les mots de Ragnö laissèrent Ida abattue. Elle qui avait toujours su être forte, elle qui méprisait tant la faiblesse, elle qui allait de stratégie en stratégie pour arriver à ses fins, avait soudain le sentiment d'être redevenue une enfant, une enfant esclave, soumise au bon vouloir des adultes. Elle regarda Ragnö donner les ordres du départ comme si elle assistait à une histoire mise en scène par un scalde. Elle était incapable de croire qu'il allait vraiment s'en aller, l'abandonner aux mains des bandits étrangers. Ce n'était pas seulement Ragnö qui lui tournait le dos, mais le peuple viking tout entier.

Les marins évitaient son regard et restaient silencieux. Ils n'avaient pas pour habitude de quitter des ennemis sans s'être battus, qui plus est en laissant une femme de leur peuple derrière eux. Bien sûr, le stratagème leur permettait de conserver l'or d'Ermangarde. Mais il les privait de ce sentiment d'allégresse offert par un combat bien mené. Pire, ils ressentaient pour la première fois l'amertume de la honte se répandre en eux.

Les bandits s'étaient éloignés, sans perdre de vue les mouvements des Vikings. Alors que tout était prêt, que le blessé au bras était embarqué, que Ragnö avait réussi à se hisser à bord malgré sa main ensanglantée, l'un des marins annonça à haute voix ce que beaucoup pensaient sans oser le dire.

– On pourrait se battre ! Ils sont moins nombreux que nous…

– Se battre ? répéta Ragnö d'un ton cinglant. Et pourquoi ? Regarde-les, ces hommes, dans leurs vêtements sales et déchirés. Vois-tu sur eux le moindre signe de richesse ? Non ! Ils ne sont que de pauvres bougres, prêts à se contenter d'une femme défigurée en guise de butin ! Il est temps pour nous de partir, d'aller sur une autre plage, de rançonner un autre village.

– Mais Ida et Krill…

– Krill est quasi mort. Ida n'a que ce qu'elle mérite. Qu'est-ce que vous voulez faire ? Vous battre pour une sorcière et perdre notre or ou continuer à accumuler des trésors pour rentrer au pays plus riches que les plus riches hommes libres du village ? Je suis plus intelligent que vous tous réunis, alors cessez de penser, et obéissez !

Un brouhaha lui répondit. Les marins discutaient entre eux, à voix basse, tandis qu'ils s'installaient sur les bancs de rame du *langskip*.

Ragnö se sentit soulagé de les voir obtempérer. Un instant, il avait cru à une mutinerie. Mais les derniers marins à terre poussèrent l'embarcation et grimpèrent à son bord.

Ragnö s'installa à la proue du navire, fièrement, comme tous les chefs d'expédition le faisaient. Il cria :

– Vikings, êtes-vous prêts ? Ramez !

Les hommes n'esquissèrent pas un geste.

Le visage de Ragnö prit la couleur de l'écume. Il s'exclama plus fort :

– Direction la haute mer !

Une fois encore, les marins ne réagirent pas. Ils restaient là, assis sur les bancs de rame, comme s'ils ne l'entendaient pas. Puis, le plus âgé d'entre eux annonça sans élever la voix :

– Vikings, il est temps : ramez.

Les rames plongèrent dans l'eau et le *langskip* se mit en branle.

Fou de rage, le jeune chef désavoué traversa l'embarcation et se planta devant le vieux marin.

– Crois-tu vraiment que je vais te laisser prendre ma place de chef ? Tu es sur le *langskip* de mon père. Et si tu ne t'y sens pas à ta place, je m'occuperai personnellement de te jeter par-dessus bord.

Sans cesser de ramer, le vieux marin répondit :

– Je suis sur le *langskip* d'Einar-le-Hardi, mon chef, et je sais qu'il n'aimerait pas que je laisse son fils déshonorer son nom. Réfléchis, jeune Ragnö, réfléchis en Viking, car sinon, c'est toi que nous devrons jeter à l'eau.

– Tais-toi, vieux débris ! Tu n'es rien, rien qu'un homme usé par les années, jaloux de ma jeunesse !

Ragnö tenta de frapper le marin tandis qu'il l'insultait. Voyant que l'homme parvenait à parer ses coups, il attrapa une arme et voulut la planter dans le poitrail du vieux marin. Les hommes l'arrêtèrent, le désarmèrent, l'attachèrent à la poupe sans le blesser et s'en détournèrent.

Ils le traitaient comme on le fait d'un enfant capricieux qui fait une colère et que l'indifférence est la mieux à même de calmer.

Humilié, Ragnö s'emmura dans le silence.

Deux heures plus tard, le vieux marin lui proposa de ramer.

Ragnö accepta d'un geste de la tête.

Il attrapa la rame qu'on lui tendait et la plongea rageusement dans l'eau. C'était contre lui-même qu'il était en colère désormais. Il n'avait pas réussi à démontrer aux hommes combien son intelligence pouvait leur apporter succès et richesse. Ils l'avaient désavoué et le ramenaient à son père comme un enfant. Il avait échoué.

Agenouillée auprès de Krill, Ida vit le *langskip* s'éloigner avec le sentiment d'avoir été trahie. Le chef des bandits s'approcha à cheval sans qu'elle ne lui adresse un regard. Elle s'attendait au pire : au viol, au meurtre, à la torture peut-être. Elle connaissait la noirceur des âmes de certains hommes et ne doutait pas que celui-ci était motivé par de sombres desseins. Pour quelle autre raison aurait-il demandé qu'on lui laisse une femme défigurée en gage de butin ?

L'homme mit pied à terre, et, sans la toucher, ordonna à ses hommes de détacher l'étalon viking et de construire un travois pour transporter le blessé. Ida tenta de maîtriser sa respiration que l'espoir avait fait s'emballer. Elle avait gagné un répit, jusqu'au retour à leur camp probablement.

Debout sur la plage, Baudoin regarda Ida agenouillée sur le sol auprès du vieil homme blessé. Même ainsi, alors qu'elle refusait de croiser son regard, elle dégageait une aura particulière, faite de détermination, de force et d'émotion brute. La jeune fille l'impressionnait, plus que personne ne l'avait fait jusque-là. Il ne sut que lui dire et reporta son attention sur les hommes qui s'activaient. Quels braves gars ! Trois ans auparavant, alors qu'il n'avait pas encore été arrêté par Ermangarde, ils étaient venus à lui pour participer à ses méfaits. Ils étaient fermiers, pères de famille, grands-pères parfois, tous des gens du peuple qui avaient décidé de se révolter contre la dictature de leur châtelaine. Ensemble, ils se regroupaient pour braquer le chariot qui transportait le percepteur des impôts. Ils inventaient des stratagèmes pour piéger les gardes et voler leurs chevaux. Ils faisaient s'évader poules et cochons du castel pour les manger pendant les veillées.

Après chaque opération de rapines, ces valeureux compagnons ôtaient le foulard qui masquait leur visage et regagnaient leurs fermes, comme après une journée de travail dans les champs. Lorsque Baudoin avait été capturé, il avait trouvé une consolation dans le fait d'être le seul. Aucun de ces hommes n'avait été identifié. Après son évasion, il avait hésité à se rendre chez l'un d'entre eux. Dès la porte ouverte, le compagnon l'avait accueilli, nourri, rhabillé, caché. Très vite, l'information avait circulé et, peu à peu, ceux de la bande avaient rappliqué. Tous avaient accepté de l'aider pour une dernière mission. La plus importante de sa vie peut-être.

Ida se leva pour aider les hommes à installer Krill sur le travois qu'ils venaient d'achever. Elle leur savait gré de le manipuler avec douceur pour éviter de le faire souffrir. Elle accepta enfin de regarder leur chef dans les yeux lorsqu'il approcha l'étalon viking pour l'atteler au travois.

– Tu ne me reconnais pas ? lui demanda-t-il.

Surprise, elle le dévisagea avec attention. Son visage était pâle et osseux, comme creusé par les privations. Très grand, il portait des vêtements amples qui dissimulaient un corps qui ne semblait pas athlétique. Et pourtant, malgré cette allure d'échalas mal nourri, une énergie puissante se dégageait de lui.

– Non, je ne te reconnais pas, dit Ida.

– La seule fois que je t'ai vue, répondit-il, tu m'as libéré d'une prison de fer.

– Le prisonnier d'Ermangarde, murmura Ida.

L'homme confirma d'un hochement de tête.

Le visage d'Ida se transforma sous l'effet du soulagement. Tout s'éclairait soudainement.

– Alors voilà pourquoi tu as laissé partir Ragnö avec son or… Tu voulais payer ta dette !

Le sourire de l'ancien prisonnier désarçonna Ida. Ce n'était pas l'un de ces sourires calculés dont elle avait l'habitude. Pas non plus l'une de ces grimaces un peu forcées qu'on offre par politesse. L'homme lui souriait avec tant de lumière qu'elle s'en trouvait éclairée et réchauffée.

– Oui, je voulais payer ma dette. Mais pas seulement…

– Qu'est-ce que tu veux dire ? se méfia Ida.

– Je dois quitter le pays. Mes amis ont leur vie ici, Ermangarde ignore qu'ils m'ont aidé à la voler. Alors, je cherche quelqu'un pour voyager. Je me disais que toi, peut-être…

– Tu ne me connais même pas !

– Il ne dépend que de toi que ça change.

Ida se retourna et observa l'océan. Le *langskip* avait disparu à l'horizon. Pour la première fois de sa vie, la jeune femme ne comprenait pas ce qu'il était en train de se passer. De nombreux jeunes gens l'avaient courtisée alors qu'elle était riche et belle. Mais elle n'avait vu en eux qu'un moyen de s'amuser, et de vérifier jusqu'à quel point son pouvoir de séduction pouvait les emmener. Cette fois, la situation était différente. Malgré son visage brûlé, cet homme lui proposait ce qu'aucun autre homme ne lui avait jamais offert. Un voyage, un tournant de vie, pas d'engagement, juste une occasion de faire connaissance. Ce n'était pas un jeu. Et elle détestait sentir son cœur s'emballer à la perspective de cette vie nouvelle, et se voir incapable de le contrôler.

– Si tu viens avec moi, on aura tout le temps de faire connaissance.

La jeune fille se rapprocha brusquement, leurs visages n'étaient séparés que de la longueur d'une main.

– M'as-tu bien regardée, bien en face ? N'as-tu pas envie de mettre ton cheval au galop en me voyant ? Je suis une sorcière… et si tu ne t'en es pas encore rendu compte, aveuglé par la reconnaissance, ma laideur ne tardera pas à te sauter aux yeux. Et alors que feras-tu ?

Bien que mal à l'aise, l'homme ne recula pas.

– La vie t'a forgée, dit Baudoin, c'est vrai. Mais toi, m'as-tu bien regardé ? Elle en a fait tout autant pour moi. Durant trois ans, j'ai porté un masque de fer et je suis resté enchaîné à un mur, à l'ombre d'un cachot. Je suis peut-être devenu fou, qui sait ? Viens avec moi…

L'homme avait l'air sincère, il lui plaisait, mais Ida refusait de céder à ses émotions. Elle ne pouvait croire qu'il ne mentait pas. Il y avait forcément un piège, un intérêt, quelque chose qui justifiait cette proposition inattendue. Et puis, il y avait Krill, elle ne pouvait pas l'abandonner. Elle secoua la tête en signe de dénégation. La déception fit ployer les épaules du bandit. Sans un mot, il monta à cheval et tourna la bride, tirant le travois sur lequel gisait Krill, inconscient.

Le chef de la petite armée de bandits parla haut et fort, le dos tourné.

– Tu es libre, Ida. Dis-nous où tu souhaites aller. On t'y accompagnera. Ensuite on partira.

Ida frémit en entendant l'effort que ces mots semblaient exiger de l'homme.

– Dans la première forêt venue, répondit-elle.

La troupe avança en silence, franchit la dune de roche et de sable, et traversa la lande puis des champs. Les bandits s'arrêtèrent à l'orée d'une forêt.

Ida caressa le front de Krill. Le chef des bandits attrapa son arc et ses flèches et les déposa sur le sol.

– Tu auras de quoi te défendre. Dois-je vraiment te dire adieu ?

– Adieu, confirma Ida.

Elle les observa alors qu'ils s'éloignaient, puis soudain s'écria :

– Baudoin !

L'homme se retourna, un immense espoir éclairant son visage.

– Et le cheval ? demanda Ida en désignant la monture qui avait fait le voyage depuis les terres vikings et qui était restée à ses côtés, harnachée au travois.

Les traits de Baudoin se fanèrent, l'homme avait espéré trop vite qu'elle changerait d'avis.

– Il est à toi.

Une étrange tristesse envahit Ida alors qu'elle le regardait partir.

La voix de Krill acheva de la troubler :

– Comment peux-tu être aussi stupide, jeune fille ?

31

Le calme qui régnait dans la cour du castel tranchait avec l'habituelle agitation du matin. Mais c'était une atmosphère trompeuse. Les hommes de la garde se terraient dans leur quartier ou veillaient à avoir une tenue irréprochable sur le chemin de ronde. Malgré leurs recherches, ils n'avaient pas retrouvé les évadés. Du plus jeune domestique aux plus vieux des artisans, tous les familiers d'Ermangarde savaient que leur châtelaine finirait par tempêter. Et comme les orages qui prennent leur temps pour se former, plus l'attente serait longue, plus le tonnerre et la foudre taperaient fort.

Chacun s'appliquait donc à éviter l'embrasement de la colère de la châtelaine. Le calme était vibrant de peur, et non d'apaisement.

Ermangarde appréciait ce silence. Assise face à la massive table de bois qui meublait la pièce de réception, elle avait posé devant elle une gourde de cuir, un pichet de vin et une fiole d'un poison qu'elle avait sorti du coffre à serrure de sa chambre. Curieusement, elle ne ressentait ni frustration ni énervement. Le jeu choisi par Bjorn l'excitait. Elle savourait déjà l'idée de se mesurer à lui, heureuse du stratagème qu'elle avait imaginé pour le faire ployer. Jusqu'au dernier moment, il se croirait sauvé… Il ne restait qu'à trouver le moyen d'assister à cette brillante vengeance depuis le premier rang. Elle était prête à risquer d'y laisser sa vie, tant elle se réjouissait à l'idée de se délecter du désespoir du Viking.

Elle déboucha la fiole de poison et en versa quelques gouttes dans la gourde. Depuis des années, la certitude de pouvoir à tout moment avaler ce liquide ambré pour mettre fin à ses jours l'avait aidée à affronter ses tourments. La simple existence du poison lui avait permis d'écarter provisoirement l'envie d'en finir. Le jour où l'idée l'obsédait, elle la remettait au lendemain. Ainsi, le provisoire durait et la fiole était restée scellée toutes ces années.

Ermangarde se demanda si le temps avait atténué les effets de la mixture. Il n'y avait pas moyen de le vérifier. À moins de sacrifier un garde, peut-être… Elle y réfléchit une seconde avant d'y renoncer. L'effet de surprise en serait d'autant plus excitant !

Après le poison, elle emplit la gourde de vin. Le bouchon de bois fermait hermétiquement la petite outre de cuir. Elle la retourna plusieurs fois jusqu'à être certaine que les deux liquides s'étaient mélangés. Elle déboucha la gourde et inspira l'odeur à plein nez. La présence du poison était insoupçonnable. Satisfaite, elle replaça le bouchon et appela le domestique.

– Va donc quérir le chef de ma garde. Et ne traîne pas !

L'homme s'inclina, recula jusqu'à la porte et sortit pour accomplir sa mission.

Le calme régnant sur le castel s'était fait encore plus profond, et elle entendit le frottement des pieds du soldat tandis qu'il s'approchait.

– Entre ! ordonna-t-elle lorsqu'il frappa à la porte.

Elle le dévisagea alors qu'il s'avançait vers elle, bien droit malgré la peur des représailles qui brillait dans ses yeux. Il joignit ses talons, s'inclina puis se redressa comme il en est d'usage pour un homme en armes.

– Dame Ermangarde, j'ai failli à mon devoir, et je me dois de vous remettre mon arme afin qu'elle…

– Tais-toi ! Je ne t'ai pas fait mander pour ça !

L'homme se figea, incertain de la suite qu'Ermangarde donnerait à leur entrevue.

– Bjorn et les autres vont repartir, mais ce n'est pas l'embarcation qui mouille actuellement au bord de nos côtes qui les emportera. Un autre bateau viendra les chercher. J'ignore à quel moment précisément, mais il ne tardera pas. Envoie ton meilleur homme en surveillance afin qu'il m'alerte quand le bateau sera en vue.

– Bien, dame Ermangarde, il en sera fait ainsi.

– Tiens prêtes deux montures, en permanence. Lorsque le bateau sera là, toi et moi nous irons le rejoindre. Je me cacherai tandis que tu feras semblant de t'être fait surprendre par ces Vikings. Tu tenteras de les fuir, et dans ta course, tu laisseras tomber cette gourde. Si tu parviens à leur échapper, tant mieux pour toi, mais s'ils t'attrapent, n'en dis pas un mot, pas avant qu'ils aient bu son contenu.

– Et vous, dame Ermangarde, que ferez-vous ?

– Je resterai cachée et j'observerai. Es-tu prêt à courir ce risque pour moi ?

– Je le suis.

– Et si je suis faite prisonnière après qu'ils auront pris la gourde, je t'interdis de venir à mon secours.

– Mais…

– Me promets-tu de faire comme je te l'ai dit ?

– Vous avez ma promesse, dame Ermangarde, il en sera fait comme vous le souhaitez.

– Bien. Alors va…

L'homme s'inclina et ressortit pour donner ses ordres. Il ignorait ce qu'Ermangarde envisageait de faire, mais une chose était certaine : cela ressemblait à une démarche désespérée.

Dans la clairière entourant la masure en ruine, Olof chantonnait une berceuse au petit Gaïle couché dans ses bras. Tual n'avait plus dit un mot depuis qu'ils avaient quitté sa maison, tourné vers ses propres pensées. Aboelle et Théosa avaient tenté de parler avec lui. Elles savaient qu'il avait un deuil à accomplir : le deuil de toute une vie patiemment construite sur son petit lopin de terre, avec sa vache, son cheval et son rêve d'une descendance qui occuperait à jamais ces terres. Mais leur père ne semblait pas les entendre. Elles renoncèrent.

Assises sur un tronc d'arbre posé sur le sol, elles observaient Olof et Gaïle.

– Olof ferait sûrement un bon père et un bon mari, dit Théosa.

Aboelle hocha la tête.

– Mais il ne sera peut-être pas aussi malin que certains des hommes du village, dit Théosa. J'ai peur que…

Elle laissa sa phrase en suspension, comme incapable de la terminer. Elle posa la main sur le bras de sa sœur en un geste de protection maternelle.

– Olof possède une intelligence dont beaucoup d'hommes ignorent même l'existence, dit Aboelle.

– C'est vrai. Mais tu le connais à peine. Comment peux-tu savoir si tu…

Aboelle lui coupa la parole.

– Rappelle-moi combien de temps il t'a fallu pour savoir que Bjorn serait l'homme de ta vie ?

Le visage de Théosa s'empourpra. Elle l'avait su à la première seconde, à l'instant même où elle s'était fait surprendre par les Vikings éclaireurs et qu'il avait empêché un de ces hommes de la faire prisonnière.

– Olof me rendra heureuse, poursuivit Aboelle.

La main de Théosa glissa sur le bras de sa sœur jusqu'à sa main. Elle la lui serra.

– J'en suis sûre.

Elle surprit alors un regard amusé d'Olof dans sa direction. Avait-il entendu leur échange ? Sa tête était à nouveau penchée vers l'enfant. Le géant était un mystère que seule Aboelle avait su percer à jour.

Les heures s'écoulèrent ainsi, ponctuées de discussions entre les sœurs et d'activités entre Olof et Gaïle. Tous deux ramassèrent les pierres éboulées de la masure en ruine et Olof les empila, veillant à poser la main de Gaïle sur chaque nouvelle pierre pour le laisser sentir l'étonnant équilibre d'apparence instable qu'il parvenait à instaurer. La colonne de pierres semblait défier les lois de la nature. Stupéfait, Tual observait le Viking géant élever cette étrange sculpture qui n'avait d'autre intérêt que de s'offrir aux regards. Ainsi disposées, les pierres devenaient aériennes, plus légères que la plume, prêtes à tomber à chaque instant. Et dans le même temps, elles semblaient à leurs places exactes, comme si elles n'auraient jamais pu trouver un meilleur emplacement que juchées au cœur de ce pilier.

À l'arrivée du groupe près de la masure, une répartition spontanée du territoire s'était opérée entre les humains et les loups : la cave pour les bêtes, le long du mur pour les hommes. Mais rapidement, le louveteau pointa dehors son museau curieux.

Les grognements de sa mère l'arrêtèrent. Théosa rappela également Gaïle à l'ordre. Le petit garçon était attiré par ce passage qui s'ouvrait vers la terre. Peu à peu, les alertes des mères, animales comme humaines, perdirent de leur impact. Alors que le jour se levait, Gaïle et le louveteau s'approchèrent jusqu'à se toucher. Moins d'un quart d'heure plus tard, ils roulaient tous les deux au sol, heureux de jouer ensemble.

Ils se fatiguèrent en même temps, et se lovèrent contre leurs mères pour y faire une sieste.

Le repas se déroula en silence. Les uns et les autres pensaient à l'entreprise d'Elka, songeant aux diverses manières dont elle pouvait se terminer. Mais nul ne les évoquait à voix haute.

Il se passa encore trois longues heures avant que du bruit dans les sous-bois ne les fasse se dissimuler entre les murs effondrés de la masure. Une silhouette massive apparut entre les arbres.

– Bjorn ! C'est bien toi ! s'exclama Théosa en surgissant de sa cachette.

Malgré le poids d'Elka que Bjorn portait dans ses bras, il courut pour franchir les derniers mètres qui le séparaient de sa femme. Olof attrapa Elka avant que Bjorn et Théosa ne se jettent dans les bras l'un de l'autre. Ils n'entendirent pas le reniflement désapprobateur de Tual, tant ils se trouvaient isolés dans la bulle invisible qui les entourait, celle d'une joie que rien ne pourrait ébranler.

Sven et Finna rejoignirent à leur tour le petit groupe.

Pendant ce temps, Gaïle en avait profité pour se rapprocher de son ami le louveteau. Il le chevaucha, le faisant trébucher, tandis que son rire cristallin emplissait la clairière. Bjorn tourna la tête dans sa direction.

– Mon fils ?

Il posait la question, pourtant une forme de certitude résonnait dans ces simples mots. L'enfant qui jouait avec un loup ne pouvait être que son fils, un vrai Viking !

Il s'approcha, déclenchant la fuite du louveteau et un grognement d'alerte de sa mère. Devant Gaïle, il s'accroupit et demanda :

– Comment t'appelles-tu ?

– Gaïle.

– Oui, tu es Gaïle Bjornson, fils de Bjorn, descendant direct d'Herulf-le-Vaillant. Viens avec moi.

Bjorn attrapa la main de Gaïle, et l'enfant se laissa emmener jusqu'à Aboelle.

Sven s'approcha d'Elka, qu'Olof avait installée sur un tas de feuilles mortes. Dans sa chute, elle s'était cassé un bras et son corps était couvert de contusions.

– Tu as mal ? demanda-t-il.

Elle repoussa sa main qui écartait une mèche de ses cheveux pour libérer son visage, sans répondre.

Sven se sentit envahi d'une grande tristesse.

– J'ai compris, tu sais. Tu as senti que j'étais en train de tomber amoureux de toi. Mais tu ne m'aimes pas.

– C'est mon bras qui me fait mal, dit Elka.

– Arrête de me fuir ! reprit Sven.

Bjorn intervint alors en interpellant la jeune fille :

– Eh bien, dis-lui Elka ! Dis-lui ce que tu m'as dit dans la geôle...

La fille de Bjorn resta silencieuse.

– Dis-lui qu'une princesse viking ne tombe pas amoureuse d'un esclave !

Sven interrogea Elka du regard. Elle tourna la tête pour lui échapper.

Sven se sentait trahi. Il aurait compris qu'elle ne soit pas amoureuse de lui. Mais qu'elle fasse le lien avec son ancien statut d'esclave le révoltait. Sa gorge se serrait, l'empêchant presque de parler.

– Tu n'es pas si différente de ton père finalement, murmura-t-il. Ton amour pour les autres dépend de leur place dans leur société. Ne t'inquiète pas, je saurai occuper la mienne désormais. Dès notre retour sur tes terres, je partirai, tu n'auras plus à subir ma présence.

Il se releva et s'éloigna de quelques pas.

– Sven ! dit Elka, arrête ! J'ai dit ça en parlant avec mon père, mais...

Elle se tut avant de mentir. La vérité était là. Elle avait reproduit tout ce qu'elle avait détesté chez son père.

Finna soupira. Ces deux idiots étaient aussi butés l'un que l'autre, incapables de voir ce qui crevait les yeux : l'amour-propre de l'un comme de l'autre était si démesuré qu'il formait une barrière devant le bonheur qu'ils avaient mérité. Elle grommela et partit retrouver Olof qui s'était éclipsé pour cueillir de quoi soigner Elka.

Le temps passa, chargé du bonheur d'un père découvrant son fils, de la tension et de l'amertume de l'amour éconduit, de la déception d'un vieillard changeant de vie, de l'amour naissant d'un homme et d'une femme.

Olof ne connaissait pas toutes les plantes qui peuplaient les sous-bois, mais choisit un lichen gris, une brassée de fougères d'un vert caractéristique et différentes baies ressemblant à celles qui poussaient au pays viking. Écrasant l'ensemble entre deux pierres, il forma un cataplasme qu'il étala sur le bras d'Elka. Puis il immobilisa le membre avec une branche de bois en guise d'attelle, fixée par de longues lianes.

Pendant ce temps, Finna racontait ce qu'il s'était passé. Elle passa rapidement sur l'épisode des chevaux. Elle avait trop honte de s'être mêlée de l'évasion en dépit de toutes les règles scaldes qu'elle était censée respecter. Elle parla de leur fuite, alors qu'ils tentaient d'échapper à leurs poursuivants. Le groupe avait progressé sans répit, préoccupé par la nécessité de rester invisible aux yeux des gardes, mais aussi par la douleur qu'endurait Elka. Le prisonnier Baudoin les avait rapidement quittés.

Sven avait proposé qu'ils se terrent quelque part le temps que la nuit tombe, afin qu'ils se rendent directement à la plage à la rencontre du *langskip* du capitaine Ketil. Il préférait éviter à Elka le long détour vers la masure en ruine, qui constituait autant de douleurs inutiles.

Bjorn avait refusé. Maintenant qu'il était libre, il voulait retrouver sa femme et son fils.

Ils avaient marché courbés dans les fossés, égratignés dans les sous-bois, se terrant dès qu'une silhouette apparaissait au loin.

Ils avaient réussi à rejoindre la forêt de Tual sans se faire repérer.

Finna acheva son récit par une prière qu'ils pourraient adresser aux dieux.

– Il ne reste plus qu'à espérer que le capitaine Ketil sera au rendez-vous ce soir !

32

Le chef de la garde longeait la plage à distance afin de rejoindre son extrémité. Il laissait derrière lui Ermangarde, dont il sentait le regard planté entre ses épaules. Cette fois, il n'avait plus le droit à l'erreur.

Tous deux étaient arrivés à temps. Le garde, que son chef avait choisi pour assurer la surveillance, avait fait galoper son cheval vers le castel dès qu'il avait aperçu le bateau qui s'approchait des côtes. Sur la plage, les Vikings commençaient juste à échouer leur embarcation.

Deux Vikings s'éloignèrent de la rive, visiblement chargés de contrôler les environs. Le chef de la garde jeta un regard inquiet vers Ermangarde. Bien qu'il sache où elle se cachait, il ne parvint pas à la repérer. Elle semblait s'être fondue parmi les rochers.

Il s'écarta encore de la côte, décidé à faire un large détour pour n'être vu que lorsqu'il l'aurait choisi. Il vérifia la présence de la gourde, accrochée à sa ceinture avec un nœud aisé à défaire d'une seule main. Peu après, il remonta en selle et lança l'animal au galop.

Il lui fallut du temps pour trouver l'endroit parfait : assez proche de la plage pour qu'on le repère, suffisamment loin pour qu'il soit crédible qu'il n'ait pas remarqué la présence des Vikings, le tout comportant un couloir dégagé vers les terres pour s'échapper.

Une fois en place, il ouvrit l'avant de son pantalon et commença à se soulager en sifflotant bruyamment.

Les Vikings ne tardèrent pas à arriver. Le chef de la garde sursauta, comme surpris de leur présence, et sauta sur le dos de son cheval sans même prendre le temps de se rhabiller. L'animal l'emporta aussitôt au galop. D'une main habile, il fit glisser la gourde le long de sa ceinture. Elle tomba sans qu'il ne perçoive le bruit du choc : il était déjà loin.

Les Vikings l'avaient poursuivi. Mais ils étaient à pied, il les sema rapidement. Les Vikings continuaient à avancer vers la gourde tombée au sol lorsqu'un homme venu des terres l'atteignit avant eux et la ramassa. En alerte, ils mirent leur main sur leurs armes jusqu'à ce que l'un d'entre eux se précipite vers celui qui tendait la gourde au-dessus de sa tête : ils venaient de reconnaître Bjorn.

Embrassades musclées, exclamations enjouées, tapes dans le dos submergèrent le chef viking. Malgré les séquelles physiques laissées par sa longue captivité, Bjorn se tenait droit, le buste gonflé, l'allure fière. Le message était clair : s'il était heureux de retrouver ses hommes, il était prêt à tous les défis. Et celui qui voudrait lui contester sa place de chef après sa longue absence n'aurait plus longtemps à vivre.

Une fois les effusions retombées, Bjorn se retourna et fit un signe. Stupéfaits, les Vikings virent un groupe d'hommes, de femmes et un enfant sortir du fossé où ils s'étaient cachés pour avancer dans leur direction.

Les deux sœurs marchaient, tenant chacune une main de l'enfant. Elles précédaient Sven et Finna tandis qu'Olof suivait juste derrière, prêt à aider Elka à la moindre embûche. Tual arrivait le dernier, le visage fermé, enchaînant les pas d'une démarche heurtée.

Ils rejoignirent le camp, encadré par les Vikings qui poussaient des exclamations triomphantes. Ils auraient rapporté des coffres emplis d'or qu'ils n'auraient pas été plus fiers.

Tout au bout de la plage, couchée à même les rochers, indifférente aux rugosités qui abîmaient ses vêtements et sa peau, Ermangarde les observait. Elle seule aperçut la silhouette discrète qui cheminait dans leur sillage. Celle d'une jeune fille équipée d'un arc et de flèches.

L'excitation déclenchée sur le camp par l'arrivée de Bjorn-le-Fort mit une bonne demi-heure avant de se calmer. Le capitaine Ketil ramena les hommes à la raison.

– Avez-vous bientôt fini de piailler pire que des poussins retrouvant leur mère ? Je vous l'ai dit : ici, les courants sont puissants, assez pour emporter le meilleur des nageurs comme le meilleur des bateaux, et avec le vent qui souffle ce soir… je n'y mettrais pas un orteil ! Alors, si on veut réussir à franchir la passe sans encombre, il faut partir avant que la nuit soit tombée.

Bjorn éclata de rire et frappa le dos du capitaine de la main.

– Je te reconnais bien là, mon ami ! Toujours à écouter l'océan te chuchoter à l'oreille ! Mais tu as raison. Le voyage s'annonce bien assez long pour que j'aie le temps de vous raconter tout ce qu'il s'est passé ! Alors, embarquons !

Elka s'exclama :

– Avant ça, il nous faut récupérer les affaires que l'on a enterrées ici en arrivant. Olof ?

Le géant s'approcha et entreprit de creuser le sol, très vite aidé par Gaïle qui s'amusait à faire voler sable et cailloux de tous côtés.

Bientôt, les besaces furent exhumées. Mais alors que tout était prêt, les deux gardes affectés à la surveillance s'avancèrent vers le *langskip*, tenant en respect Ermangarde.

Cette dernière s'arrêta à quelques pas de Bjorn et le défia du regard.

Bjorn croisa les bras sur son torse, dominant la châtelaine de toute sa hauteur.

– Je ne te frapperai pas, femme, car je suis un Viking, et un Viking ne s'attaque pas à une femme désarmée. Pourtant, tu le mériterais.

Ermangarde haussa les épaules, comme si cela lui était égal. D'un geste du menton, elle désigna l'outre de vin que Bjorn avait accrochée à sa ceinture.

– Cette gourde est à moi. Je t'interdis de partir avec.

– Tu n'as rien à m'interdire.

Bjorn ôta le bouchon et sentit le contenu.

– Du vin… Nous le boirons en te maudissant, alors que nous voguerons vers mes terres ! Ligotez et bâillonnez cette femme. C'est un tel monstre que le plus pauvre des hommes la refuserait comme esclave.

Les gardes s'exécutèrent, laissant la femme entravée sur la plage. Pendant ce temps, quelques marins tentaient de repousser le *langskip* à l'eau. Mais ils l'avaient si bien tiré qu'il restait ensablé. Bjorn lança à la cantonade, la gourde tenue au-dessus de sa tête :

– Celui qui donnera le bon coup d'épaule remportera cette outre de vin !

Tous les hommes s'arc-boutèrent sur la coque. À chaque reflux de vague, ils ahanaient, ne ménageant pas leurs efforts.

Allongée sur la plage, Elka observait leurs tentatives. Agenouillé à ses côtés, Olof resserrait les bandes qui maintenaient son attelle en place. Théosa s'approcha d'elle à son tour et prit sa main entre les siennes.

– Est-ce que ça va ?

– Je n'ai pas le choix.

– Tu dois m'en vouloir, Elka. J'ai donné un fils à Bjorn, et je sais que ce doit être difficile pour toi. Je sais aussi ce que c'est que de ne plus avoir de mère. Mais il ne faut pas en vouloir à Gaïle. Si tu dois détester quelqu'un, c'est moi !

– Tu te trompes, Théosa. S'il y a quelqu'un que je dois détester, c'est mon père. C'est lui qui m'a rayée de son cœur pour laisser la place à ton fils. Il obéit aux lois vikings… Gaïle sera son héritier.

– Il t'aime, dit Théosa, à sa façon, mais il t'aime.

Elka haussa les épaules.

– Non, il ne m'a jamais aimée. Il n'a aimé chez moi que ce que je pouvais apporter à notre famille : un beau mariage et de beaux descendants. Il est viking, c'est tout. Et je dois vivre avec ça, car il ne changera pas. Et le pire, c'est que je suis comme lui.

Théosa serra sa main sans savoir que dire. Un coup de vent violent les prit par surprise et arracha le voile de la mère de Gaïle, dévoilant son crâne aux cheveux rasés.

Elka répondit à la pression de sa main. La femme de son père avait payé cher son amour pour un Viking. La jeune fille fouilla l'une des besaces qu'Olof venait de déterrer et en tira un voile finement brodé.

– Tiens, Théosa. C'est Hilgi, la femme qui nous a élevés Olof et moi, qui l'a brodé. Elle brode très lentement, et seulement pour la famille. Et je sais qu'elle voudrait que je te le donne.

Émue, Théosa caressa le tissu, dont la finesse l'étonna. Elle l'enroula autour de sa tête, dissimulant les traces de l'humiliation qu'on lui avait imposée au couvent. Elka lui sourit.

– Il te va bien. À croire qu'il était fait pour toi.

Bjorn cria depuis la plage :

– Sven, Olof, on a besoin de vos bras !

Sven s'était tenu à distance d'Elka. Il se leva et ôta sa tunique. Il faisait chaud, et il savait que les efforts le feraient transpirer. Puis, il se glissa dans l'eau entre deux marins et commença à pousser en cadence.

– Allez, Sven ! hurla Bjorn. Mets-y tout ton cœur… la gourde de vin à celui qui déclenche le premier mouvement !

Ermangarde, alertée par le cri de Bjorn, reconnut le nouveau venu. C'était le jeune homme qui avait accompagné Elka au castel. Elle l'observa tandis que ses muscles se tendaient sous la peau. C'est alors que son cœur s'emballa et qu'elle poussa un cri étouffé par son bâillon.

Sur le haut du bras du jeune homme, elle venait de reconnaître le tatouage de la ronde des fées. Sven portait le tatouage que seuls son mari et son fils arboraient.

Ermangarde raisonna si vite que son cœur s'emballa avant même qu'elle n'arrive à la conclusion. Son mari et son bébé avaient été enlevés seize ans plus tôt et emportés par les Vikings. Seize ans… Sven était son fils.

Une grande clameur anima la plage. Le *langskip* quittait enfin sa gangue de sable.

La voix de Bjorn glaça Ermangarde d'effroi :

– Bravo ! La gourde revient à Sven !

Bjorn la lança aussitôt à l'ancien esclave, qui la saisit au vol.

Ermangarde s'agita en tous sens, tirant sur ses liens, repoussant avec force le bâillon qui l'empêchait de parler. Mais malgré toutes ses tentatives, elle ne parvint pas à alerter son fils du danger. Ligotée sur la plage, impuissante, elle vit Sven attraper la gourde de vin empoisonné, la soulever au-dessus de sa tête en guise de victoire et en boire aussitôt trois longues gorgées.

Le hurlement de désespoir de la châtelaine prit la forme de borborygmes dont les gardes se moquèrent :

– Qu'est-ce qu'elle a, la folle, à s'agiter comme ça ? Elle a vu un fantôme ?

33

Sans plus s'occuper d'Ermangarde, les deux marins rejoignirent l'eau. Il fallait embarquer avant que le *langskip* ne se soit trop éloigné du bord. Les courants déjà forts sur cette plage devenaient mortels avec le vent qui soufflait ce soir-là d'autant que la nuit commençait à tomber.

Bjorn aida Tual, Aboelle et Théosa à monter par-dessus le plat-bord. Il portait son fils sur les épaules et, à voir le visage réjoui de Gaïle, on n'aurait su dire qui – du père ou du fils – était le plus fier des deux.

Sven fit la courte échelle à Finna qui, dès qu'elle eut grimpé à bord, tenta de l'aider à en faire autant. Malgré l'aide d'Olof et de Finna qui le tiraient depuis l'embarcation, Sven n'y parvint pas du premier coup. Son pied d'appui glissa contre la coque mouillée, et il maugréa en sentant une écharde s'enfoncer dans sa peau. Le sable semblait se sauver sous son autre pied à mesure qu'il tentait de se propulser. Ce ne fut que grâce aux efforts conjugués de ses deux compagnons pour le hisser par dessus la coque qu'il réussit enfin à embarquer.

– Qu'est-ce qui t'arrive, Sven, se moqua gentiment Finna, tu aurais préféré rester en compagnie de la douce Ermangarde ?

Sven haussa les épaules et répondit avec agressivité :

– N'importe quoi ! Faut vraiment être bête pour dire ça.

Ignorant le lien de parenté qui unissait Sven à la châtelaine, Finna fut surprise par sa réaction. Elle l'attribua à la fatigue et s'écarta vers la proue du *langskip*, sur laquelle Olof était en train de fixer la sculpture en tête de dragon destinée à chasser les esprits mauvais. La nuit avait plongé l'embarcation dans la pénombre.

En quelques coups de rame, l'embarcation s'échappa du piège de sable et commença à voguer.

Sur la plage, Ermangarde déployait une énergie proche de la folie pour se libérer de ses liens. Les cordelettes avaient entaillé sa peau et le sable s'immisçait dans ses plaies, dans son nez, dans sa bouche. Mais elle ne sentait pas la douleur, l'esprit tendu vers son seul objectif : prévenir son fils du danger qu'il courait.

Lorsque enfin elle parvint à sortir l'une de ses mains de son entrave, elle se jeta sur les liens de ses chevilles. Le sang qui coulait des plaies de ses mains imbibait les cordes, rendant plus difficile le travail. Elle n'en avait cure, œuvrant sans répit, prête à s'arracher les ongles s'il le fallait.

Ce ne fut qu'au moment où elle retrouva enfin sa liberté qu'elle jeta un regard sur le *langskip*. La flamme des torches qui avait été allumées éclairait un spectacle qui la fit frissonner.

Sven traversait le *langskip* en trébuchant. Son attitude qui s'apparentait à celle d'un homme ivre déclenchait les rires des marins : tous savaient que les trois gorgées d'alcool que Sven avait avalées ne suffisaient pas à lui faire perdre l'équilibre. Ils pensaient donc que le garçon mimait cette démarche pour les amuser.

Ils se trompaient.

Sven grimpa soudain sur un banc de rame. Puis il s'exclama à voix haute :

– Pourquoi le ciel est à l'envers ? Ouh la, je crois que j'ai besoin de m'asseoir.

À la surprise générale, il accompagna ses mots par le mouvement correspondant, et tenta de s'asseoir sur un siège imaginaire qui se serait situé le long de la coque du *langskip*, côté océan. Il bascula aussitôt à la mer.

En moins d'une seconde, Elka se leva, prête à plonger à son tour. Bjorn la rattrapa par son bras blessé au moment où elle montait sur le banc de rame pour aller à l'eau. Elle poussa un hurlement de rage, sans même sentir la douleur, et tenta d'échapper à son emprise. Le père enferma sa fille entre ses bras malgré les coups de pied qu'elle donnait pour se libérer.

– Lâche-moi ! cria-t-elle.

– Tu ne pourras rien faire.

– Lâche-moi, je te dis ! Tu as bien vu qu'il n'est pas dans son état normal. Il faut l'aider !

Dans le même temps, le capitaine Ketil avait ordonné aux rameurs de cesser leur labeur, pour laisser le *langskip* dériver en suivant les courants qui emportaient Sven. Il savait que c'était la seule chose à faire pour aider l'homme à la mer, même s'il n'avait que très rarement vu de naufragé capable de s'arracher à un courant de cette puissance.

Elka comprit très vite qu'elle n'aurait pas la force de s'échapper des bras de son père, malgré la peur panique qui décuplait son énergie. Elle imaginait Sven aux prises avec les vagues, la tête inexorablement maintenue sous les flots. En une ultime tentative, elle mordit violemment le bras de son père.

Ce dernier cria, sans relâcher son étreinte pour autant.

– Je dois y aller ! hurla-t-elle une fois encore. Lâche-moi !

– Je ne te laisserai pas sacrifier ta vie pour un esclave.

La réponse de Bjorn eut un effet inattendu. Elka se figea, immobile, les muscles tendus depuis la tête jusqu'aux pieds.

– Ce n'est pas un esclave, murmura-t-elle, c'est celui que j'aime.

Pour la première fois, ses sentiments pour Sven devenaient clairs.

Elle répéta en hurlant :

– C'est celui que j'aime ! Sven, ne me laisse pas ! SVEN, j'ai besoin de toi !

Ses propres mots résonnèrent en elle avec un étrange écho. Elle se demanda comment elle avait pu se leurrer et passer à côté d'une telle évidence : sa vie n'avait pas de sens sans lui !

Le cou à moitié tordu, elle tourna la tête vers son père. Les yeux haineux, la voix chargée d'une intensité rare, elle dit :

– Lâche-moi, ou j'en mourrai.

Bjorn répondit par un signe de dénégation.

– Ma fille n'épousera pas un esclave… Qu'il crève celui qui a cru pouvoir la séduire sans subir de représailles. Une fille doit obéir à son père, les dieux en ont décidé ainsi.

Et alors qu'Elka recommençait ses tentatives pour s'échapper, il l'assomma d'un coup de poing.

Au même moment, le bruit d'un corps tombant à l'eau alerta les occupants du bateau. Finna venait de se jeter à la mer.

Dès qu'elle s'était libérée de ses liens, Ermangarde avait couru dans l'eau. Il y avait bien des années qu'elle n'avait pas nagé, mais les réflexes acquis dans sa jeunesse lui revinrent comme si sa dernière baignade datait de la veille. En ces temps lointains, elle avait plusieurs fois dompté les courants ou les vagues grossies par les vents. Et même si ceux qui sévissaient cette nuit-là étaient les plus violents qu'elle avait jamais eu à affronter, elle ne ressentait pas la peur.

Elle plongea profondément sous la surface des eaux et nagea vigoureusement pour rejoindre le lieu où Sven était tombé à l'eau. La quantité de poison qu'il avait bue était insuffisante pour le tuer, mais c'était bien assez pour le priver de moyens de lutter contre les courants. Sur le bateau, les cris et les hurlements se répondaient, sans que personne ne saute dans l'océan pour aider l'homme à la mer. Ermangarde effectua un tour sur elle-même, les yeux grands ouverts, fouillant les flots à la recherche de la silhouette de Sven. Mais la pénombre et le mouvement des eaux rendaient la tâche ardue. Concentrée, l'attention en éveil, elle relâcha ses muscles et se laissa ballotter par les vagues durant quelques instants. Lorsqu'elle reprit sa recherche, elle savait où se diriger : dans le sens que le courant avait imprimé à son corps.

Sven se trouvait ballotté par la puissance des flots. Il était encore conscient, mais d'une manière très étrange. L'intense panique qui l'avait saisi au moment de sa chute n'occupait plus qu'un petit espace de sa tête. Il lui semblait s'être divisé en deux entités : un esprit qui subissait la situation sans protester, acceptant la fin inévitable qui l'attendait, prêt à emplir ses poumons de cette eau salée qui le berçait ; et de l'autre côté, son corps qui n'avait pas encore renoncé. Sa raison lui chuchotait de se laisser aller, de ne pas lutter, d'accepter au plus vite ce mauvais moment à passer.

Un mouvement du courant poussa Sven à la surface un court instant. Un cri lui parvint avant qu'il ne replonge sous les flots. Un cri d'Elka qui l'appelait.

Ce cri déclencha en lui une soudaine envie de vivre. Corps et esprit s'allièrent à nouveau pour lutter, rester la tête hors de l'eau, respirer. Mais le vent et l'océan étaient les plus forts. Ils repoussèrent Sven vers les profondeurs, se jouant de lui comme un enfant qui empêcherait un bout de bois de remonter à la surface.

Sven ne renonça pas, même s'il comprit qu'ils avaient gagné. Mais alors qu'il sentait ses poumons prêts à exploser, un coude crocheta son cou, un corps l'entraîna à sa suite, une tête se colla à la sienne en retrouvant l'air extérieur et murmura à son oreille.

– Respire, mon fils, respire.

Secouée par les flots, Finna nageait vigoureusement pour se maintenir à flot.

Quelques instants auparavant, elle avait assisté au drame, tiraillée entre deux voix contraires qui s'étaient manifestées en elle. La première l'avait incitée à rester sur le bateau, à engranger autant de souvenirs qu'il lui était possible. La seconde lui avait hurlé de cesser de demeurer les bras ballants tandis que son ami se noyait, et avait exigé qu'elle intervienne pour le sauver. Sur l'embarcation, personne d'autre qu'Elka n'avait essayé d'aider Sven. Les marins connaissaient le danger des courants et refusaient de s'y risquer. Olof était resté figé dans son devoir d'obéissance : son père interdisait de se porter au secours de l'esclave.

La tête de Sven avait disparu très vite sous les flots et, tandis qu'Elka hurlait sa révolte, Finna avait pris sa décision. Elle avait sauté à l'eau.

Au milieu des courants, le danger la cernait, mais pour la première fois elle se sentait elle-même, une femme, une femme scalde, une femme scalde libre de faire ce qu'elle décidait. Désormais, elle saurait être témoin de la vie des autres, sans passer à côté de la sienne. Elle s'octroierait le droit de risquer sa vie pour en sauver une autre, même si une partie de la mémoire du peuple viking disparaissait avec elle. Elle ne serait plus esclave des règles que sa confrérie lui avait imposées.

Désormais, elle était libre de mener sa vie, à condition que les dieux ne décident pas de la lui ôter.

Un courant happa ses jambes et l'entraîna vers les fonds.

Elle frôla deux corps qui dansaient un étrange ballet. Elle reconnut Sven, inerte, qu'une femme tirait à toute force vers la surface. La femme avait la carrure, le visage, et la robe d'Ermangarde. Mais elle avait ses cheveux plaqués sur son crâne, et Finna hésita à la reconnaître. La femme ressemblait à Sven au point que Finna s'interrogea sur ses sens. Sa vision était sûrement brouillée par le manque d'air.

Elle battit des bras et des jambes de plus belle.

Sven inspira de l'air avec un soulagement qu'il n'avait jamais connu : celui du condamné pour qui la vie va finalement continuer. Il reconnut Ermangarde et essaya de lui parler. Mais lorsqu'il tenta de prononcer des mots, sa gorge le brûla et il recracha de l'eau salée.

– Respire, mon fils, ne parle pas, lui chuchota Ermangarde.

Dans un état de semi-conscience, Sven l'entendit appeler les marins. Mais ils étaient trop loin pour que le secours soit immédiat.

Épuisé par le poison qu'il avait ingurgité autant que par les efforts qu'il avait déployés, Sven ne parvenait pas à résister à la force de l'océan. Il sentit sa mère le maintenir au-dessus des flots. Quand elle faiblit, ils plongèrent tous deux, avant qu'elle ne le ressorte de l'eau. Une nouvelle fois, l'océan les recouvrit. Sa mère réussit les ramener à la surface.

Et soudain, sans qu'il comprenne ce qu'elle faisait là, Sven vit Finna devant lui. Elle glissa son bras autour de son buste et le maintint à flot.

Ermangarde prononça ses derniers mots à l'oreille de son fils avant que les courants ne l'emportent loin de lui.

– Sois heureux.

Dans un état second, Sven aperçut l'embarcation s'approcher et sentit les Vikings le hisser à bord. Il vit Elka se précipiter vers lui et pleurer de joie.

– Ma mère ! Il faut la sauver elle aussi !

Pour ceux du bateau, ces mots étaient ceux du délire. Pour tous, le garçon n'avait pas de mère. Sven rampa jusqu'au bord du *langskip* et pencha sa tête vers les flots. Il vomit tout ce qu'il avait avalé, le poison, l'eau salée. Il vomit aussi ce trop-plein d'émotions qu'il avait ressenti. Juchée tout contre son dos, Elka l'enserrait dans ses bras pour l'empêcher de retourner à l'eau alors qu'il hurlait :

– Mère ? Où êtes-vous ? Mère ?

Finna, entourée d'une couverture, hocha la tête. Elle avait compris les liens qui unissaient Ermangarde à Sven. Mais alors qu'un scalde aurait été tenu de dévoiler l'information, elle décida de la taire. Le secret appartenait à Sven. Elle le respecterait.

Les marins échangèrent un regard inquiet en écoutant Sven appeler sa mère comme si elle avait pu se trouver là, dans l'eau. Le garçon avait-il fait un passage vers le monde des morts avant de regagner celui des vivants ? Où aurait-il pu voir sa mère sinon là-bas ?

Un frisson parcourut les membres de l'équipage à l'idée que Sven n'ait pas refermé le passage entre les mondes. Ils tendirent l'oreille, effrayés qu'une voix puisse lui réponde.

Mais seul le tumulte de la tempête emplissait la nuit.

Pas très loin de là, dans l'obscurité, Ermangarde entendit son fils l'appeler par deux fois. « Mère… Mère ! » Et rien ne l'avait rendue plus heureuse depuis les seize dernières longues années.

Son cœur sortait enfin de l'abîme noir, cruel et glacé où elle l'avait enfermé depuis l'enlèvement.

Mais elle savait qu'il était trop tard pour rattraper le temps. Pour la première fois, elle pleura le mari qu'elle avait perdu et la femme qu'elle était devenue. Une femme qui avait fait tant de mal qu'elle s'était presque dépouillée de son humanité. Presque… ses sentiments pour son fils la rattachaient enfin au monde des hommes.

Elle laissa le courant l'emporter, sans lutter. Son corps s'abandonna à son destin tandis que son esprit savourait le bonheur de ses derniers instants : elle était mère d'un fils bien vivant. Désormais, elle pouvait mourir en paix.

34

Debout sur la plage, les deux pieds solidement plantés sur le mélange de cailloux et de sable mouillé, Ida observait la danse du *langskip* sur les vagues. Elle tenait son arc bandé, flèche encochée, pointée en direction d'Elka dont elle discernait la silhouette à la lumière de la lune et des torches.

Le *langskip* avait cessé d'avancer et son ennemie criait dans les bras de son père. Le vent emportait ses paroles sans qu'Ida n'ait pu les comprendre. Il se passait quelque chose à bord, mais quoi ? Elle l'ignorait, et n'en avait cure. Seul comptait l'instant présent, cette flèche qu'elle retenait de son bras crispé, et son ennemie qui formait une cible parfaite.

Ida ria nerveusement. Elle avait tant rêvé de cette vengeance ! Elle s'était imaginée dans cette situation durant chacune des minutes où elle avait repris conscience après la brûlure. Et cette perspective l'avait aidée à surmonter la souffrance, à se relever, à affronter les regards. Enfin, elle tenait la vie d'Elka entre ses mains.

Et pourtant, elle ne se résolvait pas à décocher la flèche. La victoire n'avait pas la saveur qu'elle avait tant appelé de ses vœux.

Une voix résonna dans son dos et la fit tressaillir. Elle n'avait pas entendu l'homme venir.

– L'engrenage de la vengeance enferme les hommes dans un monde de haine.

Ida se retourna, sans cesser de bander son arc. L'effort la faisait trembler, mais son visage affichait une détermination que les contingences musculaires n'auraient pu briser. Elle reconnut l'homme qu'elle avait libéré de son masque. Il se tenait derrière elle, sans armes, attendant qu'elle prenne sa décision. Il ne faisait pas un geste pour se protéger de la flèche qui désormais le menaçait. À ses côtés, patientaient sa monture et l'étalon d'Ida.

– Mon bras fatigue, dit-elle, c'est dangereux de me faire la leçon en un moment pareil.

– Ni leçon ni sermon, répondit-il, je ne fais qu'un constat.

– Et tu viens risquer ta vie pour ça ?

– Je suis un voleur, ne l'oublie pas. Un voleur a toujours besoin de quelqu'un qui sache tenir un arc bandé sans en laisser se sauver la flèche, quelqu'un qui soit prêt à parcourir le pays, à échapper aux autorités, à souffrir de la faim un jour et à manger un festin le lendemain, quelqu'un qui aime l'aventure pour le meilleur et pour le pire. Un voleur a besoin de compagnie car le pire de ses ennemis se nomme solitude.

– Je ne comprends pas. Tu ne me connais pas !

– Je te connais bien assez pour savoir que tu es prête à choisir l'avenir plutôt que le passé.

Les muscles d'Ida enchaînaient les soubresauts, au bord de la tétanie. Faisant mine de l'ignorer, Ida garda sa flèche encochée en direction du voleur et demanda :

– Comment m'as-tu retrouvée ?

– Un ami à toi m'a dit où te chercher. Un ami blessé, qui lorsque tu l'as quitté a rampé jusqu'à la première maison venue pour savoir où me trouver.

La voix de Krill étouffée retentit jusqu'à Ida :

– Un ami qui n'hésitera pas à te botter les fesses si tu ne fais pas le bon choix !

Ida dissimula son sourire par une grimace. Krill résistait à la mort… Il n'y avait pas de meilleure nouvelle qui puisse la réjouir. Elle pivota vers l'océan, la flèche tendue vers Elka. Il lui devenait difficile de viser, tant sa fatigue était grande. Mais elle n'avait qu'à détacher ses deux doigts de la corde et la flèche partirait. Une seconde, et c'en serait fini.

Après les cris, un étrange silence régnait sur le *langskip*. Bjorn-le-Fort lâcha sa fille et Elka s'agenouilla au fond de l'embarcation.

Ida relâcha en douceur son emprise sur son arme. Elle attrapa la flèche et la rangea dans le carquois qu'elle avait accroché dans son dos. L'instant était passé. Les dieux en avaient décidé ainsi. Sa vie était ici désormais.

En trois enjambées, elle rejoignit son étalon, grimpa à califourchon dessus et le mit au pas vers les terres.

– Je te préviens, je ne fais pas la cuisine, je ne vais pas là où je n'ai pas envie d'aller et je veux la moitié de tous les gains. Et je ne pars pas sans avoir trouvé quelqu'un pour soigner Krill. C'est clair ?

L'homme au masque éclata de rire et monta à son tour sur son cheval.

– Très clair…

Ils rejoignirent Krill qui était étendu sur le travois à peu de distance de là.

– … mais il y a une chose que tu ne pourras jamais obtenir : ma place de chef !

Ida plaça son cheval en travers de sa trajectoire pour demander :

– C'est un défi ? J'adore les défis…

Son visage abîmé s'embellit d'un large sourire, qui ne voulait ni séduire ni manipuler, qui ne servait à rien si ce n'est à refléter ce qu'elle ressentait. Pour la première fois, elle avait le sentiment d'être à sa place. Et la vie inconnue qui s'offrait à elle, sans manigance ni manœuvre, dépassait ses vieux rêves de gloire, de richesse et de puissance.

Sa nouvelle vie l'attendait et elle avait envie de la vivre.

35

Elka passa sa main dans les cheveux de Sven. Le rescapé commençait à respirer avec plus de régularité, malgré le sifflement de ses poumons. Les yeux fermés, la tête posée sur les jambes d'Elka, il avait renoncé à parler.

Nul ne disait mot à bord du *langskip*. La tension entre Elka et son père était palpable. Seul Ketil orientait le travail des rameurs avec quelques ordres brusques pour sortir l'embarcation du courant qui l'entraînait vers les rochers de l'extrémité de l'anse.

Bjorn se leva. Il marcha sans modifier la stabilité du *langskip*, comme savent le faire les vrais marins, jusqu'à rejoindre Elka.

– Tu serais morte si je t'avais laissée y aller. Avec un bras cassé, tu n'avais aucune chance de t'en sortir, et encore moins de sauver un homme.

– Tu ne m'as pas retenue pour me sauver la vie, dit Elka, tu m'as retenue pour m'empêcher de sauver celle d'un esclave.

– J'ignorais qui il était pour toi, se défendit Bjorn.

– Et maintenant que tu le sais, est-ce que cela change quelque chose ?

– Les hommes ont bien des concubines. Quand tu seras mariée et que tu seras chef domestique de ta maison, si tu restes discrète et que tu ne décrédibilises pas ton mari, je ne vois pas pourquoi tu n'inviterais pas ton esclave dans ta couche les jours où tu n'es pas fertile.

Elka tenait sa tête penchée vers Sven. Les mots de son père la dégoûtaient. Comment pouvait-il dire des choses pareilles ? N'avait-il donc rien compris ? Mieux valait ne pas lui répondre trop vite, au risque de regretter des paroles violentes que le temps ne saurait effacer.

Elle posa une main apaisante sur le front de Sven. Oui, il avait été un esclave, mais pour elle, cela n'avait plus aucune importance. Sven l'avait accompagnée dans son périple au milieu des terres sauvages, au cœur de l'hiver. Il l'avait aidée dans ce pays de la ronde des fées. Elle avait survécu grâce à lui. Et elle avait fini par comprendre, et accepter, que son statut d'esclave ne résultait que du destin, tout comme son propre rôle de princesse viking ne découlait que du hasard de sa naissance. Voilà ce que son père ne pouvait admettre. Sven était un homme, Elka était une femme, et c'était cela la seule chose importante.

Elka releva alors la tête et regarda son père.

– J'épouserai Sven dès notre retour.

– Non, répondit Bjorn, mais on trouvera une autre solution.

Il n'avait pas élevé la voix, sûr d'être obéi.

– J'épouserai Sven dès notre retour, répéta Elka, c'est comme ça.

Bjorn dévisagea cette fille qu'il ne comprenait plus.

– Je ne paierai pas ce mariage : tu n'auras ni bijoux, ni tenue d'apparat, ni bière, ni festin, ni maison, ni rien. Tu n'auras rien non plus pour commencer ta vie de femme.

Elka secoua la tête. Le temps où le choix de sa nouvelle broche d'or, lors d'une réception en l'honneur d'un chef de village voisin, était la décision la plus importante de sa vie lui semblait si loin !

– Mais je ne te demande rien, père, ni permission, ni bénédiction, ni argent. Je n'ai besoin que d'une chose : le pardon de Sven pour mes paroles si humiliantes. S'il est d'accord, nous nous marierons et nous construirons notre vie comme nous l'entendons.

Sven ouvrit les yeux et s'exprima dans un filet de voix :

– Tu voulais quoi ?

– Me marier avec toi, si tu es d'accord.

– Te supporter toute une vie ? dit-il avec une grimace moqueuse. Faut que j'y réfléchisse…

– Tu vois, s'énerva Bjorn, il n'est même pas conscient de l'honneur que tu lui fais !

Sven chercha la main d'Elka et la serra dans la sienne. Son geste apportait la véritable réponse à la question de la jeune fille.

Elka ne détachait plus son regard de celui de Sven.

– Tu ne comprends rien, père, c'est lui qui me fait honneur. Que tu le veuilles ou non, nous nous marierons.

Finna, qui suivait ces échanges de près et qui s'appliquait à en retenir le maximum possible pour nourrir sa saga, vit Bjorn hésiter sur la conduite à tenir. Jamais un chef viking n'avait été confronté à deux individus – dont sa propre fille – qui balayaient ainsi des siècles de culture viking ! Il ignorait comment réagir : Tuer l'esclave ? Fouetter sa fille ? Les bannir ?

Lorsque Théosa s'approcha à son tour, Gaïle dans les bras, il braqua son regard vers elle, en quête d'un conseil.

– Elka est une héroïne de saga dont Finna contera les exploits dans le pays tout entier, dit Théosa. Dans mon pays, on accepte de la part des héros bien des choses qu'on ne tolérerait pas des gens du commun. Cela fait de belles histoires à raconter aux veillées.

Bjorn approuva les propos de sa femme. Théosa avait raison. Elka était devenue ce qu'elle était par la volonté des dieux. Il n'avait pas, lui, simple chef viking, à interférer.

– Crois-tu que Gaïle aimerait tenir la barre ? demanda Théosa.

L'enfant tendait les bras vers son père. Rasséréné, Bjorn serra son fils contre lui, se leva et se dirigea vers le capitaine Ketil. Il n'avait pas jeté un seul regard sur Elka.

La jeune femme sentit déception et soulagement se mêler en elle. Déception de voir que son père ne la comprenait pas. Soulagement de constater qu'il la laisserait vivre comme elle l'entendait.

Elle tendit une main vers Théosa qui la saisit.

– Merci, Théosa.

– Je sais combien il faut de courage pour faire des choix qui ne sont pas acceptés par les siens. Alors, n'oublie pas, Elka, que je serai toujours là pour toi. J'essaierai d'être une alliée, comme Aboelle l'a été pour moi.

Elle se tourna vers la proue du bateau où Tual s'était installé puis poursuivit :

– Les pères désapprouvent parfois la conduite de leurs filles, faute de les comprendre, mais je suis sûre que, même s'ils sont incapables de le dire, elles continuent à occuper une place dans leur cœur. Tu verras, avec le temps, Bjorn changera…

Les marins reprirent peu à peu leurs activités bruyantes sur le *langskip*. Tous ramaient pour arracher le bateau au courant. Lorsque enfin leurs efforts conjugués furent couronnés de succès, Olof lâcha sa rame d'une main, enveloppa les épaules d'Aboelle et désigna la plage d'un coup de menton en s'exclamant :

– Ils sont venus nous dire au revoir !

Tout l'équipage tourna le regard dans cette direction. Dans la faible lueur de la lune, il fallait un peu de temps pour distinguer ce qu'il s'y passait.

Certains reconnurent le chef des gardes qui longeait la plage, le corps sans vie d'Ermangarde dans les bras. D'autres aperçurent des chevaux et leurs cavaliers qui s'éloignaient vers les terres.

Finna remarqua la première ce qu'Olof avait observé et tendit un doigt vers le centre de la plage :

– Là, juste en face !

Aidé par Elka, Sven se redressa et poussa un cri de surprise.

Debout sur la plus haute des dunes, la louve et son louveteau regardaient le *langskip* partir.

DÉCOUVREZ
Ysée
CAVALIÈRE DE LÉGENDE
Ysée
CAVALIÈRE DE LÉGENDE
MURIEL ZÜRCHER
FLEURUS
Ysée
CAVALIÈRE DE LÉGENDE
MURIEL ZÜRCHER
FLEURUS
Et partez avec elle pour de fantastiques chevauchées dans la lande écossaise !
FLEURUS

Mise en page : Text'Oh !
N° d'édition : J17038
Achevé d'imprimer en février 2017 par Lego S.p.A., Italie
Dépôt légal : mars 2017